JN193002

銀河英雄伝説外伝 5
黄金の翼

田中芳樹

腐敗した貴族制度を是正するため，そして皇帝に奪われた最愛の姉を救い出すため――ラインハルトとその親友キルヒアイスは，銀河帝国の現王朝打倒を誓い合った。二人の少年の初陣を描く「白銀の谷」，第五次イゼルローン遠征の顚末を綴る「黄金の翼」，“古き良き時代”における自由惑星同盟の英雄リン・パオ総司令官と，彼を支えた“ぼやきのユースフ”こと総参謀長ユースフ・トパロウルの物語「ダゴン星域会戦記」など，多彩な魅力に溢れる五篇を収める。また，著者が創作の舞台裏を明かす貴重なロングインタビュー「『銀河英雄伝説』のつくりかた」も収録。創元SF文庫版最終巻。

銀河英雄伝説外伝５

黄金の翼

田　中　芳　樹

創元ＳＦ文庫

LEGEND OF THE GALACTIC HEROES : SIDE STORY V

by

Yoshiki Tanaka

2002

目次

銀河英雄伝説外伝5

黄金の翼

ダゴン星域会戦記

……宇宙暦《SE》六四〇年（帝国暦三三一年）は人類の歴史上、真紅の文字をもって特筆されるべき年である。この年二月、ゴールデンバウム朝銀河帝国と、自由惑星同盟《フリー・プラネッツ》との勢力がはじめて接触し、長きにわたる抗争劇の幕が音もなく開いた。七月には帝国の遠征軍と迎撃する同盟軍とのあいだに、大規模な戦闘がおこなわれるにいたった。〝ダゴン星域の会戦〟である……。

自分の店は売春宿ではない、とは、安ホテル『金《ガ》ぴか亭《ウディ》』の主人がことあるごとに主張するところだが、真摯《しんし》なその訴えを信じる者は、同盟首都《ハイネセン》の住人のなかにはひとりもいなかった。いま彼の前にたたずんでいる男も、主人の訴えよりも世間のよくない噂を信じているようで、するどいというよりは不機嫌そうな視線で薄暗いフロントをなでまわしていた。三〇代前半かと思われるその男は、どちらかといえば背が高く、どちらかといえばやせていたが、顔の造作については、不機嫌そうな視線の印象があまりに強烈なので、後日の回想でも、主人の記憶に明瞭な像をむすばなかった。あるべきものがあるべき場所にあったことはたしかだが……。

「女づれで泊まった客を捜している。心あたりはないか」

その無愛想な質問に、主人はうさんくさげな上目づかいで応《こた》えた。

「うちの客は、皆さん、ご婦人にもてる方ばかりでね。心あたりがありすぎてこまるほどさ。なにか特徴はないのかね」

「年齢は三六歳、でかい身体をして、髪は黒、目は濃藍《コバルトブルー》、鼻と口がひとつずつ」

「ハンサム？　醜男《ぶおとこ》？」

「……まあ悪くないほうだ」

いやいやながら事実を認めるといった態《てい》で男は答え、思いだしたようにつけくわえた。

「そのかわり性格は悪い」

「……へえ、するとあんたの兄弟かね」

皮肉を言ってみたが、つうじなかったのか、意に介する価値を認めなかったのか、男は無視し、またあらたな発見をした表情になってかるく指を鳴らした。

「そうだ、ひょっとしたら女をふたりつれているかもしれん」

「そりゃお盛んなことだ」

「無節操なだけだ。で、心あたりはあるのか」

ない、と答えかけて主人はやめ、正直に答えることにした。危険を察知する本能がそうさせたのだ。直接の暴力などというもの以上に剣呑《けんのん》なものを、主人は相手に感じていた……。

三〇六号室のドアを、男はカード状の電子鍵《エレクトロ・キー》を使ってあけると、無言のまま室内に足を踏みいれた。

複数の女の嬌声《きょうせい》がベッドの上でくぐもっていた。その声が一瞬やみ、金属的な誰何《すいか》と非難の叫びにとってかわった。不機嫌な闖入者《ちんにゅう》は、不機嫌そうに、目的の人物の反応を待っていた。

ベッドのなかの男がたくましい半身をおこし、短く笑った。

「これはこれは、トパロウル中将、きみみたいな堅物《かたぶつ》もこの宿の顧客《おとくい》だとは知らなかったな」

「あんたといっしょにしないでくれ、リン・パオ」

熱雷をはらんだ声で、トパロウルと呼ばれた男は応じ、女たちの金切声を馬耳東風《ばじとうふう》と聴き流しながら、リン・パオという男に外にでるよううながした。

リン・パオが服を身につけ、女たちに幾枚かの紙幣を放り投げて外へでると、トパロウルはあらためて彼をにらみつけた。

「今日、おれの軍人生活で最低最悪の命令をうけた。どんな命令か聞きたいか」

「ぜひ、そう願いたいね」

「あんたとくめとさ。あんたが司令官、おれが参謀長。どうだ、ひどい話だろうが」

「ほう……」

リン・パオはまじめくさってうなずいた。

「そりゃ、おれでもごめんこうむりたい命令だな。おれとくめっていうのは……」

自由惑星同盟《フリー・プラネッツ》最高評議会議長、つまり元首にして最高行政官であるマヌエル・ジョアン・パトリシオは、強力な指導者としてよりは温厚中正な調停者として評価されていた。昨年、六〇歳で評議会議長にえらばれたが、それ以前に二度の閣僚歴があり、大過なくそれをつとめあげている。能力的にも人格的にも悪い評判はなかったが、銀河帝国軍の侵攻という事態が一年前に市民にわかっていれば、元首の座につけたかどうかうたがわしい。紳士ではあっても、巨大な危機に際してたよりになる人物だとは、かならずしも考えられていなかったのである。

強力な指導者としてのイメージは、むしろパトリシオの対立候補であったコーネル・ヤングブラッドのほうにこそ強かった。パトリシオより二〇歳も若く、鋭気と行動力に富み、星間巡視隊の首席監察官として綱紀《こうき》粛正に敏腕をふるったのち、バンプール星系政府首相として大胆な経済・社会改革をおこない、進歩派の旗手《きしゅ》として中央政界にでた。選挙の勝敗がさだまったあと、パトリシオは若い政敵に入閣をもとめ、ヤングブラッドも悪びれず国防委員長の椅子をうけたのである。

当時の人々に不満の種はさまざま存在したとはいえ、後世からみれば、民主政治の精神はまだ衰弱してはいなかった。〝銀河帝国の暴政からのがれて一万光年の苦難にみちた長征を敢行した〟アーレ・ハイネセンの名は、心からの尊敬の念をもって親から子へと語り伝えられていた。独裁的傾向は根をはるよりはやく、芽のうちに摘《つ》みとられ、腐敗しやすい土壌には複数の光があてられていた。

まずは〝古き良き時代《グッド・オールド・デイズ》〟ではあったのだ。

一日、ヤングブラッド国防委員長はパトリシオのオフィスを訪れて話しこんでいた。銀河帝国軍の来寇《らいこう》が不可避なものとされて以来、彼は精力的に職責をはたしていたが、帝国軍迎撃の総司令官にリン・パオ中将、総参謀長にユースフ・トパロウル中将という人事にたいし、一言なかるべからずと思ったのである。

本来、自由惑星同盟の軍隊は、今日あるを予期して――銀河帝国の勢力がいつの日か同盟のそれと接触し、征服と支配のため大軍を送りこんでくる日がかならず到来するであろうことを想定して、つくられたものなのである。文字どおり同盟は、一朝《いっちょう》のために一〇〇年間、兵を養ったのだが、建国者たちの先見と悲壮な心情を思えば、軍人たるもの、血をたぎらせて必勝を誓約すべきであった。だが、リン・パオとユースフ・トパロウルの言動には、感動と使命感が稀薄なこと、はなはだしいものがあり、少壮気鋭の国防委員長としては、にがにがしい不満をいだかざるをえないのである。

「議長が統合作戦本部長の進言でお決めになったことですから、ご再考をとは申しません。ですが、よくもトラブル・メーカーをふたりもおそろえになりましたな。まず、リン・パオがどういう男かご存じで?」

「無責任な噂もあるな。彼が色情狂だという……私は信じないが」

「色情狂とまでは申しませんが、女性に目がないことは事実です。両手両足の指ではたりないほど問題をおこしていますし、裁判ざたになったこともあります。惑星ミルプルカスの通信基地での一件をご存じで?」

議長がかぶりを振ったので、真実の使徒と化した国防委員長は声を高めた。

「その通信基地には、士官、下士官、兵士、合計して一四名の女性がおりました。そしてリン・パオの奴はそのうちなんと一二名とベッドをともにしたのです」

「すべて合意のうえでだろう?」

「ですが、そのうち三名は人妻だったんですぞ! さよう、合意のうえであり、むろん犯罪ではありません。ありませんが、軍高官の綱紀にたいして市民の不信をかうには充分な実績と言うべきでしょう」

議長はかるくせきばらいした。

「どうもきみは誤解しているようだ。私はなにもリン・パオを女学生の寄宿舎の舎監にしようというわけではない」

個人的にはそれも一興だとは思うが——とつけくわえかけて、パトリシオはやめた。国防委員長がジョークを楽しむ気分にないことは明白だったからである。

「リン・パオにせよ、ユースフ・トパロウルにせよ、彼らがなにかと問題になる人物だということは承知のうえだ。だが、そもそもわが同盟軍は、とりえのない人物を三〇代で提督の地位につけるほど、いいかげんな組織ではないと思うのだが、どうかね」

「それはそうです。彼らは無能にはほどとおい連中です。今日までの武勲は数しれません。それはたしかですが……」

「それに、人事の王道とは言えんかもしれんが、トラブル・メーカーを最上位に据えておくほうが、中間においておくより、えてしてしまつがよいものさ。その点は私の経験を信頼してくれていい」

「……なるほど、そういうものかもしれませんな」

国防委員長は、苦笑まじりに老練な先輩の言葉を認めた。

「現在の吾々《われわれ》にとって正義とは戦いに勝つことだ。まことに低次元ではあるが、事実は事実で、目を閉じれば消えるようなものでもない。そして目前の正義を実現するために、彼らの存在は不可欠なのだ」

「敗れれば吾々の存在は抹殺され、銀河帝国は広大な新領土を手中にすることになるでしょうな」

「そうだ。敗れればすべてが終わる」

「勝てば?」

「勝てば、それからすべてがはじまる。対立か抗争か共存か、それはまだ私には予測できない。だが、とにかくなにかがはじまる。はじまれば、それをよい方向へ導いてゆく努力のしようもあるというものだ、そうだろう、ヤングブラッドくん」

ユースフ・トパロウルは後世〝ぼやきのユースフ〟という異名で人々に知られることになるが、とにかく不平と毒舌の多い男であった。

「なんだっておれひとりがこんな苦労をせねばならんのだ」

「どいつもこいつも、なにかというとおれにたよる。すこしは自分で解決しろ」

「わが軍には軍歌なんぞない。あるのは『給料どろぼうのワルツ』と『ごくつぶしのタンゴ』だ」

「上層部《おえらがた》は無能者ばかり甘やかす。仲間意識ってやつも、ほどほどにしてもらいたいもんだ」

一部の例をとりあげただけでも、このようなもので、同時代の知人たちに言わせれば、ぼやきなどという可愛気のあるものではない、ということになるであろう。

今回の人事でも、リン・パオとくまされた彼が不満たらたらというので、国防委員長の意をうけた委員のひとりが彼のもとを訪れ、彼の任務は民主共和政体を専制国家の魔手からまもる崇高なものだ、もっと喜べ、と説《と》いた。ユースフは無礼にも鼻先であしらった。

「それほど崇高な仕事なら、他人にも喜びと感激を分けてやりたいものですな。私ひとりが押しつけられるのは不公平じゃないですか」

「トパロウル中将、きみは人生を損得勘定でしか考えないのかね。いささか寂寥《せきりょう》をもたらす人生観に思えるのだが……」

「損をしたことのない人にかぎって、その種の説教がお好きでいらっしゃる。いい気なものだとしか私には思えませんね」

「そうともかぎるまい。きみの表現をもってすればだ、現に実社会で損をしている人が、他人に犠牲的精神の美しさを説くことだってあるだろうが」

「それは自分ひとりが損をするのがいやだから、他人を引きずりこもうとしているだけのことです」

ゆるぎない確信をこめてユースフ・トパロウルは断言し、彼を善導してやろうとした国防委員の試《こころ》みをこなごなに粉砕してしまった。

「あんなひねくれ者は見たことがない。いったい、祖国の存亡を賭けた一戦を彼なんぞにまかせていいのだろうか」

国防委員は退却して、ヤングブラッドにそう訴えた。

「まかせるしかなかろうね」

委員長はあっさりと言ってのけた。国防委員はおどろき、どうやらパトリシオ議長に洗脳されたらしい、と推測し、今度は自発的に、もうひとりの問題児リン・パオのもとに出かけたものである。

当時、リン・パオはフロリンダ・ウェアハウザーという赤毛の愛人と同棲していた。にもかかわらず、リン・パオが町で女を買っていたことは、ユースフ・トパロウルの目撃したところであった。リン・パオが生涯に関係した女性は、後世の伝記作家によると、姓名が判明しているだけで九四人、実際にはその一〇倍に達するとされるが、彼女はそのなかでももっとも知名度の高い五人の女性のひとりだった。ついに結婚はしなかったが、リン・パオの死をみとり、葬儀と埋葬をおこなったのは彼女である。

　国防委員は、高級士官用のクラブでフロリンダと食事中のリン・パオを発見し、無私の情熱に燃えて同席をもとめると、祖国の危機について熱弁をふるった。

「もしここで敗北すれば、建国の父アーレ・ハイネセン以来、一世紀余にわたる吾々の努力は水泡に帰する。人類社会はふたたび専制政治の支配するところとなるのだ」

「一大事ですなあ、そいつは」

　いっこうに危機感のない表情でリン・パオは言い、ウェイターを手招きすると、デザートとしてすぐりのパイとクリームティーを注文した。

「食欲があってけっこうだね」

　国防委員はへたな皮肉を言った。食事をたんなる日課と考えないリン・パオは、片頬をなぐられたことに両頬をなぐりかえすことでむくいた。

「食いたいものも食わせてくれないような国家や社会のために死ぬ必要はない。それが民主主義の原則です。ちがいますか？」

「きみの論法は極端すぎる」

「極端化は象徴化につながり、事態の本質をあきらかにしますよ」

「そうかね、私には、きみが民主主義よりデザートをおもんじているようにしか聞こえないがね」

「民主主義は食えませんが、デザートは食えますね、それもおいしく」

国防委員はテーブルに掌《てのひら》をたたきつけると靴音も荒く立ち去った。リン・パオはかるく唇をゆがめた。フロリンダが視線を国防委員の背中から愛人の顔にうつした。

「いいの？　あんな愛想のないこと言って」

「愚問に愚答で応じただけだ。政治家におべっかを使うぶんまでの給料はもらってない」

フロリンダはかたちのいいあごに両手をあて、あらためて愛人を見つめた。

「あなたはユースフ・トパロウルが戦闘的で協調性に欠けると主張するけど、あなただって似たようなものね。舌をだすにしても、相手の後ろ姿にむかってするていどの器用さはあってもいいのじゃなくって？」

「あんな野郎といっしょにしないでくれ。すくなくとも、おれは相手をえらんでひねくれることにしている。奴のは無差別だ」

「悪いほうにえらんでいるとしか思えないわね」

「見解の相違だな」

「とにかく、あんな野郎、とやらとはコンビをくむんだし、仲よくすればいいでしょうに」

デザートがはこばれてきたので、リン・パオの反応はやや遅れた。

「いくら味方どうし仲よくしたって、負けるときは負ける。無意味だね」

「勝つために我《が》を捨てて団結しようとは思わないの？」

「勝つために、か……」

リン・パオはすぐりのパイを勤勉な胃袋へ落としこむと、満足の態で腹をさすった。愛人の質問にたいして答えを返したのは、クリームティーを飲みほしてからである。

「これからさき、帝国との戦争は何世代にもわたってつづくだろう。一朝一夕に決着《かた》のつくことじゃない。その間、勝つために国民全部が我慢をしいられるってのは、あまりぞっとしない図だろう？」

「たしかにそうね」

フロリンダはうなずき、手をつけないままのクリームティーをながめていたが、不意にくすくす笑いだした。

「考えてみると、あなたとユースフ・トパロウルは、けっこういいコンビだと思うわ」

「おい、よしてくれ、フロリンダ」

「トパロウルもそう思ってるでしょうね。じつはそこが肝腎《かんじん》なのよ。おたがい、まったくいやな奴だけど、あいつをコントロールできるのはおれしかいない、おれ以外の誰にもつとまらない——そう思っていればプライドも傷つかないわね」

「ふん……」

めずらしく憮然とするリン・パオだった。

統合作戦本部ビルの一室で、リン・パオとユースフ・トパロウルはデスクワークに専念していたが、総司令官が口のなかでなにやらころがしているようすに、気にした参謀長が声をかけた。

「なにをしゃぶってるんだ、さっきから」

「性病治療用の舌下錠《ぜつかじょう》さ」

リン・パオを見やったユースフ・トパロウルの目つきは、殺人未遂現行犯のそれにちかいものだった。

「このさい言っておくが、おれはあんたのそういうところが気にいらないんだ！　不謹慎だとは思わないのか！」

「冗談だよ、トパロウル中将。ちょっとしたユーモアのつもりだったんだ。ただのビタミン剤さ。つまり……」

「あんたにユーモアのなんたるかを説教してもらおうとは思わん。冗談を言っているということは、百も承知している。おれが腹だたしいのは、あんたの冗談に品がなさすぎるってことなんだ！」

「…………」

「なんとか言ったらどうだ」

「一言もないんで黙ってたんだが、気にさわったかな」

ユースフは開きかけた口を閉じると、もはや皮肉も言わず、毒舌もはかず、黙々と仕事に没頭した。

総司令官リン・パオ中将、総参謀長ユースフ・トパロウル中将のもと、同盟軍はとにかくも迎撃態勢をととのえにかかっていた。

「戦場の外で勝敗を決するものは、情報と補給である」

統合作戦本部長ビロライネン大将はそう言明し、後方勤務本部を設置してみずから初代本部長を兼任し、若い指揮官たちが戦場で充分に手腕をふるえるよう環境整備に尽力していた。

ウォード、オレウィンスキー、アンドラーシュ、エルステッド、ムンガイらの提督たちは、いずれも総司令官と同年輩で、勇気といい用兵術といい、まず俊秀と称してよい人々だった。問題があるとすれば総司令官と総参謀長にたいする服従度であったろう。リン・パオとユースフ・トパロウルのコンビが彼らを指揮すると告げられたとき、ウォードはうなり声をあげ、オレウィンスキーは低く舌打ちし、アンドラーシュは肩をすくめ、エルステッドは天をあおぎ、ムンガイはため息をついた。彼らの忍耐心にとって、これは小さからざる試練であった。彼らは私的感情より公的義務を優先させるだけの良識をそなえてはいたが、評議会議長、国防委員長、統合作戦本部長といった人々が連日、「きみたちをたよりにしている」と言わなければ、戦いへの意欲を失ったかもしれない。

銀河帝国は開祖ルドルフ・フォン・ゴールデンバウムの即位から三世紀以上を経過し、第二〇代皇帝フリードリヒ三世の統治下にあった。彼は先帝レオンハルト二世の甥《おい》であり、実子のない叔父の養子となって至尊《しそん》の冠を頭上にいただいたのである。レオンハルトは皇后クリスティーネの強い勧めによって甥を養子にしたのだが、直後に急死したことから、皇后と後継者とのあいだに不倫な関係の存在をささやく者も当時すくなくなかった。

皇帝フリードリヒ三世には四人の子息がいる。長男グスタフが皇太子に立てられてはいるが、きわめて虚弱な体質で、皇太子としての国事行為どころか、日常生活を尋常に送る能力すら欠けていた。近衛旅団の閲兵式をおこなう最中、貧血をおこして倒れたこともあり、巨大な帝国の専制者としての資質に、多くの臣下は不安をおぼえている。

次男マクシミリアン・ヨーゼフは、知性の点でも健康の点でも水準以上だったが、母親が下級貴族の娘で、門閥貴族のうしろだてがまったくないため、なかば自動的に後継者レースからは除外されていた。当人も政治的な野心をみせず、地方の小領主として飼い殺しの生涯を送るみずからの運命に安住しているようである。

三男ヘルベルトは、知性はともかく、健康と野心の点では申しぶんない存在だった。行動力と積極性に富み、必要に応じて陽気にも謹直にもなることができた。友人や部下にたいしては、いささかの押しつけがましさはあるにしても、親切で気前がよかったから、人望にもまずまず恵まれていた。その人望は、とくに酒を飲んだときなどはいちだんと高まった。なぜなら、心地よく酔いがまわると、この貴公子は、自分がより高い地位と強い権力をもっているならもっと友人たちにゆたかな友情の証《あかし》をしめしてやれるのに――と残念がってみせたからである。

四男のリヒャルトは、すぐ上の兄と烈しく憎みあっていた。彼とヘルベルトは、血統というあいまいなものがたしかに存在する場合もある、という事実の生きた例証であって、性格も容姿も、おたがいにうんざりするほどよく似ていた。鼻がやや大きすぎるのをのぞけば、まず美男子といってよく、体格も姿勢もりっぱだった。思考法の似ている点からいえば、ふたりとも、至高の地位と最大の権力とは自分にこそふさわしく、自分の兄弟には荷が重すぎる、と、かたく信じてうたがわなかった。自分がその地位と権力を継承すべき正当な理由があるか否か、などという疑問は感じたこともなかった。彼らにとって、権力とはゴールデンバウム家の附属物、あるいは先祖代々つたわる調度品のようなもので、本来ひとつの血統によって独占されるべきものではない、などとは想像の外にあった。もしそういう考えを公然と表明する者がいれば、社会秩序維持局の無慈悲な手によって人間としての権利をすべて奪われることであろう。彼らの偉大な先祖ルドルフ・フォン・ゴールデンバウムが子孫のために遺した帝国は、その領域ほどに広大な精神によってささえられてはいなかったのだ。

「これは大規模な狩猟以上のものではない」

御前会議において〝叛乱軍の不法占拠地〟への遠征が決定されたとき、軍務尚書ファルケンホルン元帥はそう述べた。ことさら傲然として言いはなったわけではなく、元帥としてはたんに事実を指摘しただけのつもりであった。一〇〇年以上も昔に流刑地から脱走した共和主義者どもの子孫が、宇宙の片隅にのがれて別天地を気どったところで、なにほどのことがあるというのか。

それは帝国の重臣たちに共通する考えではあったが、状況の変化によってその表現は多少の修正を必要とすることになった。皇帝フリードリヒ三世の三男、ヘルベルト大公殿下が遠征軍の総司令官に任命されたからである。

これは、皇帝が病弱な皇太子にみきりをつけ、あらたな後継者候補に武勲の箔《はく》をつけてやろうとすることを暗示するものであったから、重臣たちとしてはその意を迎える必要があった。〝大規模な狩猟〟は、それ以後、〝史上空前の壮挙〟という美称で呼ばれることになる。皇帝の意思は、この巨大な専制国家においてはすべての法律と条例に優先するものであり、服従だけが存在を許される選択であった。

ところが、皇室から反対者がでた。皇帝の異母弟で帝国軍上級大将の階級をもつバルトバッフェル侯ステファンが、御前会議の席上、この遠征計画に手きびしい批判をくわえたのである。

「今回の遠征には三点の不利がある。第一点は時間の不利である。準備の時間が不足している。必勝を期すなら、まず調査と情報分析に時間をかけねばならないが、それは敵に防戦準備に必要な時間をよぶんにあたえる。このさけがたいパラドックスを、どう整合させるのか。第二は地理上の不利である。わが軍は一万光年の距離を遠征しなくてはならないが、大軍の補給を考えただけでも、その困難は目に見える。くわえて、敵はおそらく精密な星図をもち、地理に通暁しているであろうのに、わが軍は不案内な敵地で戦わねばならないのだ。そして第三に、人的資源の不利である。このように重大かつ困難な遠征の指揮を、熟練した将帥《しょうすい》にではなく、戦争とカード遊びの区別もつかない苦労知らずの驕慢《きょうまん》児にゆだねるとはなにごとか。公私の差をわきまえず、国運と家運を同一視し、もって国家と人民を害することのないよう、本職は切に希望するものである」

この発言は会議全体を震撼《しんかん》させ、若い大公の怒気を強烈に刺激した。

「叔父上は、私を指して驕慢児と言われるか。不当な言いようをなさるには、たとえ一族の長老とて容赦できぬ」

長老と呼ばれるには若すぎる叔父は、一〇歳も年齢のちがわない甥をするどく見すえた。

「ヘルベルト、卿《けい》がふたりの兄をさしおいて帝位に就きたいとのぞむなら、今回の遠征を指揮しようなどと考えぬことだ。卿の生命《いのち》とりになること必定だぞ。帝位を欲するほどであれば、せめて自分になにができてなにができぬか、そのていどの判断力は具《そな》えることだな。市井《しせい》の庶民なら家族と友人に迷惑をかけるていどのことだが、皇帝ともなれば、その影響は数百の恒星世界におよぶ。いたずらに武勲を誇るより、武力を濫用せぬことをこそ心がけるべきではないのか」

こめかみの血管を怒張させたまま、ヘルベルトは反論できない。

美食と荒淫でたるんだ頬の肉を、不興げに慄《ふる》わせながら、皇帝は、場ちがいなまでに剛直な異母弟を見やった。

「では、どうしたがよいと卿は言うのか」

「どうしても彼ら叛徒たちとの戦いがさけられぬとしても、すでに一世紀以上も放置していたのです。今日にいたって、あえて短兵急《たんぺいきゅう》に事態の解決をはかる必然性は見いだせません。わが帝国の領域内に軍事拠点を構築し、彼らの侵入をふせぐとともに、将来の遠征に際しては補給および通信の中継地となせばよろしいでしょう。さしあたりこちらからの攻撃は不要、境界を侵させねばすむことです」

「領域内と言われたか、叔父上」

侯爵を見やるヘルベルトの眼光に毒がある。

「聞き捨てならぬおっしゃりようだ。宇宙は広大無辺だが、そのことごとくは銀河帝国の領域であり、皇帝の統治するところ。ゆえに境界などありえようがない。叔父上は、銀河帝国が全宇宙唯一の政体であり、皇帝が全人類の統治者であるという真理を否定なさるのか」

あきらかに論点をずらした甥の恫喝《どうかつ》は、叔父の苦笑に迎えられた。

「他人の意見のあげ足をとることが、皇帝の資格とでも教えられたか。ゴールデンバウム家の将来が楽しみなことだな」

「もうよい、ステファン、それ以上の発言を禁じる」

絶句した息子にかわって、皇帝が批判者の口を封じた。その表情と口調によって、重臣たちはバルトバッフェル侯の末路を確信した。

この場合、剛直さは罪であった。正しいことを、堂々と言ったところで、誰も救えはしないのだった。皇帝が怒気を発し、勇敢な発言者が酬《むく》われることなく破滅し、人々の口が以後いっそう重くなるだけのことだ。

くわえて、正論の存在が、かえって強硬論の加速をうながすことがあるとすれば、このときがそうであった。妥協も曖昧さもないバルトバッフェル侯ステファンの意見はヘルベルトと彼の父親に忌避されたのみならず、他の重臣たちの賛同をえることもできず、孤立し、排斥された。ステファンは軍職を返上して宮廷をしりぞいたが、おいうちをかけるように帝国首都への立ち入りを禁じられ、爵位を男爵に下げられたうえ、領地の八割を没収された。彼は削減された領地の山荘に引きこもり、二度と世にでることなく、三年後に病没する。

銀河帝国が自由惑星同盟《フリー・プラネッツ》の勢力範囲との境界点にイゼルローン要塞を建設し、ステファンの先見を無言のうちに認めるのは、半世紀の歳月が経過したのちのことである。

遠征の準備は急速にすすめられた。あるいは皇帝と大公の、ステファンにたいする面《つら》あてであったかもしれない〝不逞な叛徒ども〟を征討するために動員された兵力は、将兵四四〇万八〇〇〇、跳躍《ワープ》能力を有する大小艦艇五万二六〇〇隻におよび、この点、〝史上空前の壮挙〟と呼ばれるのも過当な表現ではなかった。

皇帝は、宮廷を追われた弟の意見に、多少はうなずくべき点を見いだしたらしく、息子を補佐する幕僚団を老練の提督たちでかためようとした。だが、それは掣肘《せいちゅう》をこのまないヘルベルトの反発をかった。全能かつ不可侵であるはずの皇帝は息子に譲歩し、半数の人選を彼にゆだねた。結果は、心ある重臣や提督たちの眉をひそめさせるものだった。ヘルベルトは、彼のサロン仲間たちに気前よく官位をばらまき、軍服を着るのは生まれてはじめてという二〇代の将官を四人、佐官を八人、誕生させたのである。彼自身は帝国元帥となった。黒を主として各処に銀色を配した華麗な軍服は、若い大公の洗練された美的感覚を、充分に満足させたのだった。

帝都オーディンを出発して二五日後、帝国軍はのちに〝イゼルローン回廊〟と呼ばれるようになる宙域にはいった。それは複数の意味で危険な地帯だった。まず自然条件がきわめて悪く、変光星、異常な重力場、赤色巨星などがひしめくなか、細い安全通路を手さぐり状態で前進せねばならなかった。かつて、自由惑星同盟《フリー・プラネッツ》の建国者たちは長征のさなか、過半の同志をここで失ったのである。いまひとつは、いまや敵地にちかく、いつどこから敵の伏兵がゲリラ戦をしかけてくるか、という危険であった。

総司令官ヘルベルト大公殿下は、帝都を出発した当時は、よい意味での昂揚感と緊張感を有していたが、二カ月ちかくにわたってそれを持続させるのは容易なことではなく、すでに彼の精神と肉体は弛緩の坂をころげおちつつあった。敵地にちかいこと、航路が安全とは言えないことを聞くと、そのときは一時的に心身が活性化するのだが、一日たつとそれも忘れさってしまい、軍服を着用することすらわずらわしがって、環境が容認するかぎりの自堕落さに首までつかってしまうのだった。

幕僚の半数はヘルベルトの個人的な友人であったから、むしろすすんでそれに加担し、総司令部を、若い貴族たちの遊興の場に変えてしまった。総司令部は活気にあふれた。本来、軍隊や戦場でありうべき活気ではなかった。陽性で、機智と教養にみち、そしてどこか空虚だった。

残る半数の幕僚たちは、帝国内で発生した大小の叛乱、動乱、海賊行為、民衆蜂起などで実践の経験をつんだ軍事活動の専門家たちであり、総司令部のサロン化をけっしてこころよくは思わないまでも黙認していた。じつのところ、大公殿下がお飾りでいてくれたほうが、戦いやすくもあり、彼らの軍功のためでもあった。中途半端な知識と強大な権力をもつしろうとほど迷惑な存在はないのである。

帝国軍には婦人兵はいなかったから、幕僚たちは同盟軍のリン・パオの上司や部下たちのように風紀の乱れを心配する必要はなかった。もっとも、一部の苦労性の者は、わがままで気まぐれで精力的な大公殿下が、女性の代替品を美貌の少年兵にもとめるのではないか、と危惧したが――なにしろ〝兵営の恋〟などという表現が何千年も昔からあることで――どうやら杞憂《きゆう》であったようで、大公殿下は、もっぱら酒と賭博と射撃練習、それに兵士たちの格闘技訓練の見物、とりまきがもちこんだあやしげな立体VTR《ソリビデオ》の鑑賞などで時間をつぶしていた。ときおり生じる事故も、彼の興をそそった。

艦艇どうしの衝突、磁気風、重力風、隕石雨など、幕僚たちの頭痛の種が、彼にとっては興味の焦点となった。彼はそれらに接するのに、最初は旗艦のスクリーンを使ったが、やがて専用のシャトルを必要以上に飾りたてて、事故の現場を訪問するようになった。大公殿下の〝視察〟が終了するまで、遠征軍は前進をやめねばならず、たまりかねた幕僚たちは、レトリックのかぎりをつくして、大公殿下の関心を戦場へとむけねばならなかった。皇帝陛下は、殿下が凱旋なさる日を心待ちでいらっしゃいます――などというたぐいの台詞《せりふ》を考えるのに、彼らは艦隊運用に匹敵する苦労をあじわった。そう言われると、ヘルベルトはさすがに父親の期待に思いをいたし、前進を命じるのだった。

「要するに、殿下にとってはすべてが退屈しのぎのイベントなのだ」

幕僚のひとりインゴルシュタット中将が友人のハーゼンクレーバー中将にささやいた言葉は、

ヘルベルトの現実感覚の欠落を、的確に表現するものだった。彼のように認識力にすぐれた人物がいないわけではなかったが、ヘルベルトに苦言をていする幕僚はあらわれなかった。バルトバッフェル侯ステファンが宮廷を追われた理由を一同は知悉《ちしつ》しており、自己の地位、あるいは生命を賭してまで、彼に直言しようとする者は、もはや存在しなかったのである。

これは、ひとつには、遠征軍の勝利をうたがう者がいなかったことにもよる。悲観的な者は苦戦を予想したかもしれないが、敗北するとまで考えた者はひとりもいなかった。三世紀以上にわたって銀河帝国は人類社会に君臨し、その間に多くの叛乱や民衆蜂起を粉砕し、帝国は永遠にして不滅のものと謳《うた》ってきたのであり、たいはんは貴族である幕僚たちにとって、それは真実であった。バルトバッフェル侯ステファンが異端者とならざるをえない理由がそこにあった。

「敵艦隊発見！」

回廊付近を哨戒していた駆逐艦ヤノーシュから同盟軍総司令部へその報がはいったのは、七月八日である。以後、報告はとぎれなくはいり、帝国軍が同盟軍の二倍の数であることは、一〇日にいたって確認された。

宇宙暦《SE》六四〇年、帝国暦三三一年の七月一四日、帝国軍と同盟軍はダゴン星域において戦闘状態にはいった。

とはいえ、大艦隊どうしが正面からぶつかりあったわけではない。先遣の分艦隊どうしが三〇〇〇万キロの空間をへだてたがいの所在を探りあてたものの、その兵力までは確認できず、なかば逃げ腰で発砲し、応戦されて逃げながらさらに発砲し、おたがいに一艦の損害もださず本隊へ帰還したのである。

「わが軍、損害なし」

の報告をうけて、リン・パオは苦笑した。状況が推察できたからであった。最初からはでに撃ちあうより、手さぐり状態になるのが当然のことである。なるべくなら、遭遇戦を本格的な戦いに発展させたくないのが、用兵家の心情である。計画性を欠いた戦いで、たとえ勝っても、完全な満足はえがたいのだ。

これは人類が西暦《AD》を廃し宇宙暦《SE》をもちいるようになってから最初の恒星間戦争であった。西暦二八〇一年――宇宙暦一年に銀河連邦《USG》が誕生してから六世紀余の長きにわたり、人類社会は戦争を経験していない。圧政があり、虐殺があり、武力による反抗があり、海賊行為とそれにたいする鎮圧行動があり、流血の量はすくなくなかったが、正規軍どうしの衝突は絶えてひさしかった。もっとも、帝国からみれば、これはあくまでも叛乱にたいする討伐《とうばつ》行動であって、主権国家どうしの武力衝突とは言えなかった。しかし、自由惑星同盟《フリー・プラネッツ》にとって、これは建国以来最初の対外戦争、そして最大の危機であった。

リン・パオは旗艦サンタイサベル内の総司令部に幕僚を集めた。ユースフ・トパロウルをはじめとする参謀チームは最初から総司令部にいるが、ウォード、オレウィンスキー、アンドラーシュ、エルステッド、ムンガイらの各艦隊司令官はシャトルでやってこなくてはならない。めんどうではあるが、傍受される危険を考慮してのことであった。

白く五稜星《ごりようせい》を染めぬいた黒ベレー、おなじく黒い軍用ジャンパーとハーフブーツ、アイボリーホワイトのスカーフとスラックス――その後長きにわたって使用される同盟軍の軍装は、この戦いからもちいられたとも言われるが、記録が不備なため、その真偽は確定せず、いくつかの異論もある。だが、そうではないとしても、さほどことなったデザインの服が着用されていたわけでもないようである。服の機能性というものは、惑星間旅行時代のごく初期には極限に達し、以後ほとんど変化をみせていないし、ある小説家が言ったように、どだい人間の体型が変化しない以上、服も変化しようがない。袖を三本にしたり尻尾のための穴をあけたりしても無意味なのだ。

リン・パオは黒ベレーをぬいで、意味もなく両手でもてあそんでいたが、やがて幕僚たちにむかって言った。

「いまさら言うのもおかしいが、古来、補給線が長いがわの軍隊が敗れるというのは軍事史上の常識だ」

「補給線の短いがわが、戦術レベルで致命的な失策を犯さないかぎりはな」

間髪をいれずユースフ・トパロウルが応じた。ひやりとしたのは他の幕僚たちであって、言った者と言われた者とは平然としていた。

「わが軍には地の利がある。この星域にかんして、帝国軍とは比較を絶する知識を有している。この点はなんぴとも異議がないだろう」

「……異議なし」

ユースフが沈黙しているので、アンドラーシュが総司令官に応えた。

「けっこう。そしてわが軍は数において劣る。これもまた事実。しかし、地の利を生かして、実働率を高めることで、それをおぎなうことができる。だからこそ、このダゴン星域を戦場にえらんだ。敵にとって、ここはお化け屋敷も同様だが、吾々にとっては遊びなれた庭先だ」

「とんでもない宙域にさそいこまれたぞ。これは巨大な迷宮だ。地の利、吾にあらずということか」

インゴルシュタットは吐息した。作戦指導の事実上の責任者となった彼は、宮廷サロンの分会場と化した総司令部を離れて、戦艦ゲッチンゲンの第二艦橋に執務室をもうけ、情報の収集と分析に努力をかたむけていた。その結果、彼の内心の秤《はかり》は悲観のがわに傾かざるをえなかった。判明しただけで三重の小惑星帯が太陽をとりかこんでいる。太陽は壮年期だが活動が不安定で、しかも電磁波の発生量がきわめて多い。さらに帝国軍にとっては有史以来はじめて到達した星域であり、このような場所で大軍を有機的に運用するのは困難をきわめるだろう。それに比較して、敵はすくなくとも帝国軍よりは豊富なデータを有している。補給線も短い。それらを思案すると、負けはしないだろうが、容易ならぬ戦いになるであろうことは想像がつく。

こちらからしかけることはできない、と、インゴルシュタットは考えた。全軍を高密度に集中配置し、敵の来寇にたいして反撃する戦法に徹し、くりかえして敵を消耗させ、最終的に全兵力による決戦をしいることだ。とにかく兵力を分散してはならない。

七月一六日。最初の戦術的勝利は帝国軍の手に帰した。帝国軍の前面に進攻したオレウィンスキー艦隊は、帝国軍が重層的に構築した縦深陣《じゅうしんじん》にさそいこまれ、艦列が伸びたところを挟撃《きょうげき》されたのである。ウォードとエルステッドが急行し、敵陣の一角を突き破ったため、全滅はまぬがれたが、オレウィンスキー艦隊は兵力の三割を失った。

帰還したオレウィンスキーを、リン・パオは一言もとがめようとしなかった。

「戦術レベルでの敵の力量はよくわかった。正面から戦っては出血量が増えるだけだ。戦いはこのさい、なるべくさけたがいいな」

若い勇将ネイスミス・ウォードが眉をしかめて総司令官を見た。

「戦わなければ、なるほど、負けはしないでしょう。しかし勝つこともできませんぞ。敵が決戦を断念して撤退してしまったら、どうなさるのです？」

「それでいいのさ。吾々の目的は勝つことではない。負けないことだからな。敵の侵入を阻止さえできればいい。なぐりつけて追い返さなくても、敵が腹をへらして家へ帰ってくれれば重畳《ちょうじょう》きわまりないさ」

ウォードの水色の瞳は、司令官の覇気の欠如をはげしく非難していたが、リン・パオは器《うつわ》が大きいのか、あるいは鈍感なだけなのか、鋭利な視線を平然とうけとめている。

「司令官にひとつうかがいたいものですな。勝つことと負けないこととは、どこがどうことなるのです?」

リン・パオは悠然と答えた。

「辞書をひくんだな。他人に訊いてばかりいたんじゃ勉強にならんよ」

ウォードは無言でひきさがったが、リン・パオの視界から消え去るまでに、床を三回、ドアを一回、音高く蹴りつけたのだった。

緒戦《しょせん》の勝利は帝国軍の意気を高めた。総司令官ヘルベルト大公殿下は、アルコール臭を一声ごとにまきちらしながら将兵の勇戦をたたえ、勲章と昇進を約束し、全員の食事にワインをつけさせた。大公は、兵士にたいしてもけっして吝嗇《りんしょく》ではなかった。

「兵士たちがいっきょに活気づいた。勝ったことがよほどうれしいとみえる。やはり勝利が一番の薬だな」

「そいつはすこしちがうな」

インゴルシュタットの何気ない感想に、ハーゼンクレーバーは異をとなえた。

「どうちがう？」

「勝ったのがうれしいのじゃない。戦う相手がいたことがうれしいのさ。戦いを待つ気分にくらべたら、戦いじたいは恐ろしいものじゃない」

ハーゼンクレーバーの言いようは、いささかうがちすぎのようにインゴルシュタットには思えたが、未知未踏の敵地に侵攻した軍隊の心理の一側面を、たしかに突いているのだった。

いずれにせよ、一度小さな戦闘に勝っただけで油断はできない。帝国軍の戦力を測るための攻撃であった可能性もある。このさき数日はなお慎重であるべきだろう……。

ところが、翌一七日、帝国軍総司令官ヘルベルト大公がつぎのような命令をくだしたのである。

「敵は畏怖するにたらず。なにをもって逡巡《しゅんじゅん》の理由となすや、全軍ただちに攻勢にでるべし。もって皇帝陛下の敵を族滅《ぞくめつ》し、帝国の辺境を安寧《あんねい》におかん」

インゴルシュタットは呆然とした。

帝国の遠征軍総司令官ヘルベルト大公に、剛直な叔父が指摘した以外の欠点があるとすれば、感情家で精神が不安定なことだった。順境にあるときは度をこして楽観的になり、逆境におちいれば不安と焦慮にさいなまれたあげく怒気を爆発させてしまう。しかも、ヘルベルトのこれまでの生涯で逆境といえば、たかだか狩猟でみごとな毛並みの銀狐を撃ちそこねたとか、カード遊びで三日つづけて最下位に終わったとか、次兄マクシミリアン・ヨーゼフの侍女ジークリンデに声をかけて肘鉄《ひじてつ》をくらわされたとかいうレベルのものであり、およそ人間の生死にかかわるような深刻なものではなかった。

皇帝の家に生まれれば、平民にはない苦労もある。ことにこの一世紀ほどは、帝位をめぐる陰謀や策略が皇帝の代替わりごとに発覚し、先帝レオンハルト二世をふくむ三人の皇帝、五人の皇后、三人の皇太子の死について不穏な噂がささやかれていた。至高の地位につきそこねれば、宮邸や帝都《オーディン》はおろか、人生の舞台そのものから追放される恐れさえあったのだ。しかし、いまや彼と玉座とのあいだには現に帝位についている父親がいるだけだった。兄も弟も、配慮を必要とする競争相手ではなくなりつつあった。自分の優位を考えると、ヘルベルトは頬の肉がゆるむのを感じ、あわててひきしめた。彼は、父親のように、ある種の犬を思わせるたるんだ頬肉の持ち主にはなりたくなかった。

ふたりの兄について、ヘルベルトは比較的、寛大な気分になれた。長兄グスタフはどうせ長生きできぬ身体だから、せいぜい安らかに死なせてやろう。次兄マクシミリアン・ヨーゼフも分《ぶん》を知っているようだから、こちらからすすんで害するにはおよぶまい。ただひとつ、次兄の侍女ジークリンデにだけは、皇帝となる男をないがしろにした罪のむくいを思いしらせてやる必要があるだろう。

問題は弟のリヒャルトである。

この弟にたいしては、ヘルベルトは兄弟らしい感情をまったくいだくことができない。顔や性格の相似は、憎悪と嫌悪をつのらせる原因にしかならなかった。おそらく弟のほうでもそうであろう。いずれか一方が帝位につけば、他方は抹殺される。ともぐいめいたその道しかあたえられていないように思われるのだ。だが、その道もヘルベルトにたいして門戸を開いた。すくなくとも、遠征開始の時点では、父は三男をえらんで四男を捨てたのだ。いまごろリヒャルトは、むなしく帝都にあって兄の壮挙を思い、嫉妬と敗北感に慄えているであろう。はやく凱旋して、奴が卑屈に勝者に迎合するところを見てやりたい……。

緒戦の勝利に節度を失って昂揚したヘルベルトは、こうして軍事常識を無視した攻勢を命令したのである。幕僚たちは暗然としながらも、服従せざるをえなかった。

「帝国軍がうごいた⁉」

一八日午前、その情報がもたらされたとき、リン・パオはトーストを口もとにはこびかけた手を空中で急停止させた。

「ばかな、うごくはずがない」

ユースフ・トパロウルの声も動転している。この時点で、彼らはインゴルシュタットに代表される帝国軍の正統的な戦法を読んでいた。敵中にあって地理に暗く、補給や通信に不安のある帝国軍としては、退路を確保しつつ全艦隊を密集させて同盟軍の攻撃に即応する態勢をとり、全兵力どうしの正面展開へもちこもうとするはずである。同盟軍がそれにのらなければ、補給物資が欠乏した時点で撤退するしかない。いずれにせよ、艦隊を放射状に分散出撃させるなど、ありうべきことではなかった。積極の度をこして、無謀というべきである。もし無謀でないとするなら、帝国軍はこちらの予想よりはるかに正確に、星系の地理を把握しているのか……？

「参謀長、そう気を落とさないでくださいよ」

幕僚のオルトリッチ少佐が、旗艦の自室で考えこむユースフに、無邪気なほど明るい声をかけた。

「昔からよく言うでしょう。中途半端な失敗よりは、完全な破滅のほうがましだって」

「聞いたことがないな。偉大な敵より無能な味方のほうが憎い、という台詞なら知っているが」

「初耳です。誰が言ったんですか」

「考えてみろ」

本気になって考えこんだ若い少佐を部屋から追いだすと、ユースフ・トパロウルは氷のとけかけたアイスコーヒーをにらみつけながら思案にふけった。悪寒が背すじを高速度で上下していた。

けっきょく、ユースフが、肥大する不安をねじふせるには、いま考えてもどうにもなるものではない、状況の変化を待とう、という居直りが必要だった。

「総司令官は？」

部屋をでたユースフは、艦橋へと歩きながら、途中で出会ったオルトリッチにそう訊ねた。

「まだ朝食をお摂《と》りになっているところです。メルバトーストを六枚、ラム酒いりのママレードをたっぷり塗って……」

「朝っぱらからトーストを六枚だと!? あいつの胃袋は牛みたいに四つあるのか！」

「メルバトーストですから……」

「それがどうした」

「普通のパンより薄いんです」

それで罪がかるくなるか、と応じかけて、ユースフは口を閉ざした。朝食を摂ることはべつに罪ではない。低血圧ぎみでいつも朝食を半分以上食べのこす彼にしてみれば、朝から大量に肉とパンをたいらげるリン・パオの食欲は動物的なものに思えるが、道徳的非難の対象となるものではないのだ。〝ぼやきのユースフ〟はめずらしく自制し、総司令官にたいする悪口雑言を胸中の抽斗《ひきだし》にしまいこんだ。

「まあ、奴に食欲があるうちは、わが軍も大丈夫か……」

そうも思い、そう思っている自分に気づいて、ユースフ・トパロウルはいささかおもしろくない気分になっていた。

帝国軍の提督たちにとっては、事態は〝おもしろくない〟ではかたづかなかった。総司令官ヘルベルト大公の命令は、要約すれば、「各艦隊は各方向へ進発して敵軍を捕捉し、これを撃滅せよ」というものであって、戦略構想などと呼びうる水準のものではなかった。戦術レベルの判断が各艦隊指揮官にゆだねられているとはいっても、星図すら整備されていない状況で敵地での行動を強制された彼らの立場は悲惨なものであった。しかも、艦隊相互の連絡、通信、情報交換はきわめて困難であった。敵の所在が不明である以上、傍受を警戒せねばならず、そうなると味方との位置関係によって相対的に自己の所在を確認することもできない。さらには、本隊からの補給も思うにまかせず、帝国軍はみずからもとめて戦力を無力化したようなものであった。

「ダゴン会戦において、吾々は、失敗し、誤断し、逡巡した。それでも勝てたのは、敵が吾々以上に失敗し、誤断し、逡巡したからである」

ユースフ・トパロウルの後日の回想は、謙遜の意思によるものではない。事実、七月一八日、同盟軍総司令部は情報のすくなさに悩まされ、判断材料の不足に苦しんだ。とくに、帝国軍の常識外のうごきには虚をつかれ、敵の行動がいかなる構想にもとづいているのか、見当をつけかねた。幕僚のなかには、帝国軍の大規模な増援部隊がダゴン星域に接近し、同盟軍の注意をそらすための陽動作戦がおこなわれているのではないか、と想像する者すらいたのである。

それでも、同盟軍の苦悩は、帝国軍に比較すればまだしもであった。すくなくとも、地理上の知識において、帝国軍とは比較にならなかった。

シュミードリン提督の艦隊では、指揮官がなかば呆然として主任オペレーターにただした。

「いったい敵はどこにいるのだ？」

この深刻な質問にたいして、返ってきた答えは、さらに深刻だった。

「それよりも吾々がいったいどこにいるのか、そちらの答えをだすほうが、この際は急務であると心得ます」

いずれの艦隊においても、事情は似たようなものであった。帝国軍は、〝遭遇戦における戦術的勝利を集積して、戦局全体の勝利をもとめる〟という、信じがたいほど粗雑な総司令官の発想にもとづいて行動しなくてはならなかったのである。

もしかして負けるのではないか――期せずして各艦隊指揮官の胸中にその考えが浮かび、彼らは戦慄を禁じえなかった。

いっぽう、同盟軍のリン・パオはエルステッド提督を呼んで特命をあたえた。エルステッドは先日、オレウィンスキーを帝国軍の手から救いだしたのをはじめ、連日、最前線にあって奮闘していた。

ユースフ・トパロウルであれば、「またおれに頼る」と憤慨するところであろうが、ヒュー・エルステッドは、困難な任務をあたえられるのは信頼されている証拠だ、と考えるタイプの男だった。彼はつつしんで総司令官の指令を受領し、艦隊をひきいて進発した。

同盟軍本隊と帝国軍本隊が正面から激突したのは、その日正午である。双方とも奇策は弄《ろう》さず、帝国軍は凸陣形、同盟軍は凹陣形をとって砲戦を開始し、暗黒の空間を無数のビームの軌跡で切りきざんだ。

帝国軍総司令官ヘルベルト大公は、けっして臆病ではなかった。たとえそれが未経験なるがゆえの強みであったとしても、彼は味方の損害にひるまず前進命令をくりかえし、至近距離にビームのひらめきを見ても旗艦を後方にさげなかった。ために帝国軍の士気はたしかにあがり、一時、同盟軍を圧倒するかにさえみえた。

このとき、アンドラーシュ中将の指揮する艦隊が、急進する帝国軍の右側面に砲火をあびせ、その足をとめた。激烈かつ効率的な砲火で艦列の中央部を切断されかけた帝国軍は、応戦しつつ艦列をととのえ、よく崩壊を防いだ。

「あのとき帝国軍は側面の損傷など意に介せず、前進をつづけるべきだったのだ」

と、後日、アンドラーシュは論評した。もし帝国軍がそうしていれば、陣容に厚みを欠く同盟軍は中央突破を許していたであろう。さらに帝国軍が背面展開にうつっていれば、包囲をはかった同盟軍が逆包囲され、勝敗はところを変えていたかもしれない。

しかし帝国軍は前進をやめた。アンドラーシュの側面攻撃が、壮大な包囲殲滅《せんめつ》戦法の一環であり、ここで突出すれば縦深陣のただなかに引きずりこまれるのではないか、と危惧したのである。幕僚たちの意見に、このときはヘルベルトもしたがった。遠征の開始時において同盟軍を過小評価した帝国軍は、このとき逆に敵を過大評価し、勝利の女神がさしのべた手を自分のほうからふりはらってしまった。

帝国軍につれなくされた勝利の女神は、だからといってすぐに同盟軍の腕のなかへ飛びこんではいかなかった。

七月一八日のリン・パオは、戦術レベルの対応においては的確な指令をだしつづけ、戦線を有利に維持したが、戦略レベルでは決断を欠き、全面攻勢にでるタイミングをつかめないでいた。ユースフ・トパロウルも極度の食欲不振で精彩がなく、口のなかでなにやらつぶやきながら事務的な処理をおこなうだけで、総司令部の雰囲気ははなはだ暗かった。総司令部に定時連絡をおこなったアンドラーシュ提督がその陰気さにあきれ、かつ立腹して、

「貴官らは辞表を用意されよ。本職は遺書を懐中にするのみ」

と激語したのは、その日一七時三〇分のことである。日常なら、この種の発言にたいして、

「えらそうなことを言うのは給料分の仕事をしてからにしろ」

と毒づくユースフが、一言もやりかえさず沈黙をもって聞き終わり、それを見たオルトリッ

チ少佐が、これはいよいよだめだ、と覚悟を決めたほどだった。

このとき、リン・パオとユースフも、敵を過大評価していたのである。つまり、帝国軍総司令部は自分たちと同等、あるいはそれ以上の能力を有し、軍事理論のうえから至当の行動をとるもの、と彼らは考えていた。ゆえに、アクションにたいするリアクションの巨大さを恐れて、大胆な行動に踏みきれないでいたのである。

だが、一夜あけた七月一九日、ふたりはある結論に達せざるをえなかった。それは仮説にすぎなかったが、これまで彼らがいだいていた固定観念にくらべて、説得力と論理的整合性においてまさっていた。リン・パオは参謀長をかえりみた。

「やっとわかった。帝国軍《やつら》はあほうだ」

ユースフ・トパロウルの返答は簡潔をきわめた。ただひとこと、彼は言った。

「賛成」

同盟軍はダゴン星域全体をA01からZ20にいたる五二〇の宙域に細分し、それぞれの宙域の情勢をほぼ正確につかんでいた。一昨日来の帝国軍の動向を観察していると、G16宙域に集結していた兵力が、各処に分散をはじめ、リン・パオとユースフ・トパロウルもその意図を読むのにただならず苦心したのである。

しかし、いまでは理解できる。帝国軍の総司令官が戦いに未経験であり、理性より感情にもとづいて、この無意味な兵力分散をおこなった、ということが。

リン・パオは幕僚を集め、G16宙域に同盟軍全兵力の集中を命じた。

「では、他宙域の敵軍には、どのていどの兵力をふりむけるのか？」

この質問にたいする総司令官リン・パオの返答は、幕僚たちに声をのませた。一兵もふりむけない、というのがその返答であったのだ。

「情報を総合するに、わが軍の総兵力は、かろうじてG16宙域の敵軍と対抗するにたる。これが敵の本隊であることが確実である以上、わが軍にあたえられた唯一の選択肢は、総力をあげてこれを撃つにある」

幕僚たちは納得した。たしかに、それ以外の戦法をとりようがないであろう。しかし、危惧をおぼえずにいられないのも事実である。

「ですが、他宙域の敵軍が分進合撃法でわが軍の後背《こうはい》を突いたら、わが軍は挟撃され、退路を失って殲滅されてしまいますぞ」

ムンガイが指摘すると、総司令官はかるく唇の端をゆがめてみせた。

「そのときはしかたない、殲滅されるさ」

リン・パオの大胆さは、度がすぎたもののように見えたが、彼はこのときすでに翌日、さらに翌々日の戦闘について思いをめぐらしていたのである。

帝国軍のインゴルシュタット中将は、総司令官ヘルベルト大公の無能を見離したが、だからといって勝利への努力を放棄したわけではなかった。彼はいちじるしく制限された状況のなかで最善と思われる戦法を選択した。各方面に分散した艦隊に一定範囲の宙域の戦闘を担当させ、本隊によってそれを集中制御し、必要があれば同時にUターンして、本隊を攻撃する敵軍の後背を突かせる、というものであった。じつはこれこそ、同盟軍がもっとも恐れたことで、その可能性があるうちはリン・パオもG16への兵力集中を決断できなかったのである。このため彼は数百の連絡用シャトルを集めて運行させたが、これは本隊にたいして大規模にかけられた同盟軍の前面攻撃に応戦しつつ立案実行されたもので、インゴルシュタットの即応能力が卓絶したものであることを証明するものだった。成功すれば芸術と言われたであろう。

インゴルシュタットの状況判断と作戦指導は、用兵学のうえでも完璧なものであった。ただし、実戦的にはなんら有益な結果を生まなかった。地理にかんする情報が不充分で、それぞれが孤立した状態にある大兵力を運用するには、精密にすぎ、かえって不適切だったのだ。指令は敏速に発せられたが、伝達に時間がかかり、帝国軍の各部隊が位置確認に苦労しながら予定戦闘宙域に達したときには、そこにはすでに敵の姿はなく、困惑しているところへ新しい指令がとどき、うごきはじめると別の指令がもたらされる。こうして、帝国軍は敵の現在位置も判明しないまま、ダゴン星域周縁部を右往左往することになった。

後日の推定では、七月一九日一六時の時点で、戦闘状態にあった両軍の部隊は、同盟軍八〇パーセントにたいし、帝国軍一九パーセントとされている。

〝遊兵（実戦に参加しない兵力）をつくるな〟とは兵力運用上の重要な法則のひとつだが、帝国軍はそのタブーを犯し、同盟軍に時間差各個撃破戦法の甘い果実をむさぼらせる結果となった。

……とはいえ、同盟軍司令部も、満々たる自信をみなぎらせて作戦指揮にあたっていたわけではない。圧倒的な帝国軍の大兵力がいっきょに戦闘宙域に殺到し、鉄と火の洪水によって同盟全軍を呑みこむのではないか、という恐怖が幕僚たちの背すじにしがみついて離れようとしなかった。インゴルシュタットの戦法が成功していれば、彼らの恐怖は現実のものとなっていたところであった。

「このとき、総司令官リン・パオ中将と総参謀長ユースフ・トパロウル中将は毅然として動じる色を見せなかった。ために、幕僚たちも落ちついて各々《おのおの》の任にあたり、ゆるぎない信念をもって勝利へ直進しえたのである……」

とは、同盟軍史の伝えるところだが、この種の記録の通弊《つうへい》として、事実を美化し、過度の英雄賛美がなされている。

じつは、リン・パオは参謀長にこうささやいているのだ。

「おい、いったいおれたちは勝っているのか、負けているのか」

「勝っているでしょうな、いまのところは。しかし五分後は保証できませんね」

「では、なるべく長いあいだ勝っていたいものだ」

「べつに長いあいだ勝っている必要はないでしょうよ。最後の瞬間に勝ってさえいればね」

ふたりは一瞬、視線を交錯させ、それをはずして、たがいにあらぬかたを見やった。どちらが相手をよりいやな奴だと思ったかは、判定が微妙なところであった。いずれにせよ、両者とも大声でわめいたりはしなかったので、神話の成立する余地がそこに生まれたというしだいだった。

彼らが、ようやく味方の優勢を確信するにいたったのは、一六時をすぎたころである。同盟軍は前進し、帝国軍は後退していた。もっとも、帝国軍の後退は、分散した味方の来援を待つための戦略的なものかもしれないが、それならいっそう早めに手を打つ必要があるのだった。

「オルトリッチ、全軍に命令を伝達してくれ」

「攻勢ですか、総司令官閣下」

「ちょっとちがうな。そう、爆発的攻勢というやつだ。こいつは、なかなかいい台詞だと思わないか?」

「はあ、なかなかいいですね」

文学的感受性に目隠しをかけて少佐は答え、具体的な批評をもとめられる危険をさけて、その場を離れた。

同盟軍は〝爆発的攻勢〟にでた。もともと数的に劣勢な同盟軍には、決戦時投入用の予備兵力などというぜいたくなものはなかったが、このときは文字どおり潜在能力のすべてをあげて戦ったのだ。

「一兵一艦たりとも、戦わざるなし」

と、同盟軍史が記しているのも、誇張とは言えない。帝国軍は押しまくられ、一時は前線の維持も危ういかと思われた。インゴルシュタットが、後方の予備兵力であるカウフマン艦隊の投入を考えたとき、ビューロー提督の艦隊が同盟軍の左側面にまわりこみ、それに牽制された同盟軍はスピードダウンせざるをえなかった。

このとき、帝国軍は当面の危機こそ脱したかにみえたが、じつはまたも勝機を逸したのだ。カウフマン艦隊に後方で遊撃態勢をとらせることなく、ビューロー艦隊右方に並列させ、両艦隊の戦力を同盟軍の左側背に集中指向させれば、同盟軍は崩壊していたのである。

けっして無能ではないインゴルシュタットらの帝国軍幕僚に、その決断をさせなかったのは、ひとつには総司令官ヘルベルト大公の気まぐれな命令にそなえて予備兵力を確保しておく必要からであったが、いまひとつの理由は、帝国軍の側面と後背を「ねずみ花火のように飛びまわって」（ユースフ・トパロウル談）、その通信と心理を攪乱《かくらん》したエルステッド少将の艦隊の功績でもあった。そしてさらに、敵状と地理にかんする帝国軍の情報不足が、その根底にあった。

「このとき、敵はみずから必敗の位置におく。なんぞ勝利を得ざらんや」

いささか気どったレトリックを駆使して、オルトリッチがそう回想したのは、三〇年後、彼が統合作戦本部長をもって退官したのちのことである。彼は実戦家としてはとくに傑出した存在ではなかったが、温和で公正な性格と、他人の長所を見ぬくすぐれた能力によって、多くの人材を育て、同盟軍の歴史に欠くべからざる一ページを残すことになる。彼の名は同盟軍士官学校の寄宿舎のひとつにも残され、ブルース・アッシュビー、シドニー・シトレ、ヤン・ウェンリーら歴代の提督たちがそこで一六歳から二〇歳までの日をすごすのである……。

七月二〇日。この日の朝、帝国軍はパッセンハイム中将を失った。

二重の誤謬《ごびゅう》の結果である。パッセンハイムは味方を敵と、敵を味方と誤認し、味方であるアルレンシュタイン艦隊の退路を遮断するために、エルステッド艦隊に無防備な右側面をさらしてしまったのだ。驚喜したエルステッドは、そのミスに最大限につけこみ、敵を半分やりすごしておいて、斜め後方から襲いかかった。

最初の一斉射撃で三〇〇隻以上の艦艇が破壊され、エネルギーと金属片の雲が渦まく。愕然としたパッセンハイムは、最初、全艦隊を反転させかけたが、そのときまだアルレンシュタインを敵と思っていたため、その命令を急いで撤回した。反転すれば敵――じつはアルレンシュタイン艦隊――に背を見せることになる。それより当初の予定どおり前進して、敵の後方から戦闘宙域外へ脱出したほうがよい。そう思ったのだが、これは艦隊運動の途中で針路を二転させるという最悪の結果を呼んだ。秩序を乱し、統制を失ったパッセンハイム艦隊を、エルステッドは一方的にたたきのめし、事態をさとったアルレンシュタインが駆けつけてきたときには、凱歌をあげて引きあげてしまっていた。

帝国の歴史上、パッセンハイムは最初に戦死した提督となった。その報をうけたヘルベルト大公は憤怒と衝撃に頬をひきつらせ、作戦責任者インゴルシュタットを呼びつけた。

そして衆人環視のなかで、若い大公はインゴルシュタットを無能者とののしり、手を伸ばして参謀の胸から階級章を引きちぎったのである。蒼白になったインゴルシュタットの眼前で、大公はそれを床になげうち、軍靴で踏みにじった。

これは苛烈というより度のすぎた嗜虐性と、幕僚たちの目には映った。踏みにじられたのはたんにインゴルシュタットの階級章ではなく、提督ら全員の武人としての矜持《きょうじ》である、という彼らの心情を、ヘルベルトは理解しなかった。彼はこれまでの人生を、他人の心理や感情、とくに臣下のそれにほとんど配慮することなく送ってきた。環境がそれを許してきたのである。

勝利のためにはいまは兵力の集中が必要だ、というヘルベルトの見解は正しかった。しかし、インゴルシュタットが段階を踏み、敵状をしらべて慎重におこなおうとしたことを、若い大公は迅速におこなおうとして、迅速と拙速を混同し、致命的な失策を犯すことになる。全帝国軍にすみやかな再集結をうながしたヘルベルトの指令は、同盟軍の傍受するところとなり、帝国軍は、兵力の分散、本隊の孤立、戦略の混乱、総司令部のあせり、さらに、補給の困難による各艦隊の衰弱と兵力激減という内情を、あらためて敵に暴露してしまうのである。

二二時四〇分、同盟軍総司令官リン・パオ中将は全軍に指令をくだした。敵軍が残余の兵力を集中させた段階で、それを包囲攻撃せよ、というものである。このとき、包囲網はすでに完成の直前にあり、あとは総攻撃あるのみであった。


七月二一日。零時四〇分。ネイスミス・ウォード中将の艦隊が、帝国軍左翼に最初の一撃をたたきつけた。

ウォードの保有する火砲は総計四二万二七〇〇門におよぶが、この砲撃は稼働率七五パーセントという常識外の数字をしめし、三〇万本をこすエネルギー・ビームが白い光の奔流となって虚空を突進したのである。

帝国軍のオペレーターたちが見たものは、光点でも光線でもなく、光の壁であった。警報が全通信回路を充《み》たすよりはやく、左翼艦隊は奔騰《ほんとう》するエネルギーの渦中におかれ、数百の核融合炉が同時に爆発してあらたな閃光の壁をつくった。

ある艦は瞬間的に消滅した。ある艦は火球となった。ある艦は中央から切断され、ある艦は乗組員すべてを失って浮遊をはじめる。

ウォードに痛撃をうけた帝国軍は、苦悶にもがき、のたうちつつ、反対方向で待ちかまえるアンドラーシュ艦隊のほうへよろめきかかった。

アンドラーシュは突進すべきであった。そして彼は突進した。勝利を確信した彼は、黒ベレーを空中高く放りあげ、指令シートから立ちあがって声をはげました。

「第一命令、突進せよ《ゴー・アタック》！　第二命令、突進せよ《ゴー・アタック》。第三命令、ただ突進せよ《ゴー・アタック・オンリイ》！」

それまでむしろ慎重派として知られていた彼が、猛将としての声価を確立するのは、この単純で強烈な命令によってである。しかも、この命令は完全に正しかった。混乱しつつもより戦いやすい場所をもとめて転針しかけていた帝国軍は、整然たる戦列を構築する直前、アンドラーシュの猛攻によって横面をはりたおされたのである。ハーゼンクレーバーが乗艦もろとも四散したのは、このときだった。

先制され、行動の自由を失った帝国軍は、当然ながら敵の攻撃を防ぐための空間をもとめねばならなかった。そしてそれは陣の内側にしかなかった。外へむかって突出すれば、集中砲火をあびて原子に還元してしまう。

こうして、帝国軍の戦列は、たんなる密集隊形と化した。それは基本的な球形陣ではあったが、それが編成されたのは能動ではなく受動の結果であり、積極ではなく消極の産物であった。

同盟軍は帝国軍を完全に包囲はしたものの、その環は薄く、もし帝国軍が、弱体化していたとはいえ、全兵力を紡錘陣ないし円錐陣《えんすい》に編成して一点突破戦法にでていれば、過半数の部隊が脱出と逃走に成功していたであろう。しかし、帝国軍はそうしなかった。というより、帝国軍にその戦法をとらせないところに、この包囲戦を企画し演出したリン・パオとユースフ・トパロウルの苦心があった。彼らは間断ない攻撃をかけ、包囲網をせばめつづけることによって、顔も名も知らない帝国軍総司令官を心理的に圧迫し、恐慌状態におとしいれ、帝国軍の指揮系統を寸断したのである。

帝国軍は組織的な抵抗を不可能にされ、その球形陣は一時間ごとに半径を小さくしていき、それに比例して包囲陣は厚みを増した。包囲陣の攻撃は刻一刻とエネルギー効率を高め、同盟軍は持てる火力を全開して破壊と殺傷をほしいままにした。帝国軍の一艦が白熱した火球となって炸裂すると、慢性的なニアミス状態にひしめいた周囲の数艦が連鎖的に爆発する。それによって生じたエネルギーの乱流が他の艦の自由を奪い、回避できなくなったところへ、あらたな砲撃が襲いかかるのだ。

どの時点からそうなったかは判断しにくいが、戦闘はほとんど虐殺にひとしい状態となり、一秒ごとに死者が大量生産されていった。

七月二二日四時三〇分、銀河帝国軍遠征部隊は消滅した。包囲と追撃から逃れ、帝都オーディンへ生還した者は三六万八二〇〇名。生還率わずかに八・三パーセントであった。

同盟軍は将兵二五〇万のうち生還者二三四万を数えた。提督の戦死者はなかった。すべての艦艇と通信回路は、完全勝利に狂喜する将兵の歓声にみちた。

「戦闘終了。わが軍は戦場における事後処理をすませしだい首都に帰還の予定。シャンペンを二〇万ダースほど用意されたし」

首都へむけて、通信士にそう連絡させると、リン・パオは艦橋から姿を消してしまった。居室にもおらず、幕僚たちはあわてたが、旗艦に搭乗していたブルネットの看護婦の部屋にふたりでこもっていたことが、あとになって判明した。総司令官にかわって膨大な事後処理をひきうけさせられるはめになった不幸な男は憤激して叫んだ。

「まったく、なんだって、おれひとりがこんな苦労をせねばならんのだ⁉ どいつもこいつも、おれにたよりやがって。すこしは自分たちで骨をおって他人に楽をさせてやろうって気にならんのか！」


敗者には、勝者にない未来が待っていた。

ヘルベルト大公は、最後の段階において敵中突破を敢行した部下たちのおかげで脱出に成功したが、敗北の衝撃によって完全な虚脱状態におちいっていた。以前の彼——友人にたいしては鷹揚《おうよう》、部下には気前よく、怒れば残忍なまでに傲慢であった貴公子は、いまや、父の期待にそむき、皇帝の権威と帝国軍の名誉を土足で踏みにじった、ふがいない敗残者であった。指のかかるところまでちかづいていた玉座は、地平の彼方へ遠のいてしまった。

インゴルシュタットは自殺しようとして、衛兵に銃を奪われた。彼は声もなく笑った。

「……なるほど、私の生命は、敵ではなく味方の銃弾のためにとっておかれたというわけらしいな」

ゴッドリーブ・フォン・インゴルシュタット中将は、帰国後帝国首都オーディンにおいて秘密軍事法廷で裁かれる身となった。ダゴン星域における惨敗は、ありのままには公表されず、戦況有利ならざるゆえの自主的な撤退として社会的にはとりつくろわれたが、肥大した国家機構は不名誉を一身にせおう犠牲の羊を必要とした。むろん、神聖不可侵の皇族をそれにあてはめることはできない。その大役をになうのが、インゴルシュタットの、生涯で最後の任務となった。

軍事法廷の判決は死刑であった。たんに撤退の責任をとらされただけでなく、インゴルシュタットは無能で腐敗した上官や同僚の罪をすべて両腕にかかえこんだ。補給物資の不足は、彼がそれを横流しして私腹を肥やしたからであり、情報の混乱は、彼が敵に内通して意図的に攪乱させた結果だとされた。

軍事法廷において、インゴルシュタットは最初から最後まで沈黙をまもった。他者を責める一言も、自己を弁護する一言も、ついに彼の口から発せられることはなかった。それは、彼が裁判の公正を信じていなかったためか、多くの将兵を死にいたらしめた罪を自己の裡《うち》に見いだしていたためか、あるいはその双方であったのか、判断するのは困難である。

不幸な被告にかわって、法廷を熱烈な論理闘争の場とすべく、判事と検察官の前に立ちはだかったのは、判事から被告弁護人に指名されたオスヴァルト・フォン・ミュンツァー中将であった。彼が弁護人に指名された理由はただひとつ、被告と一〇年来の不仲であることだった。ところが、この弁護人は、指名者の期待を無視し、「顔を見るのもいやだ」と日ごろ広言していた男の権利と名誉をまもるために全知全能をあげて闘ったのである。

「検察官は言われる。被告には帝国軍撤退の全責任がある、と。しかし被告は総司令官にあらず、一介《いっかい》の参謀である。検察官は言われる。被告は勝利のための作戦をたてなかった、と。しかし被告は参謀長にあらず、一介の参謀である。検察官は言われる。被告は補給物資を横流しして味方を害した、と。しかし被告は主計監にあらず、一介の参謀である。検察官は言われる。被告は味方の通信を妨害し、ために戦況は味方の不利になった、と。しかし被告は通信監にあらず、一介の参謀である。一介の参謀！　たかだか一介の参謀が、遠征軍の総指揮、作戦、補給、通信の各分野にわたって最高度の権限を有するなどということがありえようか。ありえるとすれば、それは一個人に権限を集中させた組織それじたいの罪である。組織の罪でないとすれば、一個人の無法な跋扈《ばっこ》を放任した各分野の責任者の罪である。被告の罪を責めるなら、同時に、彼らの罪も問われなければならぬ。被告の弁護人たる本職、帝国軍中将オスヴァルト・フォン・ミュンツァーは、軍と法廷の真の威信をまもるためにも、被告の無罪を要求する。あきらかに、被告は、彼自身のものにあらざる罪のために不当な裁きをうけていると確信するゆえにである……」

秘密非公開の裁判であったにもかかわらず、この弁護人の最終弁論は外部の者のひそかに知るところとなり、〝弾劾者《だんがいしゃ》ミュンツァー〟の名を後世に伝えることになった。

しかし、その格調の高さ、主張の正しさにもかかわらず――否、それであればこそ――ミュンツァーの弁論は裁判の進行と結果にたいして、まったく無力であったのだ。

死刑の判決がくだされたとき、意外に思った者はひとりもいなかった。被告も弁護人も例外ではなかった。ただ、弁護人は、判決がいちじるしく正義と真実に反すると抗議し、せめて減刑を、と要求したが、すべて容《い》れられることがなかった。

荷電粒子ビーム・ライフルによる銃殺がおこなわれる朝、刑場に立ったインゴルシュタットは、立会人となったミュンツァーを見やって深く頭をたれた。それが彼の、裁判開始以後、唯一の意思表示だった。

敗戦の真の責任者たるヘルベルト大公は、すでに離宮のひとつに軟禁されており、精神科医による治療をうけることになった。

ミュンツァーはこの弁護活動によって宮廷と軍首脳の忌避をかい、帝都防衛司令部参事官の職を解かれ、辺境の警備管区司令官に左遷されたのち、〝現地においての予備役編入〟を命じられた。事実上の流刑であった。彼が去ったあとの帝国首都オーディンは、六年間にわたって帝位をめぐる陰謀、暗殺、疑獄事件の渦中におかれ、多くの死者と同盟への亡命者を産む。帝国暦三三七年（宇宙暦《SE》六四六年）に即位した皇帝マクシミリアン・ヨーゼフ二世はミュンツァーを流刑地から呼びもどし、司法尚書の職をあたえ、帝国をむしばんだ幾多の犯罪と陰謀を一掃するよう命じることになるが――それはまたべつの物語となる。

……こうして、同盟最高評議会議長パトリシオが予言したように、〝ダゴン星域の会戦〟における同盟軍の勝利は、〝すべてのはじまり〟となったのである。

〝はじまり〟の立役者となったふたりのトラブル・メーカーは、同盟建国以後、最大の英雄となり、ともに元帥にまで昇進したが、それぞれことなったかたちで、かならずしも幸福とはいえない晩年であった。同盟軍も、彼らふたりを、敬して遠ざけた観がある。ふたりのもとで幕僚をつとめたオルトリッチは、彼らのためになにかとつくしたが、それも個人のレベルのことに終わった。

「……リン・パオ、ユースフ・トパロウルの両元帥は天才であった。それはうたがいえないことである。ただし、天才が存在すること、天才が組織のなかでどう生きるかということ、組織が天才をいかに遇するかということは、それぞれことなった問題であり、三者を整合させるのはかならずしも容易ではない……」

（「オルトリッチ提督回顧録」）

白銀の谷

惑星カプチェランカは銀河帝国の要衝であるイゼルローン要塞から、自由惑星同盟《フリー・プラネッツ》領の方向へ八・六光年を進入した宙点《ポイント》に位置している。恒星の光が地表に達するまで一〇〇〇秒以上を必要とする寒冷の惑星で、一日は二八時間、一年は六六八日からなり、ごく短い春と秋をのぞくと、六〇〇日以上が冬の領域にはいっていた。

この惑星は、帝国と同盟との歴史的な争奪地のひとつで、上空からの攻撃を効率的なものとするためには気象条件が悪く、戦火は多く地上においてまじえられた。毎年のように軍事施設の建設と破壊がくりかえされた。BⅢ《ベードライ》と称される帝国軍の前線基地が大陸のひとつにもうけられたのは帝国暦四八二年、宇宙暦《SE》七九一年のことである。

その年七月、帝国軍幼年学校を卒業したばかりのふたりの少年、ラインハルト・フォン・ミューゼルとジークフリード・キルヒアイスがこの基地に着任した。ラインハルトがローエングラムの家名をつぐ五年前のことである。

ふたりともまだ一五歳だったが、すでに身長はラインハルトが一七五センチ、キルヒアイスが一八〇センチに達していた。

とにかくよく目だつふたりだった。日光を頭部に巻きつけたような華麗な黄金の髪、氷に閉ざされた青玉《サファイア》を思わせる蒼氷色《アイス・ブルー》の瞳をしたラインハルトは、類を絶する美貌の少年であったし、燃えたつような赤毛のキルヒアイスは、ラインハルトの前でこそ影は薄いが、充分に秀《ひい》でた容姿の所有者といえたのである。

卒業後、ラインハルトは本来准尉として任官すべきところを、少尉の階級をえて任官した。士官学校卒業生と同格にあつかわれたわけで、これはラインハルトの姉アンネローゼを寵愛する皇帝フリードリヒ四世が、ごくかるくそう指示したからである。専制国家においては君主の意思があらゆる法令に優先するものであるし、たかだか一少尉の任官とあっては、血相をかえて公私混同をいさめる廷臣もいなかったのだ。

ラインハルトは宇宙の戦場へおもむくことに、若すぎる胸の火を燃えあがらせていた。ところが、宇宙空間は、ただ通過しただけであり、初陣《ういじん》の場が辺境の惑星上であるということは、ラインハルトにとっては不本意きわまりないことだった。

広大無辺の宇宙空間にあってこそ、彼の才能と野心はところをえるというのに、雪と氷に凍《い》てついた高重力の惑星の地表にはいつくばっていては、星々の大海に手をとどかせようもなかった。彼がキルヒアイスに再三なげいてみせるのも、むりからぬことと言えた。

とはいうものの、前線勤務それじたいは、ラインハルトのほうからのぞんだことであった。

最初に人事部局からしめされたのは、後方勤務、それも軍病院の事務職だったのである。安全であり楽でもあり、ときには役得もある職務だったが、ラインハルトは手ごろな安楽などを願ってはいなかった。彼はせっかくの地位を返上し、人事担当官に〝生意気な孺子《こぞう》だ〟と思われながらも、前線での地位を獲得したのだった。

さらにラインハルトをいらだたせている理由のひとつは、自分の参加している戦闘に、およそ戦略的意義というものを見いだしえないことだった。

惑星カプチェランカは酷寒の不毛地である。赤道において厚さ一三・五キロに達する氷の下には、ニオブ、バナジウム、酸化チタニウム、金属ラジウム、ルチウム、ロジウム、レア・アース、純粋シリコン等の貴重な鉱物資源が処女の眠りをむさぼっているが、存在が確認されているだけで、採掘が経済的な価値を確立するのはいつの日のことか、予想をたてるほど大胆な者はいなかった。いずれの陣営も、採掘プラントを建設したことは一再ではなかったが、そのつど敵の手で破壊されていたのだ。かくして、〝宝を奴らにわたしてなるものか〟という低次元の闘争動機が雪嵐《ブリザード》のごとく、冬のきびしさを人為的に増幅し、軍事費がそそぎこまれ、兵士の死体が生産されるのだった。

ブラスターでなく火薬式の銃をさげた兵士がラインハルトを司令官室に案内した。

警備兵たちが火薬式の銃を使うのは、アンティック趣味からではなく、銃声によって味方に警告を発する必要からである。大気のある惑星では、そういう点も宇宙空間とはことなるのだ。

BⅢ基地は、いずれ拡張されるにしても、現在のところは連隊レベルのささやかな軍事施設であり、司令官の階級は大佐で、名はヘルダーといった。

ヘルダー大佐は四〇代前半の、どことなく陰気で不機嫌な印象をあたえる男だった。眉が両端へむかうにしたがって広がり、唇の色が悪い。眼の光にも活力が欠けていた。

ラインハルトの敬礼に片手で応じながら、片手は折りたたんだ紙片をつかんだままである。よほど重要な報告書か命令書のたぐいであろうか。ラインハルトの視線がその紙片をなでると、大佐はにわかに気づいたようで、紙片を軍服のポケットにおさめ、表情にカーテンをかけ、きびしげな声をつくった。

「たとえ姉上が皇帝陛下のご寵愛をうけているとはいっても、卿《けい》はいっかいの新任少尉にすぎぬ。公的な立場をわきまえ、人から後ろ指をさされぬようにすることだ」

「心えております」

「幼年学校では成績がよかったようだが、実務は学業のように理論どおりにはいかんぞ。まあおいおいわかることだがな」

「はい、胆に銘じておきます」

侮蔑の念を表情にあらわさないために、多少の努力が必要だった。このていどの、創造性のかけらもない発言で剛直さと厳格さをよそおうような上官は、尊敬に値しない。けっきょくのところ、皇帝の寵妃の弟という権威に対抗するのに、自分自身の見識や能力ではなく、軍隊組織の権威をもってするような輩《やから》に、なにが期待できるというのだろう。

「人材はそういないものだ」

ラインハルトは失望すらしていたが、彼が将来の大成にそなえて羽翼《うよく》となるべき人物をまとめていると知れば、だれでも失笑したであろう。キルヒアイス以外に知る者のない、彼のひそかなのぞみだった。

そのキルヒアイスは、ドーム状の基地の中央にあるホールでラインハルトを待っていたが、異様な人声を耳にしてはっとした。

キルヒアイスが犬か狼であれば、ぴんと耳をたてたところである。かわりに、彼は表情をするどくひきしめた。断続する悲鳴の発生源をもとめて、彼は視線をうごかしたが、すぐ方角をさだめると、基地の建設資材や車両の部品が雑然とつみかさねられた一角に長い脚を踏みいれた。

胸の悪くなるような光景だった。すくなくともキルヒアイスにとってはそうだった。悲鳴をあげて抵抗するひとりの女に、六人もの男がのしかかり、おさえつけ、どぎつい冗談や罵声をあげながら衣服をむしりとる光景は、だが、前線ではけっしてめずらしいものではなかった。

大義名分もなく勝算が確立されているわけでもない戦乱の長期化は、前線に駆りだされた兵士たちの精神を腐食し荒廃させていたようである。女をおさえこむ表情と息づかいには、理性の一グラムも感じられなかった。発情期の獣でさえ恥じいるような、直截《ちょくせつ》すぎる欲望のエネルギーがとびはねていた。

一瞬、兵士たちのうごきが停止した。人の気配を感じたのだ。敵意と不安にぎらつく一ダース の目が、立ちすくむ赤毛の少年に視線の矢をつきさしてきた。

「なんだ、新兵の孺子《こぞう》か」

そう言ったのは、にきびの跡が頰に残ったまだ若い丸顔の下士官だった。

「てめえにまわしてやってもいいぜ。もっとも、それまで我慢できてればの話だがな」

「むりだろうぜ、若い奴はなにしろ早いからよ。待ちきれねえとよ」

笑い声が炸裂した。赤毛の少年がこれまでの人生で耳にした笑い声のなかでも、これほど脂ぎった、品性を欠くものはそう多くなかった。幼年学校で大貴族の子弟たちに身分の低さを笑われたときとはまた異質の不快さだった。

「やめろ!」

自分の声の大きさ、それにふくまれた嫌悪感の深さに、キルヒアイス自身がおどろいていた。心臓の奥深くから生じたものが、一瞬で血管網のすべてをはしって、指先までもみたしている。それは潔癖から生じた正義感であるにはちがいなかったが、それ以上のもの、さらに熱く、抑制しがたいものがこめられているのだった。

アンネローゼも、皇帝の寝所につれこまれたとき、このように抵抗したのだろうか。抗しがたい権力と暴力の前に、不本意な屈服をしいられたのだろうか。それをキルヒアイスは思ったのである。看過しうることではなかった。彼は五年前、ほんの子供で、アンネローゼを皇帝の手からまもることができなかった。その負債が、つねに彼の心にあった。

「へへ、聞いたかよ、戦友諸君、この赤毛の坊やが、おれたちにやめろとご命令だぜ」

　ふたたび笑い声がおこった。自分たちの優位を確信した者の、かさにかかった笑いである。彼らは六人いたし、キルヒアイスは背こそ高いものの、一見すると細身であり、なによりもまだ少年であったから相手は威圧感をおぼえなかった。同年輩の少年たちのなかにあっては、おとなっぽく見えるのだが、戦場で生死の関門をくぐってきた兵士にとっては子供にしか見えない。

「やめろと言ってるんだ！」

　キルヒアイスの声は、感銘をもっては迎えられなかった。毒々しい笑いがいま一度噴きあがると、なにかが彼のほうへ投げつけられた。緑系統のあざやかな色彩が視界に広がった。兵士たちの手で引き裂かれた女の上着だった。

　少年の瞳が髪の毛とおなじ色に燃えあがった。

　キルヒアイスは全身のばねを発動させた。兵士たちの輪がくずれた。身体ごとぶつかってきた少年の攻勢に対応しそこねたのだ。

　にきびの跡を顔に残した下士官が口をおさえてうめいた。指のあいだから赤いみみずがはいだして、手の甲を手首へとつたい落ちた。殴打されたはずみに舌の先端をかみ切ったのだ。

「孺子《こぞう》――！」

突きとばされただけで甚大な被害をまぬがれた残りの五人は、女を放りだし、陰惨な怒気と復讐心を両眼に燃えたたせて身がまえた。もはや冷笑や冗談ですむ段階をすぎていた。

キルヒアイスの正面にいたひとりが右の拳を飛ばしてきた。充分に体重をのせた一撃だったが、キルヒアイスをとらえるにはスピードが不足していた。バックステップしてそれをかわすと、正確無比の一発を相手のあごにたたきこむ。その兵士が吹きとんだとき、ボス格の兵士が長く太い腕をのばして、背後からキルヒアイスに組みつき、自由を奪った。

「やっちまえ！」

殺気だった声が赤毛の少年をつつんだ。

彼らの視界を、黄金色の閃光がかすめた。一瞬のことである。ボス格の兵士がうなり声をもらして地にはい、その身体を踏みつけて金髪の少年が立っていた。

「うごくな！」

ラインハルトの声は無形の刃となって兵士たちに突きつけられた。なぐりかかろうとしたまま、兵士たちは、全身を凝固させた。それを見やりつつラインハルトは威圧した。

「一歩でもうごけば、きさまたちのボスの咽喉《のど》骨を踏みつぶす。それでよければうごいてみろ」

うごく者はいなかった。蒼氷色《アイス・ブルー》の瞳から放たれる眼光の苛烈《かれつ》さが、兵士たちの神経網をからめとって、指一本のうごきすら不可能なものにしていた。巨体の兵士があおむけに倒れたその上に立ちはだかり、闘いにそなえて全身を緊張させた少年の姿には圧倒的なものがあった。

「キルヒアイス、銃に手をかける者がいたら撃ち殺せ。責任はおれがとる」

恐怖を知らぬげなその眼光と声が、勝敗の帰結を完全なものにした。兵士たちの抵抗の意欲は急速に枯れしぼみ、畏怖《いふ》の念と敗北感がとってかわった。弱者にたいしては暴力を自由にふるうことができても、強者にたいしてはそうはいかないのだった。

「やめろ！　なにをしているのか」

大声をあげてかけつけた士官――フーゲンベルヒ大尉によって事態はようやく収拾された。

フーゲンベルヒ大尉にくどくど説教されつつ、ヘルダー大佐の執務室にもどったラインハルトは、不機嫌の蒸気をはきだしつづける大佐にむかって昂然と胸をそらし、妥協のない表情と口調で赤毛の友の正しさを主張した。

「キルヒアイスは彼らより階級も上であり、命令は理にかなっておりました。非はすべて被害者のがわにあります。彼らは帝国軍人であるにもかかわらず、皇帝陛下と自分たち自身の名誉を汚水に沈めようとしたのです。その非をただし、一般市民の軍によせる信頼を回復しようとしたキルヒアイスの行為は賞賛にこそ値するもの、とがめるべきどのような理由がありましょうか」

それは弁護などという受動的なものではなく、軍紀のゆるみと、それを粛正《しゅくせい》することができない指揮官にたいする強烈な弾劾だった。

大佐の執務室からラインハルトがでてくると、今度は廊下で待っていたキルヒアイスが深く頭をさげた。

「ラインハルトさま、お手数かけて申しわけございません」

「なにをあやまる。お前は正しいことをしたのに」

「ですが、ラインハルトさまのお立場が……」

「もしおれがさきにああいう光景を見て、女を助けようとしなかったら、お前はおれを軽蔑するだろう。おなじことだ。気にするな」

「おそれいります」

いま一度キルヒアイスが頭をさげると、ラインハルトはかろやかに笑って、白いしなやかな指を伸ばし、友人の赤い髪の毛をいじった。

「気にするなというのに。このていどのことで、いちいち頭をさげていたら、そのうち逆立ちして歩かなくてはならなくなるぞ」

……モニターTVの画面から目をはなして、フーゲンベルヒ大尉は毒々しくはきすてた。

「ふん、生意気な金髪の孺子《こぞう》め、弾丸が前からしか飛んでこないとでも思っているのか」

数百年にわたって使い古された敵意の表現を、大尉は恥ずかしげもなく使った。

「大佐どの、あんなはねあがりを放任しておいたのでは、秩序の維持と、なによりも大佐どのの権威にかかわりますぞ。なんとかなさるべきではありませんか」

ヘルダー大佐はその煽動にのったふうでもなかったが、無表情のまま一枚の紙片をさしだした。それを読んだ部下の表情が大きく揺れるのを見ながら、はじめて笑顔をつくる。それとても、けっして明朗なものではなかったが。

「……というわけだ、大尉、奴は武勲をたてたがっておる。のぞみをかなえさせてやるとしよう。あたえられた機会をどう生かすかは本人の器量と運しだい、たとえ負の方向へうごいたとしても、本人としては本望だろうて」

機動装甲車による敵状偵察の命令が、ラインハルトとキルヒアイスにくだされたのは、それから二時間後のことである。

寒冷地用に改造された機動装甲車〝パンツァーⅣ〟は、二年前から帝国軍地上部隊の主力となっている。

水素電池によって九五〇馬力の出力をえ、武装は口径一二〇ミリの電磁砲《レール・キャノン》と汎用荷電粒子ビーム・バルカン砲が各一門、最高速度は時速一二〇キロ、有機強化セラミックと酸化チタニウムでつくられた車体は電波・赤外線・低周波を吸収する無色塗料で塗装されている。慣性航法システム、赤外線暗視システム、空中姿勢制御システム、指向性集音解析システム、地磁気測定システム等が完備しており、帝国軍技術開発陣が巨大な国費をそそぎこみ、メカトロニクスの粋を集め、対費用効果すらなかば無視して完成させたものであった。

もっとも、すぐれた索敵・通信システムは同等の能力を有する防御・妨害システムによって無力化される運命をたどるのが、軍事技術のつねである。たがいにテクノロジーを無力化しあったあげく、地上戦においては軍用犬や伝書バトまで使われるし、それにたいして脱臭剤を散布したり肉食性の猛禽《もうきん》を放ったりすることまでおこなわれている。およそ人間のいとなみのなかで、もっともむなしいものに注入されるエネルギーと物資の量は想像を絶するものだった。

ラインハルトの思考は、戦争それじたいへの否定へはむかわない。戦略的意義を無視して、ただ当面の敵に一定の損害をあたえればそれですむとしている、構想力と覇気の欠如が、彼の怒りをかきたてるのである。

「こいつらには——いや、こいつらだけではない。帝国軍の上層部からしてそうだが、なぜ戦うのか、目的を達成するためになにをなすべきか、まるで考えていない。敵がいれば戦って勝てばよい、としか思っていないのだ」

ラインハルトは、むろん彼らとはことなる。彼は宇宙を手にいれようとしていた。その前段階として彼は現在の銀河帝国——ゴールデンバウム王朝を打倒して、それにとってかわらねばならず、そのためには武力と権力を手中におさめねばならず、さらにそのためには武勲をたてて栄達しなくてはならなかった。〝自由惑星同盟軍《フリー・プラネッツ》〟を自称する叛乱軍の地上部隊は、この基地から西北六〇〇ないし七〇〇キロの山間部に拠点を構築しつつあるものと推定される。その拠点の位置を確認し、帝国軍がそれを攻撃、破壊、また占拠するための情報を収集すること。

　ヘルダー大佐の命令はそういうものであって、表面だけを見れば、異をとなえるにはおよばないものだった。しかし、ラインハルトもキルヒアイスも、口にこそださなかったが、これが大佐の懲罰であることは明白すぎるように思えた。成功を念願しているにしては粗雑すぎる命令であったし、地理に精通した兵士の案内すらない。電子頭脳に情報がインプットされているといっても、けっきょくのところ補完的機能にとどまるのである。

　大佐が彼らふたりに悪意をいだいていることは、うたがいようがなかった。にしても、その原因がかならずしも分明ではない。たんなるいやがらせなら、過去にいくらでも経験があるが、これはいやがらせとしてはいささかていどをこしている。

　見送る者もなく基地を出発した装甲車は、五時間にわたって雪と氷の谷間を前進しつづけた。

　夏の一時期は氷がとけ、水が流れることもあるのだろう。幾層にもかさなった氷は、ときとして下方の亀裂をそのままかたちに残し、その上に冷たい透明な板をかぶせたように見える。凍結する際につくられた水泡を丸く残して封じこめた紋様を見ると、時間の流れの一部分がそのまま切りとられて、風化の手のおよばない場所でひそかに、しかしたいせつに保存されているようにも思えるのだった。

　異常に気づいたのは、基地を五〇〇キロほども離れ、夜が世界を濃藍色のペンキで塗りこめはじめたころである。細長い谷間のような場所だった。運転席のキルヒアイスが赤毛を片手でかきあげつつ小首をかしげた。

「変です。これを見てください」

彼の指先で、〝エネルギー費消度〟をしめすランプが赤く点滅していた。ラインハルトはかたちのいい眉をひそめ、装甲車をとめるよう命じた。

「水素電池はあたらしいものに換えたばかりだぞ。この目で確認した」

「ええ、私も確認しました。ですが、確認したあと、ずっと車のそばを離れなかったわけではありませんから……」

ふたりは目を見かわした。金髪のほうの少年の口から、するどい舌打ちの音が発せられた。大佐の手がうごいたものとしか思えなかった。

「懲罰などというものではないな、これは。ここで死ねということらしい」

「ですが、ここまでだいそれた細工をする理由はなんでしょう。あとになって冗談だったではすまないでしょうに」

「それをぜひ知りたいものだ」

ラインハルトが首を横に振ると、華麗な黄金の髪が波だち、麦の穂が陽光にゆらめくさまを思わせた。一瞬、キルヒアイスはそれに見とれたが、美的鑑賞にひたっている場合ではなかった。ことは生死にかかわるレベルの問題である。

「どうします、ラインハルトさま、ひきかえすにしてもエネルギーがもちませんが……」

「とにかく夜がすぎるのを待とう。うごきたくともこれではうごけない」

ラインハルトとしては選択したわけではなく、それ以外にどうしようもなかったのである。動力が切れれば、装甲車がうごかないだけではない。兵器も無用の長物になり、照明も暖房もはたらかなくなる。索敵システムも無力化する。せめて恒星光でもないことにはうごきようがない。それでもやるべきことはやっておく必要があった。わずかな残りの動力で装甲車を氷の崖のくぼみに移動させ、雪と氷をかけてカムフラージュする。車輪の跡も多少はかくしたが、あとは降雪にまかせた。さらに機械音だけに反応する超小型センサーを各処にばらまいた。

装甲車のなかにもぐりこむ。断熱服のおかげで凍死はさけられそうだが、室温が一秒ごとに低下していくその感触は、快適にはほど遠いものだった。はきだす息が凍結して静電気のような音をたて、冷気が頬を押す。その力が強まっていく。ハンドライトを点灯させたが、明度は最低限におさえた。おさえがたいのは食欲である。食べざかり伸びざかりのふたりには、ひときわ切実な問題だった。

「姉上のつくってくれた玉ねぎのパイが食べたいな。それに熱いコーヒーを一杯」

「クリームをたっぷり入れて」

キルヒアイスが応じた。ふたりとも、肥満をおそれる必要がまったくない体質だった。ラインハルトは優美で、キルヒアイスは強靭であり、ともにひきしまって、するどい発条《ばね》と、弾力にとんだ良質の筋肉の存在を印象づける。

「姉上のパイにくらべるのがまちがいだが、こいつは家畜の餌だ。ひどすぎる」

ラインハルトは、弾力のない黒パンを指先でつついた。放射線保存された調理品もあるのだが、加熱しないことにはどうしようもない。にしても、このパンの質の悪さは尋常ではなかった。

「大佐のやつ、物資を横流しでもしているのかもしれんな」

ありうることだった。兵士レベルの退廃と腐敗はその目で確認したが、社会や組織が下から腐食することは絶対にない。かならず上から腐りはじめる。歴史上ひとつの例外もないことは、人間社会にあってはまれな法則性であった。

ラインハルトは豪奢《ごうしゃ》な黄金の髪を指でかきあげた。

「凍死や餓死でなくても、おれは地上で死ぬのはいやだ。どうせ不老不死ではいられないのだから、せめて自分にふさわしい場所で死にたい」

むりもない、と、キルヒアイスは思う。この人の両脚は大地を踏みしめるためでなく、空を翔けるためにつくられているのだ。地上はラインハルトの死ぬべき場所ではない。たとえ繚乱《りようらん》として花々が咲きほこる庭園でも、大理石とクリスタル・ガラスの豪奢な宮殿でも、ラインハルトにはふさわしくない死場所であるように思える。

「キルヒアイス、お前は死場所にのぞみがあるか？　いずれにしても、こんな場所では死にたくないだろう」

「私は、そばにラインハルトさまがいらして、アンネローゼさまがいらして……あとはなにもいりません」

自分が無欲だとはキルヒアイスは思わない。むしろ大それたことをのぞんでいると思う。ラインハルトやアンネローゼと未来を共有したい彼なのだから。

「おれが手にいれるものは、どんなものでも、半分はお前のものだ。名誉も、権力も、財宝も、あとなんでもな」

濁りのない声で、熱っぽくラインハルトは言ったが、ふいに苦笑した。

「……でも、いまのところはこの黒パンとコーヒーと、それに希望だけだな」

「さしあたっては、それで充分ですよ」

キルヒアイスは最後のコーヒーを半分ずつふたつのカップにそそいだ。それこそがラインハルトの意にそったことなのだ。もし全部をラインハルトに飲ませるようなことをしたら、本気で怒られるにちがいない。

「コーヒーを飲んだら先に寝ろ、命令だ」

「はい、少尉どの」

キルヒアイスはかるくおどけてみせた。ラインハルトの誇りと責任感を尊重するのも彼の重要な役目だった。

……幼年学校を卒業するとき、ラインハルトは当然のごとく首席だった。それは彼には結果であって努力目標などではなかった。認識と把握の能力が卓越しているからこそ、学業に必要な記憶の選択と蓄積、さらにその応用が可能なのであるが、ラインハルトの価値観は創造と構想に重きをおくので、自分自身の成績の優秀さなど、じつのところばかばかしい。いずれ彼が権力をにぎったとき、硬直しきった幼年学校や士官学校の教育も全面的な改革の対象となるであろう。

キルヒアイスも優等生グループの一員に名をつらねてはいたが、ラインハルトと彼のあいだには、必死で学業にいそしむ努力家たちの群が一個小隊ほど存在していた。

実技科目では、キルヒアイスはしばしばラインハルトさえしのぐ成績をおさめた。射撃は全学年で二位だった。一位は、天才としか言いようのない小柄な生徒だったが、この生徒は射撃においてのみ天才だったので、総合評価ではキルヒアイスよりはるかに下だった。

白兵戦技においても、キルヒアイスは学年の最優秀位をしめていた。彼より巨大な体格とゆたかな腕力を有する者はいくらでもいたが、彼ほど完璧に肉体のうごきをコントロールできる者は、上級生にもごくまれだった。むろん、基地の兵士たちはそのことを知らなかったのである。

ラインハルトはそのことを単純には喜ばなかった。

「たんなる護衛役なんか、このさきいくらでも見つかる。だけど、お前はそれだけじゃだめだ。おれの代理として何万隻もの艦隊をひきいてくれなくてはならないんだから」

そして、キルヒアイスと戦略や戦術について語りあいたがるのだった。他人が見れば、誇大妄想としか思えないだろう。だが、比類ないほど端麗な美貌を生色にかがやかせながら語るラインハルトを見るのは、キルヒアイスの喜びとするところだった。いまひとつ、ラインハルトの姉、グリューネワルト伯爵夫人の称号をもつアンネローゼと語らう喜びとともに。

庭園のカスケード（水の流れる階段）のそばにたたずんで、木洩《こも》れ陽《び》にきらめく流水を見つめているアンネローゼの姿が、視覚をとおしてキルヒアイスの記憶に深く根をおろしている。はじめて新無憂宮《ノイエ・サンスーシー》への立ち入りを許されたとき、キルヒアイスは、白亜の宮殿にも、幾何学的に樹木と園路を配置した庭園にも、虹のかかった巨大な噴水にも目をむけなかった。遠くから、ひたすら、彼の心の神殿に住む女性の姿を見つめていたのだ。

いっぽうには、まだ少女時代のアンネローゼの姿も、キルヒアイスの網膜に刻印されている。弟のそれよりはやや色調の濃い金髪をおさげにして、質素だが清潔で上品な、手入れのいきとどいた服を着て白いエプロンをつけ、弟とその親友のためにパイを焼いてくれる姿。それまでも、それ以後も、豪華なよそおいに身をつつんだ貴婦人を数多く見たが、黒貂《セーブル》の毛皮も、翡翠《ひすい》の宝冠も、白いエプロンをつけたアンネローゼの姿に遠くおよばない。

「……ラインハルト、ジーク、はやく手を洗ってらっしゃい。焼きたてのパイが待っているわよ」

なんと甘美であたたかい声だったことか。そしてその声で彼は依頼されたのだ。

「ジーク、ラインハルトのことをお願いするわね。あの子はほかに友だちをもとうとしないけど、あなたひとりで充分と思う気持ちは、わたしにもわかります。ひきうけてくださる？」

「はい……はい、生命にかえましても」

本心だったからこそ、その言葉が赤毛の少年の口からでた。それは少年にとって神聖なことこのうえない誓約だった。

「それではいけないわ。ふたりとも元気で帰ってきてくれないと……」

アンネローゼは、瞳の色も弟よりやや濃い。その瞳がキルヒアイスをじっと見つめている。深い深い、ひきこまれそうな生気の泉。

「どちらかがどちらかの犠牲になるような仲は、長つづきしないわ。あなたがたふたりは、おたがいに必要な存在であってほしいの。どうか、たがいにあたえあう仲でいてね」

「はい、アンネローゼさまのおっしゃるとおりにします」

それだけ言うのがやっとだった。ほんとうは訊いてみたかったのだ——自分はあなた個人にとっても必要な存在なのだろうか、と。いつか、だれよりも必要な存在になることができるだろうか、と。だが、心のおもむくままに行動をなすには、制約が多すぎた。キルヒアイスは膨大な量の感情を胸の奥にしまいこみ、フロイデン山地へと発《た》つ彼女を見送ったのだ。

フロイデン山地の山荘をふたりが訪問したのは二度ある。むろん、皇帝が不在のときだった。最初のときは激しい春の嵐にみまわれ、暗灰色《あんかいしょく》の雨のなか山荘に閉じこめられて、予定していた遊びなどひとつもできなかった。暖炉の炎の前でかわるがわる歌を歌い、それがつきると沈黙して炎を見つめていたのだ。それぞれの瞳にそれぞれの炎の影。

二度めのときは晴天にめぐまれた。クリスタル・ガラスを液体化したような澄明な小川で鱒《ます》を釣り、石と木の枝で炉をつくってバターで焼いて食べた。これは考えてみれば尋常ならざる特権の行使だった。フロイデン山地のものは、空気も、水も、土も、川におよぐ鱒も、雑草にいたるまで皇帝の私有物だったのだから。そして、そこに建つ山荘も、山荘にいる女性《ひと》も……。

耐えられないのはその点だった。皇帝が豪壮な宮殿で連夜の舞踏会をもよおし、森と草地と渓谷《けいこく》をいくつもかかえこむ広大な猟園でバッファローや狐を狩りたて、宝石や大理石や貴金属で居室をかざりたてようとも、そんなことはいっこうにかまわなかった。趣味と財力のかぎり、贅《ぜい》をつくすがよい。美女を後宮に集めて妍《けん》を競わせるのもよいだろう——自分から権力者の所有物となることをのぞみ、特権の落ちこぼれをひろい集めるような女性も、たしかにいるのだから。

だがアンネローゼはちがう。彼女は、腐臭を放つ権力者の鳥籠に閉じこめられるにふさわしい女性などでは絶対になかった。

あの薄よごれた老人、礼服にさげた勲章の重さにすら耐えられそうにない老醜の権力者が、アンネローゼの献身的な看護に値するなどとキルヒアイスは信じなかった。あの白い手、熱をもった額にひんやりと心地よい感触をあたえてくれるなめらかな手は、ラインハルトとキルヒアイス、ふたりのためにのみ存在するはずだった。だからこそアンネローゼの手は二本しかないのではないか。赤毛の少年は、本気でそう感じていた。その誤りを是正するためには、ラインハルトの構想するように権力構造を変革し、そのなかで力をえなくてはならないとすれば、キルヒアイスにとって、ラインハルトの目的達成に貢献することは、うたがいもなく正義でありえたのである。


急速に意識が覚醒したのは、わずかな震動を肩のあたりに感じたからである。目をあけたとき、ラインハルトがかるく肩をゆさぶったことを、キルヒアイスは了解していた。

「敵の装甲車が三台、うろついている」

ラインハルトのささやき声に、キルヒアイスもささやきかえす。ラインハルトの肩のあたりが冷たく濡れているのを彼は知った。

「わざわざ外にでてごらんになったんですね。おこしてくだされればよいのに」

「いま、おこしたところさ。こっちはエネルギーをまるで使ってないから、先方には所在がわからない。そのぶんは有利だが、ここまで敵が進出してきているとは思わなかったな」

「大佐も、ここまで計算してはいなかったでしょうね」

「だが、期待してはいたはずだ」

ラインハルトの声はにがにがしい。

おそらく大佐は上層部に個人的なコネクションをもっているのだろう、と、ラインハルトは推測していた。自然的にも人工的にも、これほど濃密な危険にみちた土地に、ラインハルトたちふたりだけを派遣すれば、後日、非難されるおそれがあるはずなのだ。戦場に到着したばかりの未熟練者をふたりだけで偵察行にだしたりしたら……ましてラインハルトは皇帝の寵妃の弟である。

「そのていどのことは、もみ消してくれる奴が上層部にいるのだ。うすぎたない同志的連帯感でむすばれているのだろうな」

「とすると、ずいぶん根が深そうですね」

「ああ、大佐ひとりの面子《メンツ》がどうのこうのいう次元のものじゃなさそうだ。おれたちがこの惑《ほ》星《し》に着く前から、歓迎の準備でもしていたのかな」

いずれにしても、大佐の思惑にのってやる必要はいささかもない。くわえて、ラインハルトたちには、より積極的に対処すべき理由があった。

「あいつらの装甲車を手にいれれば、おれたちの生きて帰る道は、ずっと幅を広げるだろう。そう思わないか」

「ええ、何倍かになりますよ」

彼らにとって、最初の戦いは、武勲や野心をうんぬんする以前に、生きるための戦いとしてあらわれたのである。これはむしろ、願ってもないことかもしれなかった。こちらがたったふたりであるのも、たがいの呼吸からいえば夾雑物《きょうざつぶつ》がないだけよい。

ふたりは、装甲車の後部座席に搭載しておいた精密誘導兵器《RPG》——対装甲車ロケット・ランチャーを引っぱりだした。ブラスターのエネルギー・カプセルを確認する。ラインハルトは崖からさがった大きな氷柱《つらら》の一本をファイティング・ナイフで切りとった。崖にはいのぼると、眼下の狭い切りとおしの道を、三台の装甲車が一列になって通過しつつある。ラインハルトとキルヒアイスはうなずきあうと、対装甲車ロケット・ランチャーを手早くセットした。

一時期、重機動装甲服《パワード・スーツ》が宇宙時代の最高兵器ともてはやされながら、ごく短期間にすたれてしまったのは、精密誘導兵器《RPG》にたいする弱点をかかえていて、それが致命的なものだったからだ。重量が、とくに接地圧の高さにあらわれて動作がにぶくなれば、精密誘導兵器《RPG》の好餌である。ジャンプ・ロケットをとりつけても、積載燃料の量がごくわずかなのですぐエネルギーぎれになり、やはり精密誘導兵器《RPG》にねらわれる。パワーとエネルギーを強化するため超等身の巨大なものにすれば、ますますねらいやすくなるだけである。ことに、安価なロケット弾一発で、パワード・スーツそのものは破壊できなくとも、なかにいる着用者が衝撃でうごけなくなり、とくに脳震盪《のうしんとう》を生じて無力化する例が続発してからは、ばかばかしくなって、いずれの陣営でも使用しなくなった……。

ふたりはランチャーが崖の稜線から頭を出さないよう用心した。敵の金属センサーに発見されたら終わりである。一台めをやりすごし、二台めも通過させる。直接目に見ず、ほとんど無音走行といっても、重量による振動だけはどうしようもないから、通過する状態がわかるのだ。三台めが通過しかかったとき、ふたりはランチャーを崖から突きだし、装甲車の後部めがけて発射した。

いつわりの静寂は、鼓膜を乱打する爆発音によって引き裂かれた。炎と煙が装甲車をつつみ、破壊された車体の破片が熱風にのって宙を乱舞する。

「まず一台」

ラインハルトは会心の微笑を浮かべた。キルヒアイスはまぶしく思わずにいられない。黄金の髪に白銀の微笑をあわせもった彼の天使には、勝利の笑顔こそふさわしかった。

ただし、その微笑はすぐに消えさり、するどい緊迫した表情がよみがえった。ほかの二台の装甲車が爆発音を聴きつけ、反転してきたからである。

オレンジ色の炎と黒い煙が縞模様となって舞いあがり、渦まいている。装甲車が停止すると、ビーム・ライフルやブラスターをかまえた同盟軍の兵士がいきおいよくおり立った。味方がやられたのは精密誘導兵器《RPG》によるものだということは一目瞭然であるから、装甲車に乗ったままでいるのは危険きわまりないのだ。人数は合計八人。

兵士たちのあいだで短い会話がかわされ、四人ずつが組になって前後の方向へ分かれた。行動にむだがない。分かれたのは敵の所在をより早く知るためと、一カ所にかたまって火力を集中される危険をさけるためであろう。待ち伏せにたいして、けっしてまちがった対応ではなかった。まさか相手がたったふたりとは思わない。だが、大胆なふたりの少年にとって、これは各個撃破の好機だった。二対八では勝算はない。だが、二対四ならやりかたによっては……敵の位置を確認すると、ふたりは使い捨てのランチャーをそのままに、崖の反対側をすべりおりた。彼らも二手に分かれる。

四人の兵士が用心深くすすんできた。四人めの男は後ろむきになって、後方からの襲撃にそなえている。タイミングをはかって、キルヒアイスが前方の曲り角のさきで大きな氷のかけらを投げる。その音が兵士たちを引きよせた。三人はそのまま走りだす。四人めは向きをかえるのにややてまどり、はなれて僚友たちのあとを追いかける。

その瞬間に、ラインハルトは四人めの兵士を襲った。金属センサーに反応しない氷の長剣を小脇にかかえるようにして、高重力下にもかかわらずまるで体重のない者のような身軽さで、同盟軍兵士の装甲服についた熱センサーが反応し、兵士が身体を回転させようとしたとき、ラインハルトの身体がたたきつけられてきたのだ。

無彩色の世界に真紅の帯が一本ひらめいた。装甲服にとって関節部は最大の弱点であり、もっとも太い関節部とは、すなわち頸《くび》の部分である。氷の剣は兵士の頸に突きささり、気管と頸動脈を傷つけた。

酷寒の大気を、笛のような高い音が切り裂いた。致命傷をおった兵士は倒れながら身体をよじり、反動でラインハルトをはね飛ばした。氷の剣はなかばで折れ、いっぽうはラインハルトの手に残り、いまいっぽうは兵士の頸を深くつらぬいたまま凍てついた地表にぶつかってまた折れた。

音を聴きつけた三人の兵士が駆けもどり、ラインハルトの姿を発見して銃口をむける。氷の上を、長身を丸めて回転しつつ、キルヒアイスがブラスターを三連射した。速さも正確さも尋常ではなかった。ヘルメットの有機強化ガラスが異音を発してくだけ、ふたりが倒れる。三人めには命中しなかったが、これは、その三人めの兵士の守護天使が死力をつくしたせいだった。その兵士はみがきあげられたようになめらかな氷の表面に足をとられて転倒し、光条は一瞬前まで彼の頭があった空間をつらぬいただけである。

転倒しながら、その兵士は応射した。キルヒアイスの視界を光条が斜行し、数センチの差で、彼の肉体ではなく氷がはじけ飛ぶ。キルヒアイスの顔を氷の細片が打ち、彼はほんの半瞬目をとじたが、ふたたび開いた視界は、いったん半身をおこした兵士が氷上にくずれる光景をとらえた。ラインハルトの放ったビームにヘルメットの窓の中心部をつらぬかれたのである。

やがて、最後に残った兵士四人が発見したのは、僚友の四個の死体だった。ヘルメットごしに、彼らは怒りと不安の視線をかわしあった。彼らは無人で無動力となった帝国軍の装甲車を見つけて首をひねり、この場へやってくるのが遅れたのだ。ラインハルトとキルヒアイスは、緊急医療用の液体酸素ボンベをかかえて、崖の上から彼らを見ていた。ここまでは先手先手ときたわけで、動力と熱源のないことがラインハルトらの立場をかえって有利にしたのは、皮肉もきわまることだ。

自分たちは熟練した敵の一個分隊以上の兵力と対峙《たいじ》しているもの、と、同盟軍の兵士たちは信じていた。初陣の少年ふたりに翻弄されていると知れば、彼らの屈辱感と憎悪はいやましたことであろう。

彼らは熱センサーを最大出力にして周囲をさぐり、ひとかたまりになって崖の直下へちかづいてきた。今度は各人が各個撃破されることをおそれ、また包囲されたときに即応できるように、さらには崖を背にしていっぽうからの攻撃を回避できるように、との意図からそうしたのだ。

その瞬間、金属センサーがけたたましく鳴りひびいた。液体酸素のボンベが彼らの頭上に突きだされたと見ると、極低温の液体が小さな滝のようにふりそそいできた。

液体酸素を頭からあびた同盟軍の兵士たちは、一瞬にして凍結した。

悲鳴を放つ間もなかった。装甲服も無力だった。レーザー・ビームや固体弾にたいして堅牢さを誇る装甲服も、このような襲撃法に対処しようがなかったのだ。

姿勢を安定させていた者は、凍ったまま大地に根をはやした。だが、そうでない者は、凍結した身体を大地へ倒れこませ、異様にかわいて澄んだ音をたててくだけた。まるで安物のガラス皿のように。

それははなはだ無機的で現実感を欠いた光景だった。血の匂いも肉の温かみもなく、それだけに殺戮のなまぐささもなかった。人間を消耗物とみなし、数量に還元してしまう戦いの極端な一断面であったかもしれないが、さしあたり、ふたりの少年はそこまで思いをはせる立場にない。

ラインハルトとキルヒアイスは、主人を失った同盟軍の機動装甲車に歩みよった。装甲車それじたいを捕獲するのは彼らには不可能だった。電子頭脳と連結した運転用ヘルメットには脳波パターン検出システムがついている。それを無力化する装置は手もとにないし、車体ごと輸送するための車両もない。

ふたりは必要なものだけを獲得することにした。長距離走行に耐えるエネルギー残量をもつ水素電池、敵の基地の位置を逆算するために有益な慣性航法システムのデータなどである。

水素電池を交換し、自分たちの装甲車にエネルギーが回復したとき、ラインハルトとキルヒアイスは、いきおいよく宙でたがいの右の掌《てのひら》を打ちあわせた。これで彼らの初陣は一段落したはずだった。装甲車三台の敵をたったふたりで潰滅させ、敵基地の位置にかんするデータを入手したのである。まず充分以上の功績といってよかった。しかし、ラインハルトは安心しきってしまう気になれなかった。彼はキルヒアイスに自分の考えを話し、手ばやく、ある状況の出現にそなえて用意をととのえた。

すべてを終了したところで、ようやく彼らは空腹をなだめることができた。消化器の不平の声をことさらに無視して活動してきたふたりだった。氷壁の反対側に装甲車を移動させ、超音波レンジに放射線殺菌のクリームシチューと鳥肉パイを押しこみ、コーヒーをわかした。そして、いささか不謹慎かもしれなかったが、小声で歌まで歌いながら、ふたつの嵐にはさまれたあたたかい食事を楽しんだ。

「おやおや、生きていたのか、運のいいことだ」

毒々しい声が、あらたな劇の開幕を告げた。

なかば雪と氷に埋もれた機動装甲車の車体の上にすわりこんでいたラインハルトは、蒼氷《アイス・》色《ブルー》の瞳をあげて声の方角を見やった。三〇メートルほど離れた氷の崖の下に、二台の帝国軍の機動装甲車が停止し、一台のルーフウインドゥからフーゲンベルヒ大尉の上半身が突きだしていた。薄い唇が半月形をつくり、そこにただよう笑いは周囲の冷気よりさらにひややかだった。

「大尉、どうしてここに⁉」

ラインハルトは驚愕の声と表情をつくったが、じつのところ、自分の予想が的中したことに満足していた。かならず誰かがラインハルトたちの死を確認しにやってくる。犯罪者は犯行現場を確認せずにいられないものだからだ。ラインハルトの死をのぞんでいるのであれば、その証拠となる死体を見つけずにはいられないであろう。それを予期して、彼は自分たちの武勲の証《あかし》となるものすべてを雪と氷の下に匿《かく》しておいたのだ。

愉快そうに、同時に毒々しく大尉は笑った。ラインハルトが狼狽したのを見て満足したようであった。

「少尉、卿《けい》の部下はどうした？　赤毛の姿が見えないが……」

ラインハルトは顔ごと視線を落とした。うなだれたように見えるが、じつは表情を隠すためであった。

「……動力が切れて車もうごかず、武器も使えなくなったので、助けをもとめに外へでて谷底に転落した。助けられなかった」

「ほう！　気の毒にな」

「彼の遺体をさがしたい。てつだってくれ。そのあと、そちらの装甲車に乗せてもらって基地へ帰る」

「せっかくだがことわる」

「じゃ、なにしにここまでやってきたんだ」

「隠してもしかたないな。少尉を永遠に基地に帰さないためにやってきたのだよ。電波発信器のあとを追ってな。もっとも、凍死か戦死しているのを期待していたのだがね、しかし、ときには肉体労働もしなくてはならないらしい」

「なんだって⁉」

またしても大声をあげてみせると、大尉はいちだんと満足したようすである。

「卿《けい》にとっては、初陣が最後の戦いになるわけだ。なんとも傷《いた》ましいことだが、べつにめずらしいことではない。最初の戦いこそが、もっとも困難なものだからな。あきらめて、いさぎよく赤毛の戦友のあとを追うことだ」

「ヘルダー大佐がこのことを知ったら、きっと厳罰をくだすだろう」

「その大佐のご命令なのだ、卿を殺せというのはな」

ラインハルトはまたも自分の推測の正しさを確認したが、むろん口にはださなかった。相手の優越感、勝利感を増幅させ、より多くを語らせねばならない。

「なぜだ。私がなにをした。大佐のお気にさわるようなことをしたおぼえはないぞ」

「いるだけで気にさわるのだよ」

大尉の表情には、官僚型軍人の最悪の一面——弱い立場の者にたいする限度のない加虐性がむきだしになっていた。

「私はグリューネワルト伯爵夫人の弟だ。いずれお前たちの上に立つべき人間だぞ。こんなことをして無事にすむと思っているのか」

悲鳴にちかい声をラインハルトはあげてみせた。この演技が、さらに貴重な情報を彼にもたらすだろうとの確信があった。

「姉の威光を借りての増長か。だが、気の毒に、そんなものはもう存在しなくなる。光の源それじたいが消えてしまうというのにな」

「なに……」

蒼氷色《アイス・ブルー》の瞳が大きくみはられた。なかばは演技ではなかった。ラインハルトがいかに明敏であっても、一五歳の少年には予見力の限界というものがあるのだ。

「ヘルダー大佐は宮廷の、やんごとない身分の方とつながっておいでなのだ。卿らがこの惑星に到着するのと前後して、その方から親書がとどいた。その方は陛下の寵愛あつい貴夫人でな。なりあがりの貧乏貴族出《で》の小娘などに宮廷を牛耳《ぎゅうじ》られるのは耐えられぬとおおせだ。で、ものの順序として、まず弟から消してしまうように、とな」

「……いったい誰だ、その貴夫人とは」

「どうせ誰に告げ口もできんのだから教えてやろう。その方の名はな、ベーネミュンデ侯爵夫人とおっしゃるのだ」

「……聞いたことがある。姉上の前に皇帝の寵をうけ、男の子を死産したことのある女性だな」

「そうだ。生まれながらの貴夫人だ。きさまの姉のような売女《ばいた》とは身分がちがう」

その下劣きわまる罵声を耳にしたときラインハルトの蒼氷色の瞳が、正視しがたいほど苛烈な光を放った。

「よし、わかった。きさまにはもう用はない。キルヒアイス！　やれ！」

装甲車のなかに身をひそめていたキルヒアイスは、完全に準備をととのえていた。命令と、それにたいする反応は、油断しきっていたフーゲンベルヒ大尉らのそれより、はるかに迅速で正確だった。一二〇ミリ電磁砲《レール・キャノン》が轟然と火の塊を吐き出し、大尉が乗っていないほうの装甲車をとらえると、反撃のいとまもあたえずめくるめく爆発光のなかに葬りさる。冷気は熱風に押され、乱流となって周囲の氷壁を乱打した。

「殺せ！　奴らを殺すんだ」

大尉は抑制を失った声でわめいた。ラインハルトは釣りあげられた魚どころか、罠のなかから猟師めがけて跳躍する虎だったのだ。狼狽と恐怖にわしづかみされた大尉の眼前で第二弾が炸裂した。ラインハルトは装甲車の右三輪を氷壁にかけて左三輪だけで走らせ、相手の発砲をかわし、その体勢からキルヒアイスは正確な第二弾を撃ちこんだのだ。

フーゲンベルヒ大尉は雪と氷の分厚いカーペットの上に、血を流してはいつくばる自分を発見した。光と炎に眼を、爆発音に耳を、苦痛に腹部を、それぞれ犯されていた。ふたりの少年が彼の前に立ったのを知ったのは気配によってであった。

「ほう、生きていたか」

今度はラインハルトがひややかな声を投げつける番だった。流れだす血に、ときならぬ雪どけをつくりながら、フーゲンベルヒ大尉はあえいだ。覇気と敵意が一瞬ごとに体外へ逃げだすのを自覚しつつ、大尉は、実際よりさらに弱々しい声で助命を請うた。前非を悔い、忠誠を誓ってみせる。

「どうする、キルヒアイス」

ブラスターの銃口をややさげて、黄金の髪の少年が問うと、赤毛の少年はつねにないきびしい拒否の表情をしめした。

「……この男はアンネローゼさまを……アンネローゼさまの名誉を汚しました」

売女という言葉を使用するのはキルヒアイスには耐えられないことだった。ラインハルトがうなずくと黄金の髪が光の波をたてた。

「聞いたか、大尉、私も彼と同意見だ。私たちを殺そうとしたことはまだいい。立場もあるだろう。だが、卿《けい》は言ってはならぬことを言った。ほかに罪のあがないようがないな」

ブラスターから条光がひらめき、大尉の両眼のあいだに突き刺さった。倒れて二度とうごかない大尉の眼が雪と虚無を映しだしていた。

「こんな奴らを相手に戦わねばならなかったとはな……」

ラインハルトはにがい声でつぶやいた。彼はすぐれた敵、尊敬に値する敵と戦いたいのである。それもこんな辺境の惑星上ではなく、無限の深みと広がりを有する星々の大海において。いつのぞみがかなうのだろうか。

「基地に帰ろう、キルヒアイス、戦いはこれからだ」

「はい、ラインハルトさま」

キルヒアイスは大きくうなずいた。基地で〝吉報〟を待っているであろうヘルダー大佐にしたたかな懲罰のひと鞭をくれ、その背後で糸をひく宮廷貴族たちに相応のむくいをくれてやらねばならなかった。彼らの陰謀からアンネローゼを救わねばならない。それが、一時的にアンネローゼと皇帝との紐帯《ちゅうたい》を強めることになろうとも、彼女を貴族たちに害させることはできなかった。生きていれば——たがいに生きていれば、かならず、あの春の陽光にも似た笑顔を彼にのみむけてくれる日がくる。その日のために自分は戦おう。

装甲車のハンドルをにぎりながら、キルヒアイスは、ラインハルトの金髪にアンネローゼのそれをかさねあわせていた。

黄金の翼

……宇宙暦《SE》七九二年、帝国暦四八三年。

自由惑星同盟《フリー・プラネッツ》は銀河帝国の最重要の軍事拠点たるイゼルローン要塞《ようさい》を攻略すべく、第五次の遠征隊を派遣した。周知のように、この巨大な要塞は、両勢力をむすぶイゼルローン回廊の中心にあり、宇宙暦《SE》六四〇年の〝ダゴン星域の会戦〟以来、一世紀半にわたって争奪の歴史がくりかえされてきた宙域である。動員された艦艇は大小五万一四〇〇隻、兵員は六〇〇万に達するという大軍であった。

第五次イゼルローン遠征部隊の総司令官は、同盟軍宇宙艦隊司令長官シドニー・シトレ大将である。年齢は五五歳、二メートルにとどこうという長身、精神的にバランスのとれた印象をあたえる黒人提督で、琥珀《こはく》色の目は、あおぎみる部下たちの視線に力強くこたえるものがあった。

五月二日、シトレ総司令官は旗艦ヘクトルの作戦会議室に、一〇〇名をこす幕僚を参集した。

「わが軍は過去、四度にわたってイゼルローン要塞へ直接の攻撃をかけ、四度にわたって敗退した。不名誉な記録というべきだ。今回の遠征は、この記録を中断させるのが目的であって、これ以上の更新はのぞましくない」

幕僚たちのあいだから、消極的な笑い声がおこった。この宙点《ポイント》からイゼルローン要塞までは、ほぼ九〇時間行程の距離であり、すでに帝国軍の前哨地点とみなさねばならず、シトレ総司令官の冗談めいた口調も、彼らの緊張を完全にほぐすことはできなかった。

「イゼルローンは難攻不落である」

それは宣伝ではなく、確信ですらなく、まさに事実であった。過去四度の攻略戦において、同盟軍が一方的にこうむった損害は、目をおおうばかりであったのだ。

直径六〇キロ、外殻の表面積一万一三〇〇平方キロにおよぶ巨大な銀色の人工球体は、実体よりさらに巨大な壁となって、同盟軍の前進をはばんだ。鏡面処理《ミラー・コーティング》をほどこした超硬度鋼と結晶繊維とスーパー・セラミックとの四重複合装甲というその防御力もさることながら、〝雷神《トゥール》のハンマー〟と称される主砲の破壊力は、同盟軍将兵の背に氷柱《つらら》を生じさせるほど、すさまじいものだった。数百、数千の艦艇群を紙細工のように撃砕し、引き裂いて宇宙の深淵へ伸びていく巨大な光の槍は、同盟軍にとって悪夢の構成要素だった。

さらには、要塞に駐留する艦隊の存在がある。一万隻から一万五〇〇〇隻と推定される大規模な兵力だが、今回、同盟軍の兵力はそれを大きくうわまわるはずだ。ただ、帝国本土から兵力が増援されている可能性もあって、うかつには決めつけられない。

帝国軍の基本戦術は単純なものである。同盟軍の艦列を要塞主砲〝雷神《トゥール》のハンマー〟の射程内に引きずりこむ——この一事あるのみだ。あとは圧倒的な火力が、一方的な破壊と殺戮をほしいままにするだけである。

「過去、四度が四度とも、それにしてやられました。今回も充分に注意する必要があります」

幕僚のひとりが言う。肩をすくめるシトレ。

「そうも使いふるされた策《て》を、また使ってくるだろうかな」

「さよう、使いふるされた策《て》です。ですが、お忘れなきよう——よく使われるということは、効果があるということですから」

「時形を正確に使いたいものだな。効果があった、と」

シトレ大将はさりげなく自信のほどをしめした。

「ヤン少佐、先日討議された作戦案を発表してくれ」

二名いる副官のひとりが立ちあがった。

この年二五歳の彼は、まだ士官学校の学生といっても通用するほど、よくいえば若々しく、悪くとれば貫禄《かんろく》に欠けている。白く星をそめぬいた黒ベレーから髪がはみだし、およそ軍人らしく見えない。線の細い学者ふうの青年だが、どこか超然とした趣《おもむき》がないでもない。

「発表させていただきます。まず、帝国軍が要塞からどのていど突出してくるか、その推測ですが……」

発表がすすむにつれて、幕僚たちのあいだにおどろきの表情がひろがっていった。

「奇抜な案だが、少佐、それはきみの発案かね」

中年の端整な紳士タイプの提督が問う。

「いえ、グリーンヒル中将閣下、私はただ発表の役をおおせつかっただけです」

「ヤン少佐は、力ずくで要塞を攻略することじたいに反対なのだ」

シトレ大将が笑うと、六〇歳をこした白髪の提督が、

「では代案があるのかね」

「いえ、ビュコック閣下、あれば苦労はいたしません」

苦笑じみた失笑が生じる。

散会のあと、シトレとヤンだけが会議室に残った。書類を両腕いっぱいにかかえて立ちあがったヤンに、透過壁の前にたたずむシトレが声をかけた。

「ヤン少佐、イゼルローン要塞は、たんなる軍事施設ではない。あれは専制主義による武力支配の象徴なのだ。あの象徴を天空の高みから地に撃ちおとせば、それによって、軍事だけでなく政治的な情勢が大きく変わり、歴史それじたいすら変わるかもしれん。けっして軍事力を誇示するだけが目的でやっているわけではないぞ」

象徴を倒したところで、実体が倒れるとはかぎらないだろう、と、黒い髪の青年士官は思う。それに、さらに過激なことを考えるなら、イゼルローン要塞が象徴するものは、それをめぐっ

て抗争するふたつの旧勢力であるかもしれない。

「なにか言いたそうだな」

「いえ……」

「いいから言ってみたまえ。士官学校ではないのだからな、点をつけたりはせんよ」

「では、お言葉に甘えて。力ずくであの要塞を陥《おと》すのは不可能ではないかと思います。それに、陥したところで傷だらけではしかたありません」

「前半はともかく、後半はきみの言うとおりだが、ではどうするかね」

「もっとものぞましいのは、どうせなら無傷で要塞を手にいれることでしょう。そしてこちらが防御拠点として活用することです」

「無傷で?」

「ええ、無傷で」

シトレ大将は悪気のない笑い声をたてた。彼は若い少佐の発言を冗談とうけとったのだ。それは虫のよすぎる話だな、という一言を残して総司令官はきびすを返した。

ヤン少佐はかすかに口をうごかした。

「軍事力だけですべてを解決しようというほうが、よほど虫のいいことではないかなあ」

彼のつぶやきを聴いた者は、彼ひとりだけだった。すでにシトレ大将は、広い背中をみせて遠ざかりつつあった。ヤンはベレーをとり、黒い髪をやたらにかきまわした。

この年、ともに一六歳をむかえたラインハルト・フォン・ミューゼルとジークフリード・キルヒアイスは、銀河帝国軍の一員として、イゼルローン要塞にいる。

獅子のたてがみを思わせる黄金色の頭髪をもつラインハルトは、すでに少佐であった。黒地に銀色の軍服は、他者とことなるものではないのに、彼ひとりのためにつくられたようによく似あう。

この少年は、生来の肉体的形質、そしてそれに内蔵された精神的形質が豪奢をきわめているため、衣裳などによってそれを強調する必要がないのだった。

いつも彼の傍には、長身の少年、燃えあがるような赤毛のジークフリード・キルヒアイスがしたがっている。彼も中尉になっていた。

イゼルローン要塞に赴任し、駐留艦隊に籍をおいて以来、ラインハルトは、公然非公然のささやきにとりかこまれてきた。

「ほら、あの金髪の孺子《こぞうっこ》がそうさ」

「皇帝の寵愛を一身にあつめるグリューネワルト伯爵夫人の弟か」

「ふん、幸運なことだ。さぞ出世するのだろうな」

「姉の美貌がおとろえぬかぎりはな」

どれもこれも耳あたらしい台詞《せりふ》ではない。その一片から会話の全体を再構成し、言う者の表情までありありと想像することができるほどだ。いちいち気にしてはいられないが、ときとしてその毒は精神の壁をかみ破る。

「一六歳の少佐どのか、ふん。同盟軍とやらにつかまったら珍重されるだろうて」

「動物園で飼ってくれるかもしれんぞ。あちらには一〇代の佐官など存在しないだろうからな」

こう発言した者は、舌の罪を全身であがなうことになった。黄金の小鳥が、精神においても戦闘能力においても、猛禽《もうきん》であることを知ったとき、彼らはふたりの少年のため、はれあがった顔を床に押しつけるはめになっていたのだ。

「奴らは、おれを幸運と言うのだ！　姉を皇帝に奪われるのが幸運か。娘を皇帝に売りわたすような親をもつのが幸運と思うか」

ラインハルトは怒りに波だつ声を、赤毛の親友にむけて訴えた。彼がこのように心をあらわにするのは、この親友と、いまひとりにたいしてだけであった。

「ラインハルトさまがいつもさきにお怒りになりますから、私はなぐさめる役まわりです。ときには替わっていただきたいものです」

「あんがいに意地悪なことを言う、キルヒアイスは」

怒りが去って、かるくすねたような波動が、ラインハルトの表情と口調にある。

「おまえに、そんなところがあったとは知らなかった。つきあって六年にもなるのにな」

豪奢な黄金色の頭の後ろで両手の指をくむ、その動作が子供っぽい。
「ええ、自分でもびっくりしています」
「こいつ……」
ラインハルトは怒ったふりをしかけて失敗し、笑いだしてしまった。キルヒアイスも笑う。
ちょうどそこへ通りかかった二名の士官は、まったく別種の笑いを投げかけて歩きさった。
「皇帝の威を借る赤ん坊きつね」
「平民以下の貧乏貴族が、時を得顔《え》で……」
というひややかなきこえよがしの罵声がながれてきた。心配そうなキルヒアイスの視線に、
ラインハルトはうなずいてみせた。
笑っているがいい、と蒼氷色《アイス・ブルー》の瞳に彼らの嘲笑を反射させながら、ラインハルトは胸中に
つぶやく。いつまでも笑ってはいられないのだ。あと一〇年、いや、あと五年もすれば、奴ら
全員の運命と生命を自分のてのひらの上に載せて思うままにしてやるから。
多くの貴重なものをとりかえすために、ラインハルトは戦わなくてはならなかった。皇帝に
奪われた姉、失われた至福の時、権力や虚栄と無縁でいられた日々。
光よりも迅《はや》く宇宙を翔ける翼が、ラインハルトには必要だった。そして、翼をささえてくれ
るキルヒアイスの手も不可欠なものだった。彼は展望室の透過壁ごしに星々の海を見やる。音
もなく殺到してくる五万隻の艦隊の姿は、まだ見えるはずもない。

ヘルムート・レンネンカンプ大佐は二九歳の若さなのだが、彼を見る者には、その公式資料を信じることは、なかなかに困難である。体格は軍人として水準をクリアしているが、目鼻だちは貧弱で、それをおぎなうためであろう、たくわえた口ひげはいささかみごとすぎるほどで、これがまた彼の外見上の年齢を増大するのに貢献している。

およそみばえはしないし、かたくるしい男だが、キルヒアイスのみるところ、ラインハルトがこれまで出会ったうちで、まだ最良の部類に属する上官だった。すくなくともこの男は、部下に公正であろうとつとめている。要塞駐留艦隊司令部の査閲《さえつ》部次長である彼は、大貴族出身で名目だけの部長である上司にかわり、艦隊の日常的な行動を監督する身だった。五月二日、ラインハルトはレンネンカンプに呼ばれて、査閲部次長の執務室にはいった。

二枚の巨大な肖像画が壁にかかげられている。四八三年前に銀河帝国をきずきあげたルドルフ大帝の、たけだけしいほど迫力と威圧感にみちた顔。現在の皇帝であるフリードリヒ四世の、先祖とは対照的に、疲労と倦怠をただよわせた顔。五世紀にわたってゆるやかに汚濁されていったゴールデンバウム家の血の流れを、そこに見いだすことも可能であろう。

レンネンカンプにならって、ラインハルトも肖像画にむかって一礼したが、上官の一万分の一も心がこもらぬものだった。

レンネンカンプが声をだす――ひげが発声するような印象である。

「軍務省人事局に私の友人がおってな、卿《けい》についてかつて知らせてくれた。彼の言うところでは、ラインハルト・フォン・ミューゼルは歩くトラブルだそうだ。おぼえがあるかね？」

「小官自身の聞くところでは、いささかことなります」

「ふむ？」

「走るトラブルと言われておりました」

レンネンカンプ大佐は無感動で、みごとすぎる口ひげを微動だにさせなかった。

「ミューゼル少佐、私は卿《けい》の過去の評判などどうでもよい。今後、味方の協調をみだすことなく、また軍人としての本分をおこたらねばそれでよいのだ」

「お言葉、胆に銘じます」

そう答えておくのが無難だと思ったのだが、ラインハルトもいまだ一六歳とあっては、洞察力に限界があり、ことさらレンネンカンプが彼を呼びだした理由がわからなかった。

「卿に会いたいという男がいるのだ」

その男、憲兵少佐グレゴール・フォン・クルムバッハは、三〇代前半の、やせてとがった印象をあたえる男だった。帝国首都、四二〇〇光年をへだてた惑星オーディンから定期連絡便で到着したこの男は、宮廷から特命をうけているという、もっぱらの評判だったが、宮廷といっても皇帝の寵妃やら大貴族やらがいり乱れて多くの派閥がある。それをつくらないのは、ラインハルトの姉、グリューネワルト伯爵夫人アンネローゼくらいのものであった。

「ラインハルト・フォン・ミューゼル少佐について、内密に調査を命じられました。上司たる大佐どののご協力をいただきたいのですが」

そう言われたとき、レンネンカンプ大佐は、相当うさんくさいものを感じて、ひげと視線をうごかさずにいられなかった。

「宮廷内の風雨を前線にもちこんでもらいたくないな。それに、ラインハルト・フォン・ミューゼルは、階級はたかだか少佐、年齢ときては一六歳でしかない。なにをことさら目のかたきにする必要があるのか」

それはラインハルトにたいする好意ではなく、憲兵少佐にたいする反感の表明であった。

「さよう、現在はたかが一少佐にすぎません。ですが、彼の姉、グリューネワルト伯爵夫人にしたところで、その称号をえたのはつい六年前、皇帝陛下のご寵愛をいただくようになってからのこと」

少佐は笑い、笛を吹くような音をたてた。

「六年後に、あの少年がどのような地位にのぼるか、想像してみるのも一興ですぞ」

「卿の未来への洞察はともかく、いたずらに内部の不協和音を増幅させるようなまねは、つつしんでもらおう」

「こころえておきますが、大佐どのにもご了解いただきたい。どうか小官の職務をさまたげるがごとき言動はつつしまれるよう、お願いします」

薄い笑いがクルムバッハ少佐の口もとをかざった。

「小官には、やんごとない身分の方の後ろだてがありますので……」

帝都から遠路をやってきた憲兵少佐は、要塞内の憲兵本部の一角に自分のデスクをかまえると、さっそく調査にのりだしたのである。ラインハルトは出頭を要求され、いやいやそれにしたがわざるをえなかった。いちおう椅子をすすめると、憲兵少佐はなにやら資料を前にして語りはじめた。

「昨年の七月、この要塞から八・六光年をへだてた惑星カプチェランカのわが軍基地で、同盟軍と称する共和主義者どもとのあいだに戦闘がおこなわれた。基地の名はBⅢ《ベードライ》。三時間にわたる苛烈な戦闘のすえに、わが軍は勝利したが、基地司令官ヘルダー大佐は戦死した」

憲兵少佐が下目づかいをすると、両眼が黄色っぽく光り、ラインハルトは白皙《はくせき》の皮膚の下に蟻走感《ぎそうかん》をおぼえた。いやな奴だ。

「当時、ミューゼル少佐、卿《けい》は少尉であり、敵の奇襲から基地をまもるのに、大なる貢献をなしたそうだな」

「恐縮です」

「ということに、公式発表ではなっているが、実情はいささかことなるのではないか、という懸念がある」

「軍の公式発表をおうたがいか?」

「より完全を期したいと考えるだけだ。卿が無用なうたがいをかけられぬためにも協力してほしいものだな」

わざとらしく脚をくむ憲兵少佐だった。

ラインハルトの胸中で、カレンダーが逆回転した。一年前、酷寒の惑星での数日間が記憶によみがえる。幼年学校を卒業したばかりのラインハルトとキルヒアイスは、即座に前線に配置された。それじたいは、武勲をのぞむ彼らのもとめるところではあったが、基地司令官のヘルダー大佐には、すでに、皇帝のかつての寵妃ベーネミュンデ侯爵夫人シュザンナの息がかかっていたのだ。彼らふたりは、大佐によって死地に追われた。

装甲車の燃料がきれていたこと。未知の戦場に案内役もなくふたりだけで放りだされたこと。悪条件のなか、八人の敵兵を倒して初陣をかざったこと。彼らの死を確認にきたヘルダー大佐の部下と戦って、それも倒したこと。そのとき部下の口から、ベーネミュンデ侯爵夫人がラインハルトを害しようとはかっていることを聞いたこと――。

「こいつもベーネミュンデ侯爵夫人の手先か……?」

ラインハルトの姉アンネローゼは、のぞみもしない皇帝の寵愛を独占し、その結果、多くの寵妃から怨恨をむけられることになった。つつましい彼女の性格から、公然たる敵は減ったものの、彼女に憎悪をむけるしかない立場の者もなおいる。ベーネミュンデ侯爵夫人シュザンナは、その最大のものだった。

「失礼ながら、クルムバッハ少佐どのは、どなたのご命令で、すでに解決ずみのことを調べておいでなのか」

「機密事項だ」

「…………」

「さしあたり、質問する立場は私のもので、卿《けい》のものではない。ヘルダー大佐が敵襲をよそおって味方に殺されたという、軍にとって不名誉な疑惑が存在する以上、それは公明正大に晴らされねばならぬ」

「そのとおりですね」

「……どうかな、ミューゼル少佐、私にたいしてなにか言うべきことはないか」

なにを言えというのだ。ラインハルトは蒼氷色《アイス・ブルー》の瞳で憲兵少佐を見やったまま、沈黙していた。なにを言えば、こいつは満足するのだ。おれとキルヒアイスが生きて還ったときの、狼狽したヘルダー大佐の表情をか。戦闘の最中、おれに銃をむけたヘルダーの、ひきつった笑顔をか。キルヒアイスに手首を撃ちぬかれ、さらにおれに銃口をむけられたときの、あわれっぽい表情をか。思い出したくもない。すさまじい吹雪のなかで、ヘルダーは、部下を殺して権門にこびようとした卑劣さにたいして、当然のむくいをうけたのだ。おれは奴を許さなかった。おれを殺そうとしただけでなく、姉上を侮辱したからだ。

「どうだ、ミューゼル少佐」

「なにもない」

ひややかにラインハルトは言いはなった。ささやかな宣戦布告だった。

一時的に放免されて士官クラブ《ガンルーム》へ行くと、待っていたキルヒアイスが安心したような笑顔でコーヒーカップをさしだした。

「どうでした?」

「あの憲兵少佐は、おれたちがヘルダー大佐を殺したのだ、とほのめかしている」

コーヒーカップを手わたすキルヒアイスの手が、一瞬の半分だけ凝固した。

「確信があって、そういう非礼なことを口にするのでしょうか」

「わからない。たんなる虚喝《はったり》かもしれない」

「証拠はなにもないはずです。それに、あれは正当防衛です。彼らがまず私たちを殺そうとしたのですから」

「おれたちにとっては、むろんそうさ。だが、憲兵どもはべつの解釈をするかもしれない」

「どんな?」

「やつらの好きなような解釈さ」

自分の無力が、ラインハルトには残念だった。彼はいまだ少佐でしかない。一六歳の少年には高すぎる地位だが、姉を宮廷内の陰謀や政略からまもるには、弱すぎる立場だった。一刻もはやく地位と実権をえて、姉を、ベーネミュンデ侯爵夫人に代表される敵対勢力からまもらねばならない。むろん、ラインハルトの思考は防御のそれにとどまるものではなかった。

順序として、ラインハルトのつぎにクルムバッハ少佐のもとに呼ばれるのは、キルヒアイスの番だった。赤毛の少年は、憲兵少佐の高圧的な態度にひるむ色もなく、尋問にたいしてこう答えた。

「ラインハルトさま――ではない、ミューゼル少佐の直接のご命令でもないかぎり、お答えいたしかねます」

「ラインハルトさま、か」

悪意と揶揄《やゆ》をこめて憲兵少佐は笑った。

「卿《けい》の言動を見ていると、ミューゼル少佐と卿とは、上官と部下というより、主君と家臣のようだな」

「ご解釈はどうぞ少佐どののご自由に」

鋼鉄の強靭さで、キルヒアイスははじきかえした。険悪な表情をつくった憲兵少佐は、職権をもって彼を拘留しようとしたが、レンネンカンプ大佐が異議を申したてた。むろん、大佐をうごかしたのはラインハルトである。同盟軍が回廊に侵入したという報告がもたらされているときに、火急ならざることで職責をさまたげられたくない、と訴えたのだ。

「敵の一大攻勢が目前にせまっているこの時機に、内部の士気《モラール》の統一を阻害するようなまねはこまると言ったはずだが」

「お言葉ですが、大佐、時機や状況がどうであれ、軍部内の犯罪を放置はできません」

「かるがるしく犯罪などと決めつけてよいのか」

「疑惑は晴らされねばならない。正義はまっとうされねばならない。皇祖ルドルフ大帝陛下以来の、それが摂理というものです」

きどった口調で憲兵少佐は宣言したが、そのようすは軍人や犯罪捜査官というより、宗教家のようでもあった。レンネンカンプ大佐はそっけなく、前哨からの報告で、同盟軍の艦隊がかなりの数、回廊へ侵入して要塞へ接近しつつあることが判明した、と告げた。

「ミューゼル少佐は当要塞に駐留する駆逐艦エルムラントⅡ号の艦長であり、キルヒアイス中尉は副長である。この時機、敵に対抗して一艦でも多く必要とするのに、それをさまたげるようなことがあれば、結果として利敵行為に類するのではないか」

満面に怒気をみなぎらせたものの、その論法に、憲兵少佐は屈伏せざるをえなかった。そして内心で、大佐にこのような論法をふきこんだのは、あの〝生意気な金髪の孺子《こぞう》〟であることを確信したのだった。

五万隻の大艦隊は、一秒ごとにイゼルローン要塞へと接近しつつあったが、ラインハルトとキルヒアイスはさしあたりクルムバッハ憲兵少佐の不愉快な尋問からのがれて、二人部屋のベッドに横になることができた。とはいうものの、キルヒアイスは寝つかれなかった。遠い帝都にあるアンネローゼの身が案じられて、睡魔の手をはらいのけてしまうのだった。二〇〇〇日にあまる記憶のカレンダーを、彼はめくりかえした。初対面のとき、またそれ以来アンネローゼはどう言ったろう。

「お隣の坊やね。名前はジークフリード？　ジークと呼んでいいかしら」

「ジーク、弟と仲よくしてやってね」

「まあ、ラインハルト、まあ、ジーク、こんなに泥だらけになって。すこしは洗濯する者の身になってね」

「弟はもう、あなたとおなじ学校へ行けないの。短い期間だったけど、ありがとう」

……一語一語を、キルヒアイスは、はっきりとおぼえている。あの優しい、美しい年上の女性《ひと》は、宮内省の役人につれさられ、皇帝の後宮にとじこめられて、グリューネワルト伯爵夫人と呼ばれるようになってしまった。

ちがう、ちがう！　あの女《ひと》はグリューネワルト伯爵夫人なんかじゃない。アンネローゼだ。お隣のアンネローゼ姉さんだ。

最初は、漠としたあこがれだったかもしれない。一〇歳の少年にふさわしく……しかし、いまジークフリード・キルヒアイスは一六歳だった。身長は伸び、それに呼応するように心のおもむく距離も伸び、拡散していた想いは収斂《しゅうれん》した。自分は、あの女《ひと》のためなら、どんなことでもする。彼女の弟であるラインハルトのためにも、そう、どんなことでも……。

寝がえりをうったラインハルトが、淡い照明のなかで目をひらいた。

「おきていたのか」

「はい、寝そびれてしまって」

「……いま夢を見ていた」

「どんな夢です？」

ひかえめな問いに、ラインハルトは子供っぽい微笑で答えた。

「お前に最初に会ったときのこと」

もう六年も前のことだ。裏町にあるキルヒアイス家の隣に、最下級の貴族である〝帝国騎士《ライヒスリッター》〟のミューゼル家、父と姉弟の三人家族がひっこしてきたのは。低い塀ごしにめずらしそうに見物していた赤毛の少年の眼前に、黄金の髪をした天使のような顔があらわれ、ものおじせずに音楽的な声をかけてきたのだ。

「ぼくはラインハルト・フォン・ミューゼル。きみは？」

「ジ、ジークフリード・キルヒアイスだよ」

黄金の髪の天使は、描いたような眉をしかつめらしく寄せて、初対面の赤毛の少年を観察していたが、やがて論評をくだした。

「ジークフリードなんて俗な名だ」

「………」

「でも、キルヒアイスって姓はいいな。とても詩的だ。だからぼくはきみのこと、姓で呼ぶことにする」

「…………」

「いいだろ、キルヒアイス」

「いいよ」

赤毛の少年はうなずき、熱心にさしだされた手を熱心ににぎった。その瞬間に成立した友情は、今日まで微動もせず、つづいている。そして、ラインハルトの姉アンネローゼをくわえた、三人だけの幸福な、かがやいていた日々。

長くはつづかなかった。ある日、帝国宮内省の黒い高級地上車《ランド・カー》が、ミューゼル家の前にとまり、二人の宮廷官僚が、家の貧しさに露骨に眉をしかめながら、かたちばかりの玄関をくぐった。

父と姉だけが、訪客の話を聞いた。やがて客たちは帰ったが、玄関をでるとき、もれきいた話に衝撃をうけている少年に言った。

「きみの姉上は、幸運にも、比類なく高貴なかたのご寵愛をうけることになったのだ。きみもいい子にしていれば、そのおこぼれにあずかることができるだろう」

……その後、多くの偏見、冷笑、敵意の包囲網のなかにたたずんで耐えてこられたのは、最初にくわえられたこの一撃が、少年を充分すぎるほど傷つけ、結果として免疫をあたえることになったからではないか。ラインハルトは爆発した。居間に駆けこんで叫んだ。

「父さんは生活のために姉さんを売ったんだ。皇帝なんかに、ぼくの姉さんを……」

答えたのは父ではなかった。

「ラインハルト、ラインハルト……」

慄《ふる》える声は、それに一〇〇倍する心の波動をあらわしていたのだろうか。姉の腕のなかで、少年は、激情を解放した。人前で泣いたことなどない、異常なまでに誇り高い少年が、同年齢の凡庸な子供たちのように泣きじゃくった。居間から、父親は姿を消していた。なにかに直面するということのない男だった。

だが、それにしても、誰も知らなかったであろう。少年の涙は、彼の決意と誓約が液体化してほとばしったものであることを。それが、銀河帝国全土を激流となってつらぬき、歴史それじたいを貫流するにいたる大河の、最初の一滴であったことを。そのときラインハルトは、皇帝と王朝への復讐を誓約したのである。

さいわいにして、年にたかだか数度とはいえ、姉に会う機会はあたえられた。

広大な——庶民の家なら一〇万戸以上もおさまるであろう皇帝の宮殿〝新無憂宮《ノイエ・サンスーシー》〟、その一角、西苑《ウエスト・ガルテン》の森と池のなかにアンネローゼの館はあって、ラインハルトはキルヒアイスとともに、季節ごとにそこをおとずれることができた。「皇帝陛下の特別のおはからいによって」——つまり、そのつど、姉が皇帝の所有物であることを、ラインハルトは思い知らされねばならなかった。姉の、木洩れ陽のような笑顔に接し、昔とかわらぬ、つつみこむような声を聞くときには心がワルツを踊る。

「ラインハルト、ジーク、よく来てくれたわね」

そのようなあいさつの一語一語が、みがかれた宝石のように貴重に思えるのだ。当然ながら、別れるとき、ラインハルトの心は陽をかげらせる。キルヒアイスにとっても、むろんのことだった。

一年前、幼年学校の卒業をひかえたふたりに、アンネローゼは訊いた。

「幼年学校をでてから士官学校へは進学しないの？」

「はい、戦場へでます。士官学校の机にすわっていても、武勲はたてられません。出世もできません」

出世などしなくてもいいのに、と、姉は言葉ではなく表情で言う。それを理解できないラインハルトではないのだが。

「ね、ラインハルト、大学へすすんで文官になる気はないの？　そのくらいならなんとかつごうをつけてあげられると思うけど……」

「……文官の仕事は嫌いです」

それはラインハルトの本心ではあったが、表層的なものであるにすぎない。〝好き嫌い〟のレベルで彼がしめした殻の下には、灼熱した苛烈な思いがたぎっている。彼がのぞんでいるのは、〝出世〟などという言葉で表現しうるものではない。人前で言えば狂人と目《もく》されるだろう。

皇帝を倒すこと、銀河帝国の皇帝であるゴールデンバウム家をほろぼすこと。皇祖ルドルフ以来三六代にわたるゴールデンバウム王朝の歴史に終止符を打つことを金髪の少年は本気で考えているのだ。

それには力が必要だった。そして、門地のない下級貴族の少年が、急速に、しかも充実した力を獲得するには、戦場で武勲をたて、軍人として出世する以外になかった。獲得した強大な武力によって、五世紀ちかくにもわたって人類の過半を支配してきたゴールデンバウム王朝をほろぼしてやる。帝政に寄生してきた無能な大貴族どもも運命を共にするのだ。

「大丈夫です、姉上、危険なことはしませんから」

われながらばかなことを言う、と、少年は思った。軍人として戦場にでながら危険なことをしないとは、戦争ごっこに興じる大貴族のばか息子どもとことならない。それでも、姉を安心させるためには、このていどの嘘はしかたないと思うラインハルトである。だったらいっそ、軍人を捨てて文官になったほうがよいはずだし、アンネローゼもそう思ったにちがいないが、彼女はなにも言わず、表現しがたいうなずきで、弟らしからぬ幼稚な弁解をうけいれた。

三人のうち、誰が、言いたくても言えないこと、言ってはならないことを、もっとも多くかかえているのだろう。言葉にだしては、つぎのようなやりとりがあっただけである。

「無理をしないでね、ラインハルト」

「ええ、姉上」

「ジーク、迷惑でしょうけど、ラインハルトがむちゃをしないよう、そばについていてあげてくださいね」

「はい、アンネローゼさま」

「ふたりとも身体に気をつけて……」

戦死などしないように、と、アンネローゼは言いたかったのかもしれない。公私混同をしないことで中立派の人々のささやかな好意をかっている彼女が、ふたりのためにかぎって皇帝への影響力を行使してくれたことが、やがて彼らにはわかった。ラインハルトとキルヒアイスは、つねにおなじ場所にいることができた。

駐留艦隊査閲《さえつ》部のレンネンカンプ大佐が、ラインハルトに前哨偵察を命じたのは、おそらく、クルムバッハ憲兵少佐とのあいだに生じるトラブルを回避するためであったろう。一時的な退避行為というべきだが、陰険な憲兵士官と顔をつきあわせずにすむのは、ラインハルトとしても歓迎すべきことだった。クルムバッハとしても、前哨偵察に出動するのを強制的にひきとめて捜査だの尋問だのをおこなうわけにはいかない。かくして、宮廷の一部勢力から密命をうけたクルムバッハ憲兵少佐は、出港する駆逐艦エルムラントII号を、展望室から見送って舌打ちすることになった。

それは五月四日のことで、自由惑星同盟軍《フリー・プラネッツ》がイゼルローン要塞に達するまで、五〇時間強を残すのみであった。

サブ・スクリーンに映るイゼルローンの球形の姿がしだいに遠ざかってゆく。イゼルローン要塞の外壁は、耐ビーム用鏡面処理《ミラー・コーティング》をほどこされた超硬度鋼と結晶繊維とスーパー・セラミックの四重複合装甲であり、巨大戦艦の大出力主砲《ハイパワー》をもってしても、傷つけることはできない。さらに、同盟軍の恐怖してやまない〝雷神のハンマー《トゥールハンマー》〟、出力九億二四〇〇万メガワットの巨大な主砲がある。この双方が健在なかぎり、勝利の女神が帝国軍を見すてるとは考えられず、エルムラントⅡ号の乗員たちにも余裕があった。

「共和主義者とかいう奴らも、こりない連中だぜ。惑星ひとつの地表を埋めつくすほど死体を量産して、まだ嫌気《いやけ》がささないとはな」

「きっと選挙がちかいのさ？」

「なんだ、選挙って？」

「よく知らんが、それがちかづくと、奴らやたらと好戦的になるらしい」

兵士たちの噂は無責任なものだったが、事実とそれほどことなってはいない。自由惑星同盟の政権が交代期にちかづくと、イゼルローン回廊における軍事行動は歴然と増加するのである。なにしろ帝国軍士官学校では、「同盟における政権支持率と出兵回数の比例関係についての一考察」という論文があらわされたほどで……。

ラインハルトは他の士官たちほどには、兵士たちの会話に神経質ではなかった。彼が容認しがたいのは、貴族どもが彼の姉を不当におとしめることだった。それ以外のことで、彼は人の口をとざす徒労をしようと思わない。

「しかし、なぜこうも戦いがたえないのか、不思議だな」

「貴族の若さま連中が出世したがっているからさ。士官学校をでて、二、三度戦場に顔をだせば、たちまち提督閣下だ」

事実という肉に悪意というころもをつけて、毒舌のフライができあがる。

「それがいやなら、方途《みち》はふたつだ。自分自身が出世するか、自由惑星同盟《フリー・プラネッツ》とやらいう共和主義者どもの国へ逃げだすか……」

兵士たちは口を閉ざした。索敵担当のオペレーターが声をあげて敵艦のちかいことを報じたからである。艦に先行する無人偵察機から映像が転送されてきたのだ。

映像が明確化するまで、かなりの手間と時間を要した。やがて艦橋正面のスクリーンに、それが修正投影されたとき、ラインハルトとキルヒアイスをのぞく艦橋要員の全員がうめき声を発した。出現した人工の光点の数が、彼らの予想をはるかにうわまわっていたのだ。

四万……いや、五万隻以上。光点を算出し報告するオペレーターの声までが青ざめる。それは、彼らの眼前にあらたな銀河系が出現したかのような圧倒的な量感である。敵の攻勢が、五年ないし一〇年に一度の大規模で深刻なものであることを、彼らは皮膚で直感する。ラインハルトすら、白皙の頬に血が上るのをおさえきれなかった。

ラインハルトの報告をうけて、帝国軍首脳部も帯電した空気につつまれた。五万隻以上の大動員は、両三年見られなかったことである。同盟軍の決意を見るべきであった。

「金髪の孺子《こぞう》が、臆病風に吹かれて、敵の数を誇大にみつもりすぎたのではないか」

という悪意にみちた疑問の声も、ラインハルトの報告の正しさを証明する他艦の報告があいつぐと、もはや誰も耳にしなくなった。

一少佐たるラインハルトの出席しえぬ作戦会議がひらかれ、三時間にわたる密室での討議のすえ、一万三〇〇〇隻をかぞえる駐留艦隊が出撃して、敵軍を迎撃のかたちをとることになった。いまさら誰も批判しないが、たかがそれだけのことを決定するのに、三時間がついやされたのである。

「どういう過程で決定したことか、見る必要もないさ。要塞司令部と駐留艦隊司令部が、おとなげなく角《つの》つきあわせたにちがいない」

ラインハルトの想像は正確だった。

この当時、イゼルローン要塞司令官はクライスト大将、要塞駐留艦隊司令官はヴァルテンベルク大将であった。おなじ場所に同格の司令官がふたりいれば、九九・九パーセントまでが不仲になるだろうが、この両人もまた圧倒的多数派であった。両日中に、五万隻の大軍が殺到してくるであろうというのに、いかめしいふたりの軍人は、前の敵より横の味方とわたりあうのに熱心だった。

「雷神《トゥール》のハンマーの一撃をもってすれば、共和主義者どもの艦隊など潰滅せしめるのは容易だが、それではいささか芸がなさすぎる。駐留艦隊の忠勇なる同胞諸兄にも、能力を発揮する舞台をさしあげたいものだ」

クライスト大将が言ったのは、出ていって戦ってみろということである。

「敵艦隊の数は五万隻前後と推定される。ひるがえって、わが駐留艦隊は一万三〇〇〇隻にみたぬ。一対四の戦力比で、どうやって互角に戦えるか」

ヴァルテンベルク大将の反論は、すでになかばどなり声になっていたが、ひたすら意地悪なだけのクライスト大将の発言よりは筋がとおっているように思えた。しかし、クライスト大将にしてみれば、要塞の厚い壁のなかにこもっているだけなら駐留艦隊の存在価値などない、ということになる。やがて両大将の部下たちが発言しはじめると、たちまち会議室の空気は沸騰した。

「だまれ！　敗色が濃くなれば逃げもどってくればよいと甘いことを考えている役たたずどもが！」

「なにを無礼なことを言うか！　卿《けい》らこそ、安全な洞穴にこそこそ隠れて戦争ごっこをやっているだけ、もぐらにひとしい穀《ごく》つぶしではないか」

いちおう論旨がとおっていたのはそのあたりまでで、あとはすさまじい罵声の投げつけあいになった。戦友愛のかけらもない。さすがに苦虫をかみつぶして、ふたりの司令官は仲裁にのりだし、形式的に部下の暴言を謝罪しあったあと、伝統的な作戦案で妥協することにした。同盟軍の首脳部が洞察したように、駐留艦隊が出撃し、〝雷神《トゥール》のハンマー〟の射程内に敵軍をさそいこむというものである。

「自由惑星同盟《フリー・プラネッツ》とやらの共和主義者どもが、どう考えているかはわからないが、この回廊は両勢力の負《ふ》のエネルギーが流入して衝突する、そんな磁場になっているのかもしれないな」

乗艦エルムラントⅡ号の進発準備をととのえ、武器や兵員を確認しながら、ラインハルトはキルヒアイスにそう語った。この少年は、巨大な戦闘の開始を至近にひかえて、恐怖と無縁の表情をたもっている。

「いずれにしても、敵と味方の用兵ぶりを拝見するいい機会さ」

辛辣《しんらつ》で、そのくせ華麗な笑い声を少年はたてる。もしこの戦いでイゼルローンが失陥するようなことがあれば、いずれ自分の手で奪回する、と、ラインハルトは考えている。彼にとって、敵が強く味方が弱ければ、それだけ彼の前には広い道が開けるというものであった。

だが、彼を不機嫌にする事態が発生した。例のクルムバッハ憲兵少佐が、エルムラントⅡ号への同乗を要求してきたのである。

「ラインハルトさま、ご用心ください。あの憲兵少佐は機会を見てラインハルトさまに害をくわえかねません——ヘルダー大佐のように」

「いまさら言われるまでもないさ、キルヒアイス。だが、ことわれば、いらざる波風を立てるし、奴に口実をあたえることにもなるだろう」

「ラインハルトさまおひとりの身体ではないのですから……」

「わかったよ、キルヒアイス。でも、いずれにせよおれは自分の背中を見ることができない」

片目をつぶったラインハルトは、しなやかな指を伸ばして、親友の、くせのある赤い髪のひとふさをくるくると指に巻きつけた。

「だから、おまえに、おれの背中を見ていてもらわなくてはならない。そのほうがいいのさ、おれは自分自身より、おまえを信じているんだから」

ラインハルトは笑った。他者、とくに大貴族たちに見せるものとまったくことなる、邪気のない透明な笑顔が、姉アンネローゼのそれにかさなって、キルヒアイスを一瞬、見とれさせた。他者にたいしてどうあろうと、赤毛の少年にとって、金髪の少年は、比類のない天使であるにちがいないのだった。

それにしても、ラインハルトさまの手は全宇宙をつかむためのものなのに、現実に指揮しうるものは、駆逐艦ただ一隻。しかも、背後に憲兵の目が光っている。この人を助けるのは自分しかいない、アンネローゼさまの委託にこたえるためにも——それはこころよい情動だった。

五月六日二時五〇分。銀河帝国軍イゼルローン要塞駐留艦隊は、要塞から三・六光秒、一〇八万キロをへだてた回廊中に布陣した。左右両翼を伸ばしてわずかに弧を描いた陣形は、平凡ではあるが、せまいトンネル状の回廊のなかでは、柔軟性さえたもてばけっこう応用がきくのである。

六時ジャスト、前方に人工の光点がむらがりおこると、その数は兵士たちの動揺をさすがに誘った。

「冗談じゃないぜ。あれだけの数の敵と、正面からわたりあう気かよ」

兵士たちはささやきあい、不安と不満の視線をかわしあった。どうせ要塞前面へ敵をさそいこむのだと承知していても、これだけ戦力差があれば、こちらの思惑を成功させる以前に袋だたきになる可能性もあるではないか。

エルムラントⅡ号は、左翼部隊の一隅に、ささやかな存在をしめしていた。ラインハルトは、むろん、囮《おとり》となって無益に死に、あげく要塞主砲のひきたて役になるつもりはまったくなかった。彼の翼は、まだわずかにはばたいただけで、目標の地はさらに遠いのだ。

六時四五分、帝国軍がまず砲門を開き、一〇万本におよぶビームの矢で虚空を引き裂いた。半瞬の差をおいて、四〇万本に達するビームが逆方向から飛来する。無音のうちに、各処で爆発光が生じ、噴きあがる流失エネルギーの濁流がエルムラントⅡ号を揺動させる。あらたな爆発光。そしてあらたなビームの一閃。加速的に戦闘は激化してゆく。

同盟軍は数を頼んで並列前進してくる――ように帝国軍には見える。四対一の兵力比であるから、両翼を伸ばして半包囲態勢にうつるのは時間の問題であろう。司令官ヴァルテンベルク大将としては、後退して敵を〝雷神のハンマー《トゥール》〟の射程にさそいこむタイミングをはからねばならない。

駆逐艦エルムラントⅡ号は、螺旋状の航跡を描いて戦闘宙域を走っている。敵の火線をさけ、無用な砲火の応酬を回避しつつ、ラインハルトは獲物をねらっていた。情報処理能力を有するミサイルの数にしても、レーザー砲の出力にしても、駆逐艦ではたかがしれている。有効に使わないと、危機におちいったとき対抗手段なく逃げまわるだけということもあるのだ。

「巨大戦艦の一隻も破壊してみせてくれんかね。うろつきまわってばかりいずに」

嘲《あざけ》るようなクルムバッハ少佐の声に、振りむいたラインハルトは、蒼氷色《アイス・ブルー》の視線を相手の面上に射こんだ。その眼光が、一瞬、憲兵少佐をひるませた。彼は圧倒的多数の人々と同様、ラインハルト個人の資質を軽視していたが、このとき、その気分にひびがはいるのを感じた。もっとも、ラインハルトがスクリーンにむきなおると、それも霧消してしまったが。ラインハルトは獲物を見つけた。エルムラントⅡ号よりひとまわり大きな巡航艦である。もはや招かれざる観戦武官などには一顧だにせず、ラインハルトはつぎつぎと指示をくだした。最初からエルムラントⅡ号は、敵艦の左上後方という有利な位置にいたが、迅速な計算によって、まず機雷群を射出しておき、これも計算されつくしたビーム攻撃によって、巡航艦を機雷方向に追いこむのである。このため、ビームはむしろ敵のセンサー群を無力化するため、一見、無用なほど多量のエネルギーをまきちらす。そして、きわめつきは、回避行動を計算したうえでの主砲斉射だ。

巡航艦は、エルムラントⅡ号のレーザー砲斉射を回避した。回避したさきに、機雷があった。相対速度一〇万キロで、巡航艦は四個の機雷にみずからを衝突させた。

爆発は完全なものだった。一時に放出されたエネルギーの波濤が、エルムラントⅡ号を大きく揺動させた。白光の最後の波が散りくだけると、あとには虚無の空間が残った。

一隻破壊。ラインハルトは指を鳴らしたが、うまくいかずに苦笑した。さしあたり、駆逐艦相応の武勲はたてたのである。

両軍の巨大戦艦は群小の艦艇群にまとわりつかれ、銀粉の尾を伸ばした彗星のようにも見える。遠く近く、火球と閃光が暗黒の平板に穴をあけ、スクリーンは明滅し渦まく光に占拠される。双方あわせて六万隻をこす艦艇の相互破壊は、すでに二時間ちかくに達している。

スクリーンをとおして戦況を観察していたラインハルトが、ひとつうなずいてキルヒアイスに声をかけたのは八時二〇分だった。

「キルヒアイス、後退するぞ」

「はい、ですが司令部から後退命令はまだでておりませんが……」

「すぐにでる」

断言したあと、憲兵少佐の耳をはばかって声を低めた。

「司令部《やつら》が極度の低能でなければな」

だが、聴こえた部分だけで、クルムバッハ少佐には充分だった。露骨に、こばかにした表情で問いかけてくる。

「なぜすぐに後退命令がでると思うのだ、ミューゼル少佐？」

ラインハルトを赫《かっ》とさせたのは、質問の内容それじたいと、憲兵少佐の口調と、双方であったろう。彼はひとつ呼吸をととのえると、するどい口調をたたきつけた。

「四倍の敵を相手にこれ以上、戦闘をつづけるのは無益だ。もともと艦隊決戦が目的ではない。そのていどのことが卿《けい》にはわからないか」

憲兵少佐の顔が悪意にゆがんだ。

「ミューゼル少佐は、低からぬ戦略的識見をもちあわせているようだ。艦隊司令部からの命令にさきがけて後退を決断するほど、よく戦機を見ているとはな」

「…………」

「あるいは、敵をさそいこむというわが軍の基本作戦についても、なにやら独自の意見があるのではないか」

「ある」

キルヒアイスが表情で制止したが、ラインハルトは言いはなってしまった。一六歳の忍耐心は、すでに限界に達していた。クルムバッハの顔が、さらにゆがんだ。

「ほう！　不明なる身にぜひご教授たまわりたいものだ。一介《いっかい》の少佐が、大将級の作戦案をしのぐ考えをもちあわせるとはな」

「下衆《げす》な言いかたはよしていただこう」

「……！」

「わが軍はすでに四度くりかえし、おなじ作戦をもちいた」

「それで？」

少佐の声は怒気にふくれあがっている。

「私が敵の司令官なら、それを逆用する。相手の後退につけこむかたちで、急進して、彼我《ひが》の艦列をいり乱れさせる。ご存じか、並行追撃というやつだ」

「………」

「双方の艦列がいり乱れれば、要塞は雷神《トウール》のハンマーを発射することはできぬ。敵もろとも、味方をも撃砕することになる。同盟軍としては、そういう状態をつくることに、唯一の勝機を見いだしているはずだ」

「それで？」

と、少佐はくりかえしたが、やや表情があらたまっている。

「わが軍がそれを防ぐには、中央突破・背面《はいめん》展開の二段がまえの作戦しかない。円錐状陣形によって敵の中央を突破し、突破をはたしたら左右に艦列をひろげる。そして一枚の壁となって、敵を雷神《トゥール》のハンマーの射程内に押しこむのだ」

ラインハルトの説明を、憲兵少佐が脳裏で図形化するのに五秒ほど必要だった。

「なるほど、みごとな作戦だ。机上《きじょう》の案としてはな。だが、敵がその策《て》にのらなかったらどうする？」

「具体的に言っていただこう、たとえばどう反応すると？」

クルムバッハ少佐は即答しない。彼は憲兵であって前線の戦闘指揮官ではなかった。

「……そうだな、たとえば、敵は数が多いのだから、戦列の両翼を伸ばし、わが軍を半包囲するかもしれん」

「論ずるに値せぬことだ。敵の意図が要塞攻略にある以上、要塞に背をむけて艦隊のみ半包囲するなど意味がない。要塞になお艦隊の余力があれば、前後から挟撃されることになる。その可能性がある以上は、敵もわが艦隊にのみ固執していられぬはずだ」

「敵を要塞方面へ押しこむといっても、要塞と、駐留艦隊とのあいだを分断される可能性もあるだろう」

「それも論じるにたりぬ。わが軍も分断されるにはちがいないが、同時に敵軍も、本国との連絡路を断たれることになる。そうなったとき、敵が本国へ帰ろうとするなら、吾々は道を開いて敵を通し、その大部分が通過したところを後背から撃てばよい。ほとんど味方が傷つくことなく、敵に出血をしいることができるのだ」

「…………」

「逆に、敵がイゼルローン要塞攻略に固執するなら、させておけばよい。雷神《トゥール》のハンマーの餌食となって、逃げもどるところを待ちうけ、潰滅せしめるだけのことだ」

「卿《けい》の作戦は机上のもの、実際にそううまくいくとはかぎるまい」

「たしかに、うまくいかぬかもしれぬ。だが、手をこまねいて敵に並行追撃の策をほしいままにさせるより、はるかに破局から遠ざかるはずだ。このままでは最悪だ！」

「ではなぜそのむねを司令部に告げぬ？」

「すでに具申《ぐしん》してある。部下は提案し、直言する。それをいかにうけいれるかは、上司の器量しだいだ」

ラインハルトのはじめての笑顔は、憲兵少佐にとって、苛烈なまでのかがやきにみちていた。ふたたび彼はひるんだ。それを自覚したとき、あらたな憎悪がこみあげた。

わずか一六歳の少年に論破されたことが、憲兵少佐には信じられなかった。ラインハルトが展開してのけた作戦案は、緻密な頭脳と豪胆な精神との、完璧な化合物であるように思えた。こいつはただの生意気な孺子《こぞう》ではない、という確信が、急速に毒念をはぐくんだ。

彼の視線のさきで、ラインハントは背をむけてスクリーンに見いっている。少佐の横顔には、さらにキルヒアイスの視線が突き刺さっていた。

「後退するぞ」

「後退するぞ」

おなじ言葉が双方の指揮官の口から発せられたのは八時五〇分である。じりじりと戦いつつ後退していた帝国軍が、計算ずくの急激な逃走にうつろうとした瞬間、同盟軍のシトレ大将が指令をくだした。

「全艦、全速前進！　敵の尻尾にくらいつけ！」

数分後、ヴァルテンベルク大将をはじめとする帝国軍首脳部は、愕然として息をのんだ。後退する味方に倍する急速で敵軍が前進し、肉薄の極、いっきょに接近戦の様相がつくりだされたからである。

計算ちがいに狼狽する司令部の幕僚たちの顔を、ラインハルトは脳裏に描いた。さすがに嘲笑をあびせる気にはならなかった。いっきょに前線は錯綜し、乱戦になだれこみかけている。エルムラントⅡ号の左右に火球の群が出現し、クルムバッハ憲兵少佐は、すさまじい光芒の炸裂を網膜に焼きつかせて、おもわず首をすくめた。ラインハルトが肩ごしに冷笑の視線をさっと投げつけた。机上の人物とはクルムバッハのほうこそだった。彼は一貫して憲兵職にあり、尋問、拷問、捜査の経験はあっても前線勤務の経験はなかった。

ラインハルトの冷笑は、クルムバッハの負の感情をあらためて刺激した。

要塞中央指令室をつつむ雰囲気は、最初、余裕にみちていた。味方の全面後退は予定どおりのものだったからである。

「一生懸命、逃げてくるぞ。雷神《トゥール》のハンマー、用意はいいか？」

用意よし、との返事に、一変して困惑の沈黙がつづいた。スクリーンに湧きあがった光点の数は、味方の総数を大幅にこえていたのだ。敵と味方とのあいだにあるべき距離がない。砲術長は発射命令をだしそこねて立ちすくんだ。

「いいぞ、このままだ。このまま乱戦状態で要塞に肉薄しろ」

同盟軍第四艦隊司令官グリーンヒル中将が叫んだ。とびかう光芒のなかで、敵と味方がもつれあいつつ、要塞主砲の射程内になだれこんだ。狼狽を余儀なくされたのは、イゼルローン要塞である。敵と味方が混在していては、〝雷神《トゥール》のハンマー〟を撃つことができない。まさしく、同盟軍首脳部の思惑どおりであった。

要塞司令官クライスト大将も、とっさに、判断に迷った。港湾進入口をあけて味方の艦艇を収容するよう命じたとき、すでに彼の眼前のスクリーンは、縦横にとびかうビームとミサイル、爆発炎上する敵味方の艦艇を映しだしていた。脈動する爆発光が、指令室の床や壁面に、濃淡の縞模様をえがきだし、人々の顔を実際以上に青ざめさせる。

要塞からの誘導波に同調《シンクロ》したエルムラントII号が、港湾への進入を開始したとき、クルムバッハ少佐は冷汗をぬぐい、息を吐いた。

〝雷神《トゥール》のハンマー〟の射程内空間では、前線も艦列も存在しえない乱戦が展開されている。一歩おくれれば、エルムラントII号もその渦中に巻きこまれていたであろう。厚い要塞の壁に保護されて、エルムラントII号の乗員たちは生還の喜びを実感し、

「金髪の坊やは、けっこうやるじゃないか」

とささやきあった。部下の生命を粗末にする上官が敬愛をうけることはありえないのだ。さしあたり、金髪の少年は部下を犬死させなかったのである。

同盟軍の砲火は、イゼルローンの外壁に傷をつけることはできなかったが、帝国軍の艦艇を劫火《ごうか》にたたきこむことはできた。要塞中央指令室のスクリーンは、複数の敵に包囲攻撃されて火球となる帝国軍艦艇の姿を映しだす。敵艦を撃とうと思えば、味方の艦が砲口の前をよぎる。

「邪魔だ！　どけ、役たたず！」

いらだって、要塞の砲手たちはののしったが、これほど無慈悲な批判もすくないであろう。ヴァルテンベルク大将は必死で混戦に対応しつつ、味方の艦艇を要塞内に帰投させるという難行をしいられていた。

旗艦にあって、同盟軍総司令官シトレ大将は、昂然と厚い胸をはっていた。

「雷神《トゥール》のハンマーなきイゼルローン要塞など、巨大なだけのかたつむりにすぎぬ。今度こそ五度めの正直になるだろう」

要塞の周囲は両軍の艦艇と、炸裂するエネルギーによって飽和状態をていしつつある。

その危険は同盟軍も承知していた。だが、この無秩序な混戦の渦こそが、彼らにとっては、

かろうじて勝利の可能性をはぐくむ母胎なのである。ひとたび双方が引きはなされ、艦列と陣形を再編したとすれば、それは同盟軍にとっては〝雷神《トゥール》のハンマー〟による一方的な鏖殺《おうさつ》に直結するのだ。

したがって、同盟軍としては、混乱を拡大させ、そのなかで要塞内部に侵入する方法を探しださねばならない。

だが、むろん、イゼルローン要塞にそなわった武器は、〝雷神《トゥール》のハンマー〟だけではない。電磁砲《レール・キャノン》・荷電粒子ビーム砲、レーザー砲などの砲塔・銃座の総数は一万をこす。これらが、各指揮官の指令によって、各個撃破の砲火を同盟軍にあびせかけた。

艦艇数だけなら四対一の差があるが、帝国軍はこれらの火力の援護によって、どうにか互角の戦闘を続行し、混戦はしばらくやみそうにない。

火線の奔流は、要塞から虚空へとむけられただけではない。等量以上の物質とエネルギーが、イゼルローン要塞の外壁にむかって降りそそいだ。

爆発光がイゼルローンを包囲して、死と破壊の鎖かたびらを織りあげる。半壊し、制御機能を失った小艦艇が、外殻に衝突し、あるいは衝突する寸前に火線をあびて爆発する。意外な戦闘の展開に、イゼルローン全体が逆上の火花を発しているようにもみえた。

帝国暦四八三年、宇宙暦《S E》七九二年のこの年ほど、同盟軍のたけだけしい牙がイゼルローン要塞の外壁に肉薄し、帝国軍を戦慄させたことはなかった。エネルギーの暴風が外壁上にうずまき、多数の砲塔や銃座が破壊され、破片が虚空に舞いあがって付近の艦艇を傷つける。

帝国軍の単座式戦闘艇、X字翼のワルキューレと、同盟軍のスパルタニアンとのあいだにも、すさまじいドッグ・ファイトが演じられている。これらのパイロットは個人戦闘の芸術家をもって任じているから、要塞上空の各処で一対一の戦いがおこなわれた。いましも一機のスパルタニアンが敵を葬りさったところだ。

その瞬間、単一の目標にむけて複数の銃座が火線を吐きだし、スパルタニアンは炎の塊となって四散した。べつのスパルタニアンがその間隙におどりこみ、報復のビームを銃座のひとつに突き刺して白い小さな炎の花を外殻上に咲かせる。一撃離脱をはかって上昇しようとするスパルタニアンの横あいから、ワルキューレが突きかかり、スパルタニアンはそれを回避しそこねた。

ワルキューレとスパルタニアンは、もつれあって失速し、優美にすら見える弧線をえがいて砲塔のひとつに激突した。赤とオレンジと白の炎が、飛散する絵具のように花ひらく。

要塞指令室のスクリーンの前で、クライスト大将が歯をかみ鳴らした。

「スパルタニアン一機で砲塔ひとつをつぶされたのでは、赤字もいいところだ。ヴァルテンベルクめ、なんとかない知恵をしぼったらどうだ」

同盟軍にとっては、この乱戦状態を維持し、要塞がわに心身の消耗をしいたところで、奇策をもちいて勝敗を決したいところだった。

「どうかね、ヤン少佐、わが軍はけっこうよくやっていると思わんか」

シトレ大将が、傍の若い副官に声をかけた。

「ええ、いまのところは……」

「では、ちかい将来はどうだ？」

「私は悲観的です」

「ほう？」

「味方もろとも撃つ、という決心を要塞司令部がすれば、そこで万事休します。おそらく彼らは、味方一に対し敵四を破壊する、という算術をたてて自己正当化するでしょう」

ヤンはベレーをかぶりなおした。

「かくして、四倍という数がかえって不利にはたらくパラドックスが成立するというわけです」

シトレ大将はゆったりと笑った。

「きみと同様の懸念は私にもある。そこで作戦参謀たちに、いささか過激な作戦を考案させたのだ。ビームやミサイルでは、らちがあかんからな」

「無人艦を使う、あれですか」

黒い髪の若い少佐の反応はやや消極的だが、シトレ大将はいまひとりの副官に命令を伝達させた——無人艦突入作戦を実施する、準備せよ、と。

ヤンは首を振ると、軍人というより自然観察者の視線で、砲火と爆発光に妖しくかざられたイゼルローン要塞を見やった。

「さて、逆効果にならなければいいが……」


ラインハルトは、待機を命じられた場所で、二メートル四方ほどのスクリーンをとおして戦況を見まもっていた。自分の仕事はすんだ、悠々と見物してやれと思うのだが、味方の醜態を見ていると、感情が激してくる。難攻不落の要塞に依存しきって対応能力を欠いたありさまが正視にたえない。なにをしている、あそこに火力を集中しないか、などと、つい独語してしまう。傍にたたずむキルヒアイスは、気づかわしげな視線をよそにむけていた。帰投直後から、クルムバッハ憲兵少佐の姿が見えないのだ。

「突入してくる!」

悲鳴があがり、要塞中央指令室の人々が総立ちになった。塔を思わせる巨艦が、高速で要塞に突っこんできたのだ。スクリーンが白濁し、衝撃が要塞をゆるがせた。

艦体が爆発し、積載された数十本のウラン238ミサイルと液体ヘリウムがそれにつづいた。オレンジ色の閃光が炸裂し、イゼルローン要塞の外殻の一部がもぎとられた。

はじめてイゼルローンが傷ついたのである。破砕部分から、数百名の兵士と兵器と設備のかずかずが、暴風さながらの流出気流にまきこまれて暗黒の虚空に吸いだされていった。

通信回路を悲鳴と怒号がみたした。

「C4ブロック、完全破壊！」

「C7ブロック、応答なし」

「D2ブロック、半壊、放棄の許可を請う」

「第一四二通路、使用不能」

「第九〇七砲塔、炎上、爆発の危険あり、消火隊の出動をもとむ」

「R9ブロックの兵員、脱出の用意をせよ。一五分後にR11ブロックに集結のこと――」

それらの声を圧して、ふたたび悲鳴が湧いた。

「また突入してくる！　二隻同時だ！」

直後に、外殻上で爆発が連鎖し、先刻にまさる衝撃が要塞をゆるがした。指令、怒声、悲鳴、要求がとびかうなかで、一時、電源が切れる。すぐに回復したが、人々の動揺は大きかった。不落の神話は崩壊寸前であるように思えた。空気は帯電し、それじたいが爆発物と化して炸裂しそうだった。そのなかを、うわずったクライスト大将の叫びがはしった。

「雷神のハンマー《トゥール》、発射用意！」

おどろきの声があがった。

「しかし、閣下、それでは味方が」

「かまわぬ！　……いや、やむをえぬ。大義の前だ」

司令官の蒼白な顔のなかで、両眼が安物のネオンのように無秩序に光っている。

「もしこの要塞が共和主義者どもの手中に落ちるようなことがあれば、それは神聖不可侵な銀河帝国そのものの滅亡に直結する。もはや犠牲をいとっている余裕があろうか」

はりあがる大声の波の下で、本心のつぶやきがくぐもる。

「この難攻不落の要塞が失陥したときの、無能な責任者として、歴史に名を残すようなことは、ごめんこうむりたいものだ」

司令官の、必死で利己的な命令をうけて、砲術長が指令をくだした。

「雷神《トゥール》のハンマー、エネルギー充塡《じゅうてん》せよ！」

彼としても、不仲な味方の生命より、司令官の命令が重要だった。

ラインハルトは、このとき部下とともにR11ブロックで待機していた。他の艦の乗員たちも、このブロックに集まり、武器を手にしてはいるが、どういう命令がくだされるか、本来の職務から引きはなされて不安を禁じえないようである。

人影があらわれた。ひとりの憲兵をしたがえたクルムバッハ少佐だった。

「ミューゼル少佐、ご同行願おう。きわめて——そう、きわめて重要な用件だ」

「敵襲のさなかに？」

「だからこそつごうがよい。卿《けい》にとってもな」

視線をキルヒアイスに転じて、憲兵少佐はひややかな声を発した。

「卿は来る必要はない！」

ラインハルトは立ちあがった。キルヒアイスにうなずいてみせて、少佐にしたがう。結着をつけたい気分は、ラインハルトにも充分にあった。罠があれば、かみ破ってやる。

将兵の右往左往するなかを通りぬけると、そこはすでに放棄命令の出されたＲ９ブロックであった。各処に火災が発生したらしく、濃く薄く煙がただよってくる。床にはコード類が散乱し、回廊状の通路の柵も破損し、三〇メートルほども下の床で炎の小さな舌が見える。無人状態だった。

「このあたりでよかろう」

回廊の上で、少佐はラインハルトにむきなおり、余裕をしめすためのつくり笑いをうかべた。ラインハルトの反応はそっけない。

「あまりおちついて話のできる環境とも思えないが、卿の趣味か」

「話をするなどと言ったおぼえはない。ここへ来たのは、昨年のヘルダー大佐の死にたいして、卿に責任をとってもらうためだ」

わずかな震動。大型ミサイルでも命中したのか。

「証拠も裁判もなしに、卿の独断でか」

「私は全権をゆだねられている。そう、事件の解釈それじたいについてもな」

「どう解釈するというのだ」

こわれかけた柵にちかづかないように用心しつつラインハルトは問いかけた。キルヒアイスが来てくれるまでの時間かせぎも必要だ。

「役たたずのヘルダー大佐が、卿《けい》に返り討ちにされたということだ。ただそれだけのことだ」

そのとおり、と言ってやりたいところだったが、むろんラインハルトは口にださない。

「で、今度は卿がやってきたわけか」

「そういうことだ……あいにく、卿と一心同体の赤毛はここにはいない。奴があとをおってきても、憲兵が奴を待ち伏せている。惜しい忠臣だが、いたしかたないな」

「……私が怪死をとげたら、当然ながら卿がうたがわれることになるぞ」

「心配するな、弁解はどうにでもたつ。卿のほうこそ、墓碑銘をなんときざんでもらうか、早く考えておくことだ」

「そうだな、ベーネミュンデ侯爵夫人の手下に殺さる、とでも書いてもらおうか」

「……ミューゼル少佐、卿は危険な人物だ。いまでも充分、危険だが、一日長く生きれば、おそらくゴールデンバウム王朝の命脈は一日みじかくなるだろう」

ラインハルトは眉をかるくしかめた。

「二重の過大評価だ。私と卿自身の双方にたいする……」

「かもしれん。だが、ここで卿を殺しておくほうが、生かしておいたときより、後悔が小さくてすむだろう」

ラインハルトは背後をかえりみた。さらに四人の憲兵がいつのまにかあらわれて、彼にブラスターをむけていた。ラインハルトはかるく頭を振って、黄金の髪を華麗に波だたせた。

「不公平ではないか、一対六とは」

「不公平なものか。私は卿と決闘するのではない。卿を処刑するのだ。六丁のブラスターに撃ちぬかれるか、三〇メートル下の床にとびおりるか、その選択だけは、最後にまかせてやろう」

そのころ、〝雷神《トゥール》のハンマー〟はエネルギーの充塡を完了していた。そのむねを砲術長が告げると、クライスト大将は緊張に顔をひきつらせてうなずいた。彼の視線は、スクリーンに固定され、光と闇が交錯する乱戦のありさまをにらんでいた。彼の決断をうながしたのは、四隻めの巨艦が突入してくるという、オペレーターの悲鳴だった。クライスト大将は呪縛から解放されたように片手をあげた。

「撃て！」

暗黒の宇宙空間に、白くかがやく巨大な穴がうがたれた。敵と味方とを問わず、見る者すべての視界がネガティブ化し、明暗が逆転したような、すさまじい光景だった。遠く距離をおいて見た者だけが、要塞から発して虚無と実体をつらぬく巨大な光の柱を視認することができたのである。そしてその瞬間、一〇〇〇隻をこす艦艇が光柱の直撃をうけて、この世から消えさった。

「……！」

数十万の視線がスクリーンに凝固していた。

数瞬の沈黙に恐怖のうめきがつづいた――このとき、勝敗の帰趨《きすう》が一撃にさだまったことを、誰もが理解したのだ。


銃声が連続してひびいた。それが急速にちかづいたとき、ラインハルトはたのもしい救援者の来訪を知った。赤い髪の人影が、オート・ライフルを手に駆けよってくる。クルムバッハらのあいだに狼狽がはしった。

「ラインハルトさま！」

「キルヒアイス！」

「よかった、ご無事で――」

言うのと発射が同時である。

ウラン238の銃弾を撃ちこまれた憲兵の身体が、内側から燃えあがった。絶叫を発して横転し、火の塊となって床をのたうつ。

ラインハルトは床に身を投げだし、複数のビームに空を切らせると、みずからのブラスターでひとりの顔の中心部を撃ちぬいた。さらにひとりがキルヒアイスのオート・ライフルに胸を撃たれ、悲鳴の尾をひいて三〇メートル下の床に落ちてゆく。

R9ブロックで味方どうし、二対六の銃撃戦が展開されているあいだ、イゼルローン要塞の外では、〝雷神《トウール》のハンマー〟が無音の咆哮とともに、万単位の殺戮と破壊をくりかえしていた。圧倒的な力の前に、同盟軍の奇策もねじ伏せられていた。破壊は恐慌を生み、いっきょに心理的敗退の深淵につきおとされた同盟軍は、指揮官たちの制止と叱咤を振りきって、〝雷神《トウール》のハンマー〟の射程外へとなだれを打って後退した。しかしそれは、致命的な砲口の前に、自軍のみ密集するかたちとなった。

同盟軍司令官シトレ大将は、黒褐色の顔を白っぽくしてスクリーンの前に立ちつくしていたが、ようやく自己を回復すると、気の毒そうに彼を見つめる副官に言った。

「ヤン少佐、全軍に退却命令をだしてくれ。私はどうやら、不名誉な記録の樹立に貢献してしまったようだ……」

銃撃戦は終幕に達していた。

ふたりめの敵をブラスターで撃ち倒して、ラインハルトは、クルムバッハ少佐を追った。だが、ふたりめの憲兵は、肺を撃ちぬかれたものの、まだ死んでいなかったのだ。はっと気づいたとき、ラインハルトは右の足首を瀕死の男につかまれていた。バランスがくずれ、視界が逆転しかかる。力強い手が伸びて、ラインハルトの手首をつかんだ。回廊の縁にひざまずいて、キルヒアイスがラインハルトの転落をふせいでくれたのだ。金髪の少年は、親友の腕一本で宙に浮かんでいた。

「キルヒアイス中尉、その手を離せ」

ただひとり生き残った憲兵少佐が、キルヒアイスの赤い頭に、ブラスターをつきつけていた。

「離すのだ、中尉。そうすれば卿《けい》には悪いようにはせぬ。ベーネミュンデ侯爵夫人に口ぞえして将来を保証していただいてもよい。じつにいい銃の技倆《うで》をしている」

「あなたにほめてもらっても、すこしもうれしくない」

「ことわるというのか」

「あたりまえだ。犬と取引しようとは思わない」

憲兵少佐は不快げな舌打ちの音をたてた。

「頑迷な奴だ。では離させてやる」

キルヒアイスを射殺すればすむところなのに、勝利の確信がサディスティックな感情を刺激したのであろう。憲兵少佐はブラスターの銃身を振りかざし、キルヒアイスのこめかみめがけて打ちおろした。にぶい音がして、血が飛散した。宙に浮かんだまま、ラインハルトは親友の押し殺した悲鳴を聴いた。今度は少佐の足が飛び、キルヒアイスの脇腹にくいこんだ。キルヒアイスは苦痛に身をよじらせ、それでも手を離そうとしない。

「やめろ、卑怯者！」

灼熱した叫びがラインハルトの口からほとばしって、憲兵少佐の顔を打った。怒りと憎悪の眼光が少佐を切りきざんだ。

「キルヒアイスに手をだすな！　卿の仕事は私を殺すことだろう。私を撃て！」

「ふん、たいした友情だ」

　毒づいたが、クルムバッハ少佐の顔には動揺があった。彼はブラスターを持ちなおした。

「よかろう、のぞみどおり殺してやる。その生意気な面《つら》も見あきた」

　彼は狙点《そてん》をさだめようとした。だが、彼の視線がわずかにはずれたとき、キルヒアイスの片足がはねあがって、その手首を蹴りつけた。ビームは天井方向へはしった。怒声があがる。少佐の片足が、今度はキルヒアイスの後頭部をけりつけた。ラインハルトはその一瞬、片手を回廊の縁にかけ、まるで鉄棒を演じるように、身体を回廊上にはねあげていた。同時に片手が、散乱したコードの一本をつかみ、ブラスターをかまえなおした少佐に投げつける。

　黒いコードが、生あるもののように憲兵少佐の首にからまった。

「……！」

　叫びをあげそこねたクルムバッハの腹に、ラインハルトの左足が深く埋まった。思わず半身を折ったところへ、あごへストレート・パンチが炸裂した。少佐は今度はのけぞり、柵ごしにもんどりうった。彼は三〇メートル下の通路に落ちはしなかった。首にからんだコードが彼の身体をささえ、彼は宙に浮いた。気管と頸動脈と声帯が、コードによって強烈にしめあげられていく……。

　ラインハルトは、絞首刑に処せられたクルムバッハなどに目もくれなかった。起きあがろうとして起きあがれずにいるキルヒアイスの長身を肩にせおうと、急激に濃くなりまさる煙のなかを、ブロックのドアへとむけて歩き出した。

意識をとりもどしたとき、キルヒアイスは包帯とゼリーパーム（水を極薄のプラスチック被膜につつんだ医薬品）を身体の各処に巻きつけて医務室のベッドに横たわっている自分を見いだした。傍で黄金色の光がわずかに揺らいでいた。椅子に腰をおろしたまま、ラインハルトがうとうとしていたのだ。それだけで、キルヒアイスはすべての事情を了解した。彼が幸福な気持ちでわずかに身じろぎしたとき、ラインハルトの瞼がひらいた。キルヒアイスを見やったのは、野心家でなく、彼だけの天使の瞳だった。そこににじんだものは、涙になる寸前に笑いに変わった。

ラインハルトの白皙の顔が友人のすぐそばに寄った。

「キルヒアイス、おまえはこれからもずっとおれのそばにいてくれるな」

「ええ」

「おれよりさきに死んだりしないな？」

「ええ、ラインハルトさま」

「約束したぞ。忘れるなよ」

ラインハルトの指が赤い髪をからめとる。病室のスピーカーからは、敵の総退却と味方の勝利を告げる司令官の声が流れていたが、ふたりはそんなものを聴いてはいなかった。

帝国暦四八三年五月。ラインハルトとキルヒアイスはともに一六歳である。ラインハルトが高名な伯爵家の門地をついで、ラインハルト・フォン・ローエングラムと名のり、帝国元帥《げんすい》の称号をえるまで、なお四年の歳月が必要であった。

朝の夢、夜の歌

I

螺旋状《らせん》におずおずとちかづいてきた陽の光がはじけて、瞼《まぶた》の合せ目から朝が侵入してきた。ラインハルト・フォン・ミューゼルは、長短三度のまばたきで、頭のなかの夜を追放した。聴覚への、朝の侵略が開始されていた。天井の一隅で、スピーカーがわめいている。

「起床！　起床!!　起床!!!」

ラインハルトは大きくのびをした。隣のベッドで、赤毛の、ジークフリード・キルヒアイスが目をこすっている。ここは幼年学校の寄宿舎の一室だった。壁をへだてた隣室から、生徒たちの起きる気配がつたわってくる。点呼、洗面、そして校庭に整列して軍旗の掲揚がおこなわれるのだ。

ラインハルトは時を遡行《そこう》したのではなかった。彼が幼年学校を卒業したのは二年前のことであり、いま彼は殺人事件の捜査の任をおびて憲兵隊から派遣されてきているのだ。そしてこの日、四月二八日は、被害者カール・フォン・ライフアイゼンの葬儀の日であった。

帝国暦四八四年、ラインハルト・フォン・ミューゼルは一七歳、階級は大佐である。

その後もなんら変化は生じなかったが、この当時、ラインハルトは自然の大気と人工の大気とを数カ月の周期で交互に呼吸している。つい先日まで彼はイゼルローン要塞に駐留して、最初は少佐として駆逐艦を指揮し、ついで中佐として巡航艦の長となった。その間、自由惑星同盟《フリー・プラネッツ》軍の大攻勢も経験し、その敗退する光景もみとどけている。

　年齢に比較して、ラインハルトの階級は高く、武勲は多く、配置された部署の数も多いのだった。およそ人事異動のつど、彼の肩書と居場所は変動せずにいない。これは軍務省の人事方針に一貫性が欠けるという面もたしかにあるが、異動のたびにラインハルトがなにかしら功績をあげ、すると姉アンネローゼとの関係が無言の雄弁ぶりを発揮して、上司としては昇進を推薦せざるをえず、昇進はほぼ必然的に部署の異動を意味する――という図式が成立するのである。

　さらにありていに言えば、ラインハルトは上司好きのする部下ではなかった。有能で（いやいやながら誰もがそれを認めた）、生意気な（よろこんで誰もがそれを認めた）部下は、先例墨守《ぼくしゅ》・年功序列型の上司に嫌われるのがしぜんというものである。ましてやそれが皇帝の寵妃の弟とあっては！　自分の麾下《きか》にいるときに戦死でもされた日には、皇帝のなかばひからびた手がひとふりされて、上司たる者の官途は破滅の滝へ直結することになるであろう。危険な発火物は遠ざけるにしかず。

かくしてラインハルトは、平穏をのぞむ上司から隔離され、あらたな〝犠牲者〟が、さまざまな意味でやっかいな部下をかかえこむ不運をかこつことになるのだった。

むろんラインハルトは〝危険な発火物〟であった。凡庸な上司たちが想像するより、はるかに高い熱と巨大な破壊力とをもって、やがて王朝を、体制を、門閥貴族たちを、焼きほろぼすことになるであろう。それに気づかぬ者たちこそさいわいというべきである。

それにしても、帝都憲兵本部への出向とは、ラインハルトにとって、もっとも不本意な種類に属する人事であった。彼は宇宙の深淵のなかで強大な敵を相手どって武勲をたてたいのに、弱い立場の人間にたいして皇帝と政府の権威を誇示する任につかされたのである。

先日、ひとりの平民の老婦人が憲兵隊にとらわれた。三人の息子のうち、ふたりを戦死、ひとりを戦病死させたその老女は、各家庭にかならず保管されている皇祖ルドルフ大帝と現皇帝フリードリヒ四世の肖像画を壁からとりはずし、足蹴《あしげ》にして叫んだのである。

「せっかく生んだ子供を三人とも殺されたのは、皇帝陛下のためです。こうするほかに、陛下にたいして感謝し申しあげる方法がありません」と。

密告する者があって、老婦人は逮捕されたのである。憲兵副総監は、職権を利用してふたりの息子を後方勤務にまわした男だったが、部下たちに訓示して言った。

「あの女が憎むべきは、叛徒たる共和主義者どもであるのに、陛下をおうらみ申しあげるなど、反国家的かつ非臣民的な忘恩行為のきわみである。皇室に感謝し国家に奉仕する道を知らぬ者は、人間としての待遇に値しない。大罪にふさわしい罰をあたえてやれ」

これは明白に拷問とそれによる死とを教唆したものであった。ラインハルトはそれを聞いたとき憤激したが、彼の権限からも担当からもはずれた事件で手のほどこしようがなかった。

だが、憲兵隊の内部に、おそろしく勇敢な造反者がいた。本来の憲兵ではなく、艦隊法務士官としての研修のため、宇宙艦隊司令部から出向してきていた二〇代後半の青年士官で、ウルリッヒ・ケスラー中佐といった。彼はその不愉快な事件の担当者のひとりとなると、老婦人を密告した男のもとへみずからでむいて、手柄顔の密告者を逮捕してしまったのである。理由はこうであった。

「老婦人が不敬の大罪をおかす場面を目撃しながら、それを制止せず手をつかねて傍観していたとは、臣民の道にもとる。あとになって手柄顔で密告などしても、それは自分の罪をかくそうとの意図によるもの。内心で老婦人に同調していたからこそ、陛下の肖像画が踏みつけにされるのを傍観していたのであろう。共犯に類する行為である。これを処罰せずして、不敬罪の法の精神をまもることはできない」

かくして密告者は、その月の家計を赤字で決算することになった。密告の報奨金をうわまわる治療費を、病院にしはらわねばならなかったからである。いっぽう当の老婦人は、拘禁と尋問はうけたものの、暴力はふるわれなかった。憲兵副総監が呼びつけて詰問すると、ケスラーは答えた。

「おそれおおくも陛下の肖像画を踏みつけるなど、正気の人間の行動ではありません。狂人に拷問をくわえても無意味であります」

ケスラーの反抗もそこまでではあった。老婦人が酷寒の一惑星に流刑されることも、食を絶《た》ってみずから衰弱死することも、ケスラーの力でははばむことができなかったのだ。それでも、卑劣な密告者が品性にふさわしい罰をこうむったことで、無力な平民たちはわずかに溜飲《りゅういん》をさげえたのである。

「なるほど、あのような反抗のしかたもあるのだな、みならうとしようか」

本来、ラインハルトは行動においても表現においても直線的であることを好んだが、ケスラー中佐の手法を見て、うなずくところがあった。彼はまだ一七歳であり、巨大な才能にもなお経験からの学習が必要であったのだ。じつはキルヒアイスも本質的にラインハルトと同様なのだが、彼の場合はラインハルトの烈気を抑制する任をみずからにかしているので、ラインハルトよりは慎重に周辺の情勢に配慮する必要があり、ケスラーへの同感度はさらに高いものとなった。

ラインハルトは当然のことのように思っているが、人事異動のつどキルヒアイスは不安にかぎりなくちかい感情をあじわわされるのだ。もしかしてラインハルトと自分が、ことなる部署に配属されるのではないか、という疑念である。したがって、人事異動のときキルヒアイスがまず関心をむけるのは、ラインハルトとおなじ部署に配属されているか否かであって、どの部署に配属されるかは第二義的であった。

現在のところ、彼の不安が実体化したことはなく、したがって彼としては、部署に不満なラインハルトをなだめる余裕が生じるわけである。むろんこれはラインハルトがキルヒアイスとことなる部署に配属されても平気だということではなく、想像の外にあったということである。とにかく今回もキルヒアイスはラインハルトとおなじ部署でおなじ任務についている。ラインハルトの姉、アンネローゼの配慮がうごいていることは明白であったが、けっきょくのところ軍部にとってラインハルトはともかくキルヒアイスの存在が歯牙《しが》にかける価値もないからこそ、それが許容されているのであろう。ラインハルトが士官である以上、部下をつけねばならず、その任にあたる一個人が存在するなら、両者をセットでうごかせばことはすむのであった。キルヒアイスはそれを認識している。彼の存在価値はラインハルトとアンネローゼにさえ認められていればよいのであって、軍首脳にたいしてはたんなる無害の存在であろうと思う彼だった——いまのところは。ラインハルトが完全な人事権を掌握するまでは。


幼年学校で殺人が生じたとの報を、帝都憲兵本部がひそかにうけとったのは、この年四月二六日のことである。当日のうちに刑事捜査の担当者たちがでかけていったが、ほとんど収穫もなく引きあげざるをえなかった。だが、放置しておけないのはむろんのことだ。

幼年学校で貴族の子弟を対象としての犯罪捜査となれば、警察力の介入は自動的に排除される。憲兵が捜査をおこない、典礼省がその告発にもとづいて処断をくだすこととなろう。警察にとっては不愉快なことであるに相違ないが、ゴールデンバウム朝銀河帝国は、もともと普遍的な法のもとでの平等などと無縁の社会なのである。

被害者は五年生（最上級生）のカール・フォン・ライフアイゼン、一五歳。朝、ベッドが空になっているのを同室の生徒が発見し、全校で調査した結果、食料倉庫で死体となって発見された。三時間ほどを善後策の協議でついやしたすえ、一件が憲兵隊にとどけられたのは正午すぎである。死因は、重量物の殴打による脳底骨折であったが、兇器が見あたらない。じつのところ、倉庫が外からロックされていたのと、兇器の消失だけが殺人の証明であった。そしてラインハルトとキルヒアイスが、幼年学校に泊まりこんでの捜査を命じられたのである。

「一週間は卿《けい》に全権をあたえる。だが、ミューゼル大佐、憲兵隊に人材がいないわけではない。事態が卿の手にあまるなら、誰かと交替させてもよいのだぞ」

その口調に誠意が欠け、揶揄《やゆ》と皮肉がこもっているのはいまさらのことではなかった。ラインハルトは逃亡したくなかった。不本意な部署における不本意な任務であっても、それをはたさずしてしりぞくことは、彼自身の存在意義にかかわるのだ。

「ラインハルトさま、なにも連中の見えすいた策《て》にのることはありますまい」

キルヒアイスの見解はややことなる。ラインハルトが万能である必要はない。区々たる刑事事件の解決に優秀であるより、大軍をうごかし諸将を統御するに卓越するほうがたいせつであろう。憲兵本部の意図は露骨であった。ラインハルトが犯人を検挙しえなければ、憲兵としての能力不足をいいたてて、態《てい》よく追いだすつもりであるのだ。それならそれでよいではないか、と、キルヒアイスは思うのだが、ラインハルトはそんな彼に言うのである。

「なあ、キルヒアイス、おれたちは一度も負けなかったな。相手が何人でも、どんな奴でも」

「ええ、ラインハルトさま」

「これから将来《さき》もけっして負けない」

「はい、ラインハルトさま」

「……だから、目前の敵にも負けるわけにはいかない。どんな狡猾で辛辣《しんらつ》な犯人であってもだ」

つまりラインハルトは、一週間以内に犯人を検挙して、憲兵隊の鼻をあかしてやりたいのである。しりぞくことを知らない人だ、とあらためてキルヒアイスは思い、金髪の少年の意向にしたがった。彼はいつでも、彼の金髪の天使の意思をうけいれた。

Ⅱ

翌二七日、金髪の少年と赤毛の少年は、二年たらず前に卒業したばかりの母校を訪れた。

「ラインハルト・フォン・ミューゼル大佐と、ジークフリード・キルヒアイス大尉？」

門前に立って衛兵役をつとめていた最下級生たちは、当惑の表情をつくった。憲兵隊からの連絡は、幼年学校当局を経由してうけとってはいたが、大佐と大尉という階級を聞けば、壮年の世代を想像するのが当然であった。彼らの連絡をうけて、まず最上級生たちが駆けつけた。

この最上級生たちは、ラインハルトとキルヒアイスを知っていた。三年ほどは、おなじ学校に在籍していたのである。ラインハルトはその美貌といい学業成績といい、下級生たちにとって比類なく華麗な存在であった。上級生であれば屈折せざるをえない感情も、下級生なら率直なものとなりえた。ラインハルト自身がキルヒアイス以外の者に心をひらかず、孤高をたもっていたため、遠くからあおぎみるというかたちで、彼は崇拝の対象となった。キルヒアイスはといえば、つねに彼の傍にいることと個人としての優しさから人望をえていた。

「一七歳で大佐だって……？　すごいな」

下級生たちのささやきかわす声が、微妙な空気の波動となってラインハルトの金髪をそよがせた。おどろき、好奇心、不審、感歎の念が、コーヒーにそそがれたミルクのように、縞模様をつくって並流した。その無秩序な流れのなかを、ラインハルトたちは校長室へと歩いていった。

ラインハルト・フォン・ミューゼルの名は、二年前の首席卒業生として、なお多くの教師と在校生の記憶回路に刻印されている。卒業して少尉に任官し、二年間で大佐という昇進の速度は、幼年学校が設立されて以来の記録でもある。それは誇示されてしかるべきものであるはずだった。だが、この華麗なる卒業生を語るに際して、教師たちの口調が明快さをかかざるをえないのは、ラインハルトの境遇が普遍的なものとは言いがたいからであった。なにしろ彼の姉アンネローゼは皇帝フリードリヒ四世の寵妃であり、伯爵夫人の称号をたまわった身である。

「グリューネワルト伯爵夫人の弟？　それなら出世するのも当然だ」

そのような納得のされかたが、ラインハルトにとっては不本意でもあり不愉快でもある。感性のささくれが、一七歳をむかえたばかりの若々しい皮膚に投影されると、この美貌の少年が、不機嫌な、ちかづきがたい印象を他者にあたえてしまうのだった。端麗であればあるほど、その完璧さをそこなう内宇宙の破綻が増幅されるのであろう。ラインハルトはまだ一七歳で、感情はしばしば理性の制御をこえた。

その点はキルヒアイスも同様なのだが、熱い湯もより熱い湯にたいしては水にひとしくなる道理であるし、彼はラインハルトより意識して感情の沸点を高くしていた。

ラインハルトは、つねにラインハルトであったが、キルヒアイスは、みずからの意識と努力でキルヒアイスになったのである。もともと自己形成を自覚的にすすめる素質が彼にあったにせよ、それを開花させたのは彼自身の意識であり、不可欠の触媒となったのは〝おとなりのミューゼル家の姉弟〟であった。

幼年学校の校長は退役寸前の老士官で、階級は中将、名はゲアハルト・フォン・シュテーガー。男爵号を所有している。この人物はラインハルトたちの在学当時は副校長であった。軍人らしくも見えず、教育者的な風貌でもない。大貴族らしい傲岸《ごうがん》さもない。田園の小地主というあたりで、言うことにも力強い個性が感じられなかった。

「本来なら部外者を校内に立ち入らせるのは好ましくないのだが、ことは重大かつ兇悪である。傷つけられた名誉を回復するには、公明正大に事件を解明し、不幸な生徒の霊を安んじるほかにない。捜査官として、また本校の先輩として卿《けい》らの努力を期待する」

それにしては憲兵隊への通報がおくれたな、と、ラインハルトは思ったが、むろん口にだして言語化はしなかった。校長は、それが癖なのだが、髪にくらべて濃く暗い色調の口ひげを指ではさんで上下させながら、いささからちもない意見を述べた。帝国軍の礎石《そせき》たる幼年学校で殺人を犯すなど、共和主義者とやらいう連中の悪辣な破壊工作ではないのか――と。

「だとすれば、共和主義者どもは時空をこえる能力を所有しているのかもしれませんな。つぎは――軍務省あたりをねらうかもしれない」

皇宮を、といいたいのをあやうくこらえたラインハルトの心理が、ただひとりキルヒアイスにだけは看取しえた。

ラインハルトが、旧来の秩序感覚からはとうてい許容されるものではない反逆の意思を有しているという事実は、当人とキルヒアイスとだけが知ることだった。ラインハルトは、姉の威光を借りてなにかと長上にさからい、分不相応の出世をもくろむ〝生意気な孺子《こぞう》〟とみられることが多いが、彼の本心が判明すれば、生意気などと言われるだけで事態はおさまらないであろう。大逆罪である。ラインハルトとキルヒアイスは処刑され、アンネローゼも死をたまわることうたがいない。いかに皇帝の寵妃であろうとも、王朝の存続をはかる全体制の総意は、皇帝個人の意志にまさる。ラインハルトが寵妃の弟というのではなく、アンネローゼが大逆犯の姉ということになって、主客が転倒する。大逆犯は、妻子、両親、ときとして兄弟や友人にいたるまで罪に連座するのが過去の例であり、この一事にかぎって、大貴族も平民も平等な処遇をうけることになっていた。

時間それじたいに、澱《おり》がたまっている。流れない水は腐敗する。流れを生もうと水がうごくとき、ゴールデンバウム王朝とその政府は、死と暴力の恐怖によってそれをさえぎり、結果としてみずからの腐敗を深めてきたのだ。

滅びさった古いものに哀惜の念をむけるのはよい。だが古いがゆえにあらたなものを圧殺する汚泥の堆積を美化する必要などないのだ。ラインハルトの誓約は、歴史からこれらの汚泥を一掃することにあった。

初陣のとき以来、ラインハルトの背後には、つねに敵対者の長い暗灰色の影が落ちかかっていた。そのするどい爪が彼の肩や背をひっかいたことも一再ではない。爪の所有者は、皇宮たる〝新無憂宮《ノイエ・サンスーシー》〟の虚栄と特権の迷路にひそみ、ラインハルトはいまだにその所有者にたいして根本的な反撃をくわえることができずにいる。

周囲に無能で視野のせまい者が多いことをラインハルトは不快がるが、キルヒアイスの見解は、ここでもややことなる。無能で視野のせまい者が多いからこそ、ラインハルトは彼らを踏み台にして高みをめざすことが可能となるのだし、洞察力と想像力にとんだ者がラインハルトの野心のおもむくところを看破すれば、彼らふたりが未来の手をにぎることは永遠になくなってしまう。一七歳という年齢をとりされば、ラインハルトはたかだか一大佐であるにすぎず、一個人の成功としてはすでに充分ではあっても、打倒すべき敵の巨大さにくらべて、卑小で非力な存在であった。

ラインハルトが校長に問いかえした。

「共和主義者などというより、たとえば、幼年学校の運営に不正があり、それを知ったために害されたというようなことは考えられないでしょうか」

キルヒアイスはひやりとした。個性にとぼしい校長の顔が、完全に険悪化する寸前に、ラインハルトは自己を援護した。

「たとえです、あくまでもたとえです、校長閣下。お気にさわったとしたら、軽率をおわびします。憲兵隊などにおりますと、ものの考えがすなおでなくなってしまいますもので」

ていねいにラインハルトは本心をいつわった。いまだ無力な反逆者は、ときとして過剰なほどの礼節によってみずからの本質をかくしとおさなくてはならない。その必要性をラインハルトは充分に承知している——当人はそのつもりである。だがキルヒアイスから見れば、羊毛の下に圭角《けいかく》がのぞく。その視線はキルヒアイスが後天的にさずかったものである。その圭角を露出させないよう、キルヒアイスは声にださず全霊でラインハルトに願った。校長室の窓ごしに、午後の陽があたたかい。

季節は晩春であった。空気には複数の花の香が混入し、風は人の皮膚にこびる。窓外に視線を送ると、濃淡さまざまな緑が、炸裂するように勢いよく視界全体を占拠し、網膜をそめあげてくる。

美しく生気にみちた季節ではあるが、どことなく微温なものを感じて、ラインハルトはかならずしもこの季節を好まなかった。彼が好む季節は、早春の朝、初夏の晴れた午後、晩秋の肌寒い日々、そして初冬。晴れわたった日の夕方、空気が蒼く透明度をまして人々を海底に沈め、そして夜が覇権をにぎると、凍《い》てついた星々が銀色の槍を地上へ投げおろす。はく息は白く光を反射する。皮膚がはりつめ、五感が研摩されるような感触に全身がつつまれる。そこには晩春のような自然と人間のなれあいがない。

いずれにしても、硬質の透明感をもつ時間帯が、ラインハルトには好ましかったのだ。

「……卿《けい》が必要と思うなら、当校の経理を調査してみるとよい。なにも不審の点などでてきはすまいがな」

不機嫌さをかくしおおせない校長の声だった。

「いずれ戦場へでて、ともに共和主義者どもと戦わねばならぬ生徒たちが、おたがいに猜疑《さいぎ》しあわねばならぬとは不幸なことだて」

校長は灰色の吐息をはきだした。彼は金髪の若者と赤毛の若者にとっても恩師であった。すくなくとも不当に遇されたことはなかった。ラインハルトはいま一度、非礼をわびると、「猜疑とおっしゃいますが、殺人と公表されてはいないはずではありませんか」

「噂は光より速く、分子より小さなものでな、ミューゼル大佐、根絶することはできぬよ」

ラインハルトはうなずき、〝事故〟の現場を視察するために校長室を辞した。生徒たちから証言をもとめる許可を校長はくれ、信頼できる生徒をよこすよう約束してくれた。

Ⅲ

「ここが、その……不幸な事故の現場です」

食料倉庫に案内してくれたのは、幼年学校に三〇年も奉職して、ようやく中尉に〝していただいた〟事務員だった。一階級しかちがわないキルヒアイスも彼にとっては服従すべき上位者であり、大佐であるラインハルトは文字どおり雲上人であった。ラインハルトたちが早々に倉庫の調査をきりあげたのは、いまさら物的証拠などないとわかっていたのみならず、事務員のうやうやしさが息苦しささえ感じさせたからであったかもしれない。

倉庫をでるとき、ラインハルトは、事務員に、この一件について校内にどんな噂が流れているか尋ねてみた。返答は謹直そのものだった。

「はい、あれはなにかのたたりではないかとも言われております」

「たたり⁉」

「ええ、何十年も前に事故死した生徒の霊が仲間をほしがっているとか、悪魔崇拝者たちの集会を見たからライフアイゼンは殺されたんだ、とか、そんな噂でもちきりです」

「貴重なご意見ありがとう」

苦笑をかくして、ラインハルトは初老の事務員と別れた。

「たたりときましたね」

「怪談と学校は双生児だからな。怪談のない学校なんてないさ。たたりぐらいあるかもしれない」

あらゆる部屋、階段の影、廊下の隅、扉のむこうには、かならず人間ならぬものが棲息している。それらは宇宙の暗黒の迷宮にひそんで宇宙船をひとのみにしようとする怪物と等質の恐怖だ。洞窟の奥に小さな火をおこして、外界の厚く深い闇にかろうじて対抗した原始人の記憶が、人間の細胞核から完全に除去されないかぎり、人々は闇の存在それじたいに恐怖の意味を附加しつづけるだろう。それを軽蔑することはできても、無視することはできない。ラインハルトにしてもキルヒアイスにしても、毛布とシーツでつくった要塞にとじこもって、眠れぬまま、夜の暗さの前にみずからの存在の弱小を感じたのは、つい数年前のことである。

とはいえ、闇の奥にひそむ超人間的な存在が幼年学校の生徒を害したという考えは、このさい排除してかからねばならなかった。

学校本部、第一から第三までの各校舎、体育館、図書館、閲兵場をかねた競技場、射撃訓練場……と、ラインハルトたちは校内を歩いてまわった。一カ所にとどまっているより、うごきまわったほうが、会話を盗聴される可能性もすくないはずである。

幼年学校は、敷地の広大さといい、設備といい、同年齢の少年たちを教育する他の学校とは比較にならない。士官学校とならぶ銀河帝国の軍国主義教育の中枢であるからそれも当然だが、ラインハルトの蒼氷色《アイス・ブルー》の眼光でみすかせば、内容の充実度が外見におよばないこと遠かった。

「老朽化がすすんでいるな」

設備だけではない。教師陣がそうであり、それにともなって校風も退嬰《たいえい》の影を濃くしつつある。なにかを生みだすということが重視されず、規則や習慣を墨守《ぼくしゅ》し、古さと正しさを同一視し、変化を秩序の潰乱者《かいらん》とみなすのだ。

もっとも、理屈はどうであれ、変化のない光景がなつかしさをよびおこすのも事実だった。

「図書館も変わっていませんね」

「あのホールの奥で上級生とけんかしたな、二対四で」

幼年学校時代のラインハルトは、充分以上に〝けんかっぱやい〟為人《ひととなり》だった。それ以前においてもそれ以後においても変化はないのだが、彼は下級生に暴力をふるったことはなく、多数で少数をいたぶったこともない。つねにその逆であった。それは彼の魂の尊厳に深いかかわりを有することだった。

「あの噴水には、姉上の悪口を言った上級生を投げこんでやったっけな」

その種の思い出が、視界のいたるところに眠っていて、彼らの記憶にゆりおこされるのを待ちのぞんでいるのだった。

「古戦場ですね、ここは。いたるところにラインハルトさまの武勲のあとがのこっています」

「他人ごとみたいに言うな、いつだってお前がいっしょだったじゃないか」

ラインハルトは低い音楽的な笑い声をたてた。それがまたあらたな回想を喚起し、少年は豪奢な金髪を指でかきあげた。

「幼年学校《こ こ》を卒業してまだ二年にしかならないけど、キルヒアイス、おまえがいてくれなかったら、おれはもう五、六回は冥界の門をくぐっているな」

率直な謝意の表現はここちよいが、キルヒアイスはやや反応の方法にこまって、うまくもない冗談にまぎらわせた。

「ご存じですか、ラインハルトさまは冥界の門に着くまでは回数券をもっておいでですが、入場券はおもちではないのですよ。だから、どんなに危ない目にお会いになっても、死なないのです」

「へえ、知らなかった。そいつはつごうのいい話だな」

ラインハルトはもう一度笑うと、歩調をゆるめた。建物の群をぬけて、広い芝のグラウンドの前にでていた。わずかに汗ばんだ自覚が、彼らの足を楡《にれ》の大木の下へむけさせた。

木陰で、かかえていた資料をもう一度ひらく。被害者の学業成績は学年で一〇位から五〇位のあいだを前後している。優秀ではあるが傑出しているというほどではない。幼年学校におけるキルヒアイスが、そのような存在であり、射撃において最優等生であったにすぎない。幼年学校の考課表に、補佐役としての信頼性などという項目はなかったし、作戦立案もシミュレーションによるものにすぎなかった……。

「成績をそねまれて、というようなこともなさそうですね。それにしてもなぜ食料倉庫などにでかけたのでしょう」

「そもそも、食料倉庫などに生徒が夜間、出入りできるというのがおかしいじゃないか」

もっとも、それは論じるに値しないことである。ラインハルト自身、順守する必要と目撃者と、双方を欠いたところでは校則を破ったことが一再ならずある。軍旗に敬礼するときに両足をひらく角度とか、教師に頭をさげるとき心のなかで謝恩の言葉を発するとか、およそ独立した人格の所有者にとって信じられないほど愚劣な校則があるのだ。

再経験することになった幼年学校の食事は、郷愁にはうったえたが味覚にたいしてはそうではなかった。ライ麦パン、ソーセージ、チーズ、野菜スープ、ジャガイモのミルクかけなどが雑然とならび、量はどうにか満足できても、味は貧弱をきわめる。在校当時、ラインハルトたちはしばしば説教されたものだった。

「栄養価は充分に考慮してある。軍務をもって国家に奉仕しようとこころざす者が、美食をもとめ、味に不平をもらすなど惰弱のきわみである」

他者を支配し指導する立場にある者が、いたけだかに質朴を強制するとき、自分自身がそれを順守する例などありはしない。肥満は怠惰の証明であるとして国民の食事内容にまで干渉したルドルフ大帝が、自身は美食と暴飲のはて、晩年は痛風になやまされたという事実がある。ルドルフにしてみれば、彼の食物を平民どもが無秩序に喰いちらすのが不快であったのだろう。上かくあれば下それにならう。前任の、つまりラインハルトらが在校していた当時の校長は、私室にワインとキャビアを隠していたが、現校長シュテーガー氏はどうなのだろうか。いずれにしても、食料倉庫に生徒がはいりこむなど、校則以前の問題であるはずだが……。

ラインハルトの視線のさきには、エメラルドの粉末をまいたかのような芝生がひろがり、生徒たちがサッカーに興じている。グラウンドを見おろす芝の斜面に、ラインハルトとキルヒアイスはならんで腰をおろした。赤と黄のジャージーがいり乱れ、集散し、かけちがう光景が、不意に人影にさえぎられた。最上級生であろう、かなり背の高い茶色の髪の少年が、ラインハルトとキルヒアイスの前に直立不動の姿勢をとって敬礼した。

「失礼します。自分は最上級生のモーリッツ・フォン・ハーゼといいます。校長のご命令で、ミューゼル大佐らの捜査に協力するようにと言われました」

「ああ、ご苦労さま。すわってくれ」

「いえ、大佐どのの前ですわることなどできません。どうぞこのまま、ご質問ねがいます」

かたくるしいというより、躾《しつけ》や規則にたいする機械的な従順さを感じたが、その点についてはラインハルトは口にしなかった。

「ではさっそくだが、死んだライフアイゼンの評判はどうだった？」

「よくわかりません」

「とくに誰かと仲が悪かったとか、そういうところは？」

「さあ、どうでしょうか」

これでは協力の意味がない。その生徒はむろんラインハルトに反抗や非協力の意志をいだいているわけではなく、およそ他者の人間関係に関心が薄いようであった。数字や資料のほうに現実感覚を密着させる型の秀才であるのかもしれない。ラインハルトが舌打ち寸前の表情になって沈黙したので、キルヒアイスがかわって質問した。

「では逆に、彼と仲がよかった者は？」

「私です」

「そう、それならきみの目から見て、ライフアイゼンはどんな人間だった？」

生徒の不得要領な顔つきを見て、キルヒアイスは言いなおした。たとえば、自分の成績が他人にぬかれたとき平然としていたか、それとも気に病んでいたか。

「そういえば、気にするほうでした」

他罰傾向があったか。つまり、自分の失敗や不振を他人のせいにすることはあっただろうか。

「ええ、そんなところもたしかにあったようです」

「友人だというのに、あまりかばいだてしないんだね」

「率直にお答えすることが、協力することになると思いますので……」

熱のない口調に、キルヒアイスもかるいいらだちをおぼえた。この生徒は、自分が知っていることや信じていることより、相手ののぞんでいることを語ろうとしているように思えた。生徒の背後のグラウンドで、騒然たる気配が生じた。肩ごしに振りむいた生徒に、視界をさえぎられたラインハルトがたずねた。

「どちらが得点したんだ？」

「黄色でないほうです」

生徒が答えた。赤いジャージーの群が歓喜の声をあげてだきあうのが見えた。キルヒアイスは一瞬、ハーゼの顔を見なおしたがなにも言わず、ラインハルトが手を振って彼を去らせるにまかせた。

「役にたたない奴だったたな」

ないがしろにされたような思いがラインハルトの声に不満の蒸気をこもらせた。

「兇器もでてこないんですからね。どうやって殺害し、どうやって兇器を始末したのやら」

「まず犯人の動機を考えてみよう、キルヒアイス。といっても、けっきょくのところ動機は単一のものに還元されるけど。わかるだろう?」

「自己の利益をまもること、ですか」

この場合キルヒアイスは確信をもって断言する必要はなく、ラインハルトに思考を検討する材料を提供すればよいのである。金髪の少年はゆたかな前髪ごと顔を上下させた。

「そう、戦争とおなじだな。積極的に勝利をえるか、しりぞいて現状をまもり損失をくいとめるか。攻撃的動機と防衛的動機とだ」

よけいな口をさしはさまず、キルヒアイスは耳をかたむけていた。

「それにもうひとつ、復讐的動機というやつを考えてみる必要があるかもしれない。広い意味での防衛的動機にはいるが……」

ラインハルトは言葉をきって一瞬、考えこみ、かるい舌打ちの音をひびかせた。

「おれたちが捜査を命じられた理由がわかったぞ、キルヒアイス」

「なんです?」

「犯人を油断させるためさ」

「ははあ……」

キルヒアイスは納得した。

一〇代のラインハルトらが捜査に派遣されたのを知って、校長シュテーガー中将は怒ったという。憲兵隊は事件の解決に真剣ではないというのである。ラインハルトたちが来訪したときは口をぬぐっていたが……。犯人が油断して足をだしてくれればよいのだが、さてどうだろう。

Ⅳ

こうして殺人の被害者カール・フォン・ライフアイゼンの葬儀の日、四月二八日がきたのだ。それはロイヒリン墓地でとりおこなわれた。いまだ陽の没しさる時刻ではなかったが、厚い雲がみずからの荷重をもてあますように低くおりてきて、視覚的には時計の針を二時間ほどすすめ、皮膚感覚においては一カ月ほど逆行させせた。参列した人々の半分ほどは、帰宅後に風邪薬をのむことになるかもしれない。

「……このたびはご不幸な事故で」

という複数のささやきが、情報統制の効果を雄弁に証明していた。天候にふさわしく、式は重苦しく進行し、友人代表が弔辞を述べた。学年首席モーリッツ・フォン・ハーゼがその任にあたり、非のうちどころのない文章を、非のうちどころのない態度で読みあげた。つまり、聞きおえた瞬間に忘れさってしまうように没個性的な弔辞だったのだが、ともかくも破綻なく任をはたした学年首席が、故人の父親と握手をかわしたときは、形式美の極致というべきか、喪服の女性たちがいっせいにすすり泣きの声をきそいあった。

式がすすむとラインハルトは父親に歩みよった。

「このたびはお気の毒です、ライフアイゼン大佐」

ラインハルトより三〇も年長で、階級はおなじという退役寸前の士官は、すでに校長から内密に事情を聞いており、ラインハルトが帝都憲兵本部から派遣されたことを知っていた。篤実《とくじつ》そうな父親は、苦悩にさいなまれた顔で礼儀正しく金髪の少年にあいさつを返した。

「ご苦労さまです。どうか犯人を捜しだし、相応の刑罰をあたえてくださるようお願いします」

「むろんです。全力をつくして、ご子息の仇を報じさせていただきます」

いつわりでなくラインハルトは言い、だが同時に職務上、この同情すべき父親に、息子の死が殺人であることを口外せぬよう念をおさねばならなかった。それでいながら、父親が決然として、

「承知しております。帝国軍と幼年学校の名誉にかかわることですから」

と答えると、自分の立場にも父親の従順さにも腹がたつのである。支配される者の寛容さが、支配者を増長させ、統治から緊張を失わせるのではないか。

彼がそうもらすと、キルヒアイスは微笑して彼の怒気をうけとめた。

「ラインハルトさまのおっしゃるのは正論ですが、このさいはすこし酷ですよ」

ラインハルトはてれたように黄金の髪をかるくかきあげた。

「そうだな、彼の罪ではない。五世紀かけて精神構造を奴隷化、いや、家畜化されてしまったのだから。彼は犠牲者なのだ、責めてはいけないな」

自分はけっして一方的な犠牲を甘受したりはしない、と内心の誓約をあらたにしながら、ラインハルトはつぶやき、ふとキルヒアイスの視線を追って、そこに学年首席ハーゼの姿を見いだした。ラインハルトの無言の問いかけにキルヒアイスは気づいて答えた。

「ええ、なにか気になっているのです。ただ、それがなんであるのかわからないのです。奥歯にチシャの葉がはさまったような気分で……」

「そいつはさぞ不愉快なことだろうな」

チシャがきらいなラインハルトは、他人ごととも思えない表情になった。

「しかしまあ、一週間の期限もあることだ、さしあたり捜査に専念しよう。葬儀で時間をとられたが、たてつづけにこんなこともあるまい」

だが、ラインハルトの予想は、数億分の一という確率ではずれた。幼年学校にもどった彼のもとに、ジークリンデ皇后恩賜病院から一通のビデオ・メールがとどいていたのだ。その内容は、同席したキルヒアイスをも一瞬、呆然とさせた。

「……帝国騎士《ライヒスリッター》セバスティアン・フォン・ミューゼル氏におかれては、帝国暦四八四年四月二八日一九時四〇分、当病院特別病棟にて死去されました。死因は肝硬変。当病院は氏の回復に最善をつくしましたが、入院時にはすでに手おくれというべき状態でした」

父の訃報を告げる画面を、ラインハルトは無感動に見やった。病院は、父の死に彼自身の健康管理上の責任が大きいことを強調したいのだろうが、ラインハルトにとっては意味をもたないことであった。無言で凝固する彼の肩に、そっとなにかがあてられた。ラインハルトは肩におかれた友人の手を、自分の掌《てのひら》でかるくたたいた。

「心配するな、キルヒアイス、ちゃんと葬式にはでるさ。でないと姉上にしかられる」

笑って見せようとして、ラインハルトはその努力を中途で放棄し、不快な記憶の反芻を余儀なくされた表情になった。

ラインハルトが父親を憎悪していたことを、キルヒアイスは知っていた。その憎悪は単質でも単色でもなかったが、基調はかくしようがなかった。七年前、彼の姉アンネローゼが皇帝の後宮につれさられたとき、父セバスティアンは五〇万帝国マルクの仕度金《したく》をうけとったのだ。それは厚化粧で飾りたてた、人身売買の代金だった。姉を買った者も、売った者も、ラインハルトは憎まずにいられなかった。身分をこえた、彼らは共犯者であり、それを正当視する社会体制と、さらにそれをささえる人心そのものとが、ラインハルトの撃ちおとすべき対象となったのである。

四月三〇日におこなわれた帝国騎士《ライヒスリッター》セバスティアン・フォン・ミューゼルの葬儀はささやかなものであった。当の死者より、彼の娘に敬意あるいは媚《こび》を表して、すくなからぬ数の人々が参列したが、心から悼《いた》んだ者は、おそらくただひとりであったろう。

一四年前に亡くなったクラリベル・フォン・ミューゼル夫人の傍に、夫の柩が埋められた。豪華ではないにしても格調と空間的余裕のある墓所は、アンネローゼが買いもとめたものだった。まさか息子の敵意にあてつけたわけでもないであろうが、父親は入手した金銭のすべてを蕩尽《とうじん》し、かたちあるものとして残さなかった。

黒衣を身につけ、ヴェールの下に表情を隠したアンネローゼの横で、ラインハルトは宙空に凍てついた視線を放っていた。キルヒアイスがアンネローゼとあいさつをかわすことができたのは、式が終わってからである。

「アンネローゼさま、宮廷でなにかおこまりのことがありましたら、どうかラインハルトさまや私にお話しくださ い。すこしはお気がはれるかもしれません……」

「ありがとう、ジーク」

わずかにふるえる声が、キルヒアイスの心のひだに浸透していった。

「ほんとうにありがとう……」

その声は比較しようもない雑音にさえぎられた。

「グリューネワルト伯爵夫人、まことにお気の毒ながら、今夜の歌劇見物にはぜひとも同行せよと陛下のおおせであります。開演は七時からですので、そろそろご帰宅あってご用意をどうぞ」

そうなのだ。アンネローゼは皇帝フリードリヒ四世の寵妃であり、グリューネワルト伯爵夫人なのである。一大尉にすぎないキルヒアイスとのあいだには、遠い距離と高い落差があり、目前に立ちはだかる宮内省の官吏の一群がそれを彼に思い知らせるのだった。やり場のない思いが、ゴールデンバウム王朝それじたいにたいする憎悪となって収斂《しゅうれん》し、深化する情景を、キルヒアイスは現実の光景にかさねあわせた。宮内省の官吏たちにかこまれて、黒塗りの地上車《ランド・カー》へむかうアンネローゼの姿に。

生前のセバスティアン・ミューゼルが、男爵号の授与をすすめられながら謝絶した、と、キルヒアイスは耳にしたことがあった。たんなる噂であって、真偽のほどは測りがたいが、事実であるとすれば、それが、娘を権門へ売りわたした父親の責任のとりかたであったのだろうか。あるいは自己弁護の最後の一線であったのか。キルヒアイスには判断がつかなかった。いっぽうでは、彼のほうから男爵号を申請して却下されたという噂もあり、ラインハルトはそちらのほうを信じているようでもあった。

ラインハルトとアンネローゼとの父親にたいするキルヒアイスの記憶は、多く嗅覚に依存する。セバスティアン・フォン・ミューゼルという人には、四六時中、アルコールの臭気がまとわりついていた。すくなくとも、キルヒアイスの脳裏のＶＴＲには、ほとんど例外なく、酔漢としての彼が録画されている。彼は酒にまかせてつぶやいたかもしれない。

「娘を皇帝や大貴族に売りわたした父親は何千人もいる。なのにどうして、ラインハルトの奴はおれひとりを責めるのだ？」

だが、それは無理からぬことだった。セバスティアンの同類たる男は何千人も存在するであろうが、ラインハルトの父親は彼ひとりであり、ラインハルトの姉を皇帝に売りわたしたのも彼ひとりであった。だから彼はほかの誰でもないラインハルトの負の感情をむけられねばならなかった。

肩を圧迫する力の存在を、キルヒアイスは感じた。視線をむけるまでもなく、黄金色の髪と黄金色の怒りを、キルヒアイスは知覚することができた。強奪した者と、強奪された者とが、これほど歴然とわかたれるとは、想像もしなかった。

「ラインハルトさま」

それだけしかキルヒアイスが言葉をつむぎだせずにいると、金髪の少年は友人の肩をつかんだまま、かろうじて蒼氷色《アイス・ブルー》の笑顔をつくった。

「とにかく……」

ラインハルトの端麗な唇が、凍てついた熔岩を宙にはきだした。

「これで姉上もおれも、半分だけは解放されたわけだ。あとの半分は、おれたちの力で解放しょう。かならずそうしような、キルヒアイス！」

V

セバスティアン・フォン・ミューゼルの葬儀がすみ、幼年学校へともどる途中、空は、貴婦人の気どりをすてて、にわかにヒステリーをおこした。地平線から雨雲が躍りあがり、風が肺機能を全開にしたと思うと、窓に雨滴の大群がむらがった。地上車《ランド・カー》はたちまち水の小さなハードルをけちらすことになった。

春の嵐は、みじかくはあったが、おだやかでもなかった。天体運行の法則の前に、息をひそめて静謐《せいひつ》をしいられた自然が、きたるべき復活の日にそなえて熱情のひとかけらを投げつけたようにみえた。ラインハルトにはそれがわかるのだ。彼自身がそうであったから。

幼年学校にもどると、さらに強い嵐が彼らを待っていた。第二の殺人がおこなわれていたのである。殺害されたのは、やはり最上級生で、ヨハン・ゴッドホルプ・フォン・ベルツといった。ハーゼにつぐ学年次席の座をしめる秀才であった。

「やってくれるものだな、おれのいるところで」

ないがしろにされた怒りをあらわに、ラインハルトは壁を拳でたたいた。奇妙なことだが、キルヒアイスにはわずかながら安堵めいた気分がある。これは指向の判然とした、出口のある怒りであるから。

「犯人はラインハルトさまのお留守をねらって第二の犯行をおかしたのです。誰であれ防止するのは不可能でした」

「だが、いずれにしても、犯行をふせげなかったのは、おれの責任だ」

殺人現場である洗面室は、総タイルばりで天井と壁がクリーム色、床が緑色をしている。壁と床に血が飛散していたが、壁についた血はきれいにふきとられてほとんど痕跡すら見えないのに、床の血はなかばふきのこされている。それも、血がついていない部分の床をこすった形跡がみられる。この一見、非論理的な情況をいかに解釈すべきであろうか。

「卿《けい》が捜査の任につきながら、第二の事故が防止されえなかったのは残念なことだ」

校長室で、シュテーガー校長はおだやかな毒をこめて、若すぎる金髪の大佐を見やった。ラインハルトは抗弁しなかった。最大の責任は校長にあるはずであり、ラインハルトの葬儀出席中にかわって校内にいた憲兵も責任を分担すべきであろう。そう思ったが、口にはださず、彼は蒼氷色《アイス・ブルー》のヴェールを瞳にかけていた。

「私としても残念だ。ベルツは私に、なにやら秘密に相談したいことがあると言っていた。思えば、彼は犯人を知るなり犯行を目撃するなりして、それを私に知らせようとしたために害されたのかもしれぬ」

「ありうることですが、なぜそれを小官にお話しいただけなかったのですか」

「いまにして思えば、ということで、そのときは予期できなかったのだ。それに、卿もほかの心配ごとがあったことだしな」

反論できず、ラインハルトは校長室から退出した。犯人を検挙しないうちは、ほしいままに舌をうごかすこともかなわぬ立場である。

それにしても、緑色のタイルに飛散した人血を、犯人はなぜすべてふきとってしまわなかったのだろう。時間がなかったのか。誰かがちかづいてきたためにその余裕を失ったのか。たんなる犯人の失態かもしれないが、失態を生む母胎となるような特別な事情がなにか存在したのではないか。

さしあたり、この論理的矛盾が突破口になるかもしれない。最初のライフアイゼン殺害について、証拠皆無であっただけに、第二の殺人に捜査の突破口をもとめるしかないのである。

翌朝、本部から派遣された五、六人の憲兵下士官の報告をうけたラインハルトは、連続する事件にさすがに不安のもやをただよわせている校内を歩んで、一隅にひそむサービスエリアにはいりこみ、一五分ほどでてきた。

あてがわれた部屋にもどると、キルヒアイスが待ちかまえていた。

「この前からなにが気になっていたか、ようやくわかりましたよ、ラインハルトさま」

五種類のジャージーをテーブルの上にならべながらキルヒアイスが言う。黄、赤、青、緑、黒と五色の服が、テーブルに大きな花を咲かせた。最上級の学年首席モーリッツ・フォン・ハーゼが、サッカー・グラウンドの前で彼らに言った言葉が、キルヒアイスの心に小さな不協和音を生みおとしていたのだ。

「あのときモーリッツ・フォン・ハーゼは、得点したのは黄色いジャージーのほうではない、と言ったのです」

「赤のほうと言えばすむことなのにな」

「ええ、ラインハルトさまや私ならそう表現したでしょう。ですが、ハーゼにはそれができなかったのです」

サッカー・グラウンドは晩春の濃い緑におおわれていた。その背景のなかで、ハーゼは黄色を識別することはできても、赤を見わけることができなかったのだ。

ハーゼは色盲だったのだ。赤緑色盲——おそらくかなり強度の。それをひた隠して、彼は幼年学校に入学をはたしたのだ。

色盲という名詞を認識するのに、ラインハルトはやや時間を要した。それは人間の劣悪な遺伝子の所産として、公式には絶滅させられたもののはずであった。

五〇〇年ちかい昔、ルドルフ・フォン・ゴールデンバウムは〝劣悪遺伝子排除法〟を制定した。彼と彼の御用学者たちは、自然界に存在するはずもない〝完全な健康〟こそが人間の生きる資格であると主張し、さまざまな遺伝上の欠陥をもつ人々を大量に〝処分〟したのだが、この残忍で苛烈な処置も、〝劣悪遺伝子〟を根絶することは不可能であった。ゴールデンバウム皇室じたいが、のちに多くの異常者をうみ、乳幼児殺害の悪徳をかさね、優生思想の愚劣さ、あさはかさをみずから証明してきたのである……。

ラインハルトはピアニストめいた律動性で、白い指でデスクをたたいた。

犯人がハーゼであれば、ベルツ殺害のとき、タイルの上に散った血を、犯人はふくことができなかったはずである。赤緑色盲だったから、赤と緑との区別がつかない。それでも彼は血をふきとる必要があった。だとすれば、あの奇妙な形跡にも説明がつく。矛盾は解決されることになる。

「なにか他の色をしたタオルなり布なりで、あてずっぽうにタイルの上をふいたのではありませんか。その布を見れば、血がついているかどうかわかりますから」

キルヒアイスの推論も理にかなっていることを、金髪の少年は認めた。

「そのとおりだ、キルヒアイス、ところでこれを見てどう思う」

ラインハルトがとりだしたのは黄色のタオル、正確にはその残骸であった。各処が黒く焼けこげているが、それでも、どす黒く変色した血がこびりついているのが判別しえる。

「ラインハルトさま、これは焼却炉のなかにあったのですか」

「そう、まだ完全に焼却されていなかった。憲兵本部で検査すれば血液反応がでるはずだ」

赤毛の少年は、ラインハルトの声に、躍るような情熱が欠落しているのを敏感に看取して、友人の顔を見なおした。

「やはりモーリッツ・フォン・ハーゼが犯人だと、ラインハルトさまはお考えになりますか?」

金髪の少年が小首をかしげると、照明が優美に波うって彼の頭上を通過した。光輪をいただく秀麗な織天使《セラフィム》を思わせる姿だった。

「……というふうに考えざるをえない材料が、やたらと多いじゃないか」

ふたりはつれだって食料倉庫に行ってみた。死んだカール・フォン・ライフアイゼンが、とくに食事にたいする不平が多かった、という証言があったのである。これは本部から派遣されてきた憲兵下士官の報告によった。

無人の倉庫にはいって、つみあげられた食料の山のあいだをやや漠然と歩いていたとき、頭上の危険に気づいたのはキルヒアイスだった。

「あぶない、ラインハルトさま!」

声にだしたつもりだったが、実際には声帯より全身のほうが迅速にうごいていた。キルヒアイスがラインハルトにとびつき、金髪の少年と赤毛の少年が三メートルほどの距離を高速度で水平移動した直後、べつの物体が垂直に落下して、コンクリートの床におもおもしいひびきをたて、埃の微粒子を舞いあげた。それは三〇キロいりの小麦粉の袋だった。

ふたりは数秒間、床にすわりこんだまま、巨大な小麦粉の袋を注視していた。ラインハルトの豪奢な黄金色の頭が、小麦粉に押しつぶされる光景は、どうやら笑い話としてすませられるようだった。ラインハルトは謝意をこめて友人の赤毛を掌でくしゃくしゃにし、いきおいよく立ちあがった。

「兇器はこれだ、キルヒアイス」

ラインハルトの声が、ひさびさにはずんだ。キルヒアイスの手をとって引きおこしながら、熱っぽい口調で説明する。

「重量三〇キロの小麦粉の袋を、一五メートルの高さから頭上に落とす。脳底骨折で即死だろう。殺したあとは、小麦粉を外へだし、集塵装置で吸いこんでしまう。袋はたたんで服の下に隠してしまえば、兇器は消失して、完全犯罪になる。こんな偶然がなくても、気づくべきだったのにな」

ラインハルトはくやしがったが、キルヒアイスにしてみれば、この聡明な少年だからこそ気づきえたように思える。

「……ところがこの推理には大きな穴があるんだ、キルヒアイス」

金髪の少年はかたちのいい眉をしかめ、すると実際の年齢よりさらに年少にみえた。

「とおっしゃると?」

「なぜ犯人は、事故をよそおおうとしなかったのか、だ。袋をそのままにして、ロックをといたままにしておけばたんなる事故ですんだだろう」

「校長が管理責任をとわれるだけですみますのにね」

ラインハルトは蒼氷色《アイス・ブルー》の瞳をかるくみはった。腕をくんで考えこむと、やがて出口へむかって歩みはじめながら、彼は独語した。

「どうにか一週間以内にかたがついたな……」

VI

ラインハルトによって校長室に呼びだされたとき、学年首席モーリッツ・フォン・ハーゼは無彩色の顔つきをしていた。入室してきたとき、すでにそうだったから、校長シュテーガー中将の陰気そうな顔を室内に見いだしても、いまさら変色しようもないようであった。

「なんのご用でしょうか、ミューゼル大佐」

その問いに応じてキルヒアイスがしめしたのは、一枚の紙片だった。ただの灰色の紙片。彼にはそうとしか見えなかった。だが、ラインハルトは無機的な残酷さをこめて言ったのだ。

「この文章を読んでくれ、ハーゼ」

それは赤い文字が記された緑色の紙片だった。「犯人はモーリッツ・ハーゼ」と、その文字は語っていた。だが、ハーゼにはそれを読みとることはできなかった。彼はみじめに沈黙した。

最初の被害者カール・フォン・ライフアイゼンは、犯人が色盲であることを知って脅迫したのだろう。なんらかの代償を強要し、それが犯人の〝防衛的動機〟を喚起した。第二の被害者は犯行現場を目撃し、さらに犯人を暴走させる結果となったのであろう。

校長シュテーガー中将に、ラインハルトはそう説明していた。犯人はじきにお目にかけます、と。そしていま、ハーゼを中将の眼前にひきずりだしている。

「どうした、ハーゼ、まさか字が読めないわけではないだろう」

ラインハルトの声には霜がおりていた。モーリッツ・フォン・ハーゼの顔は、かさなりあう複数の心理の断層面をあらわにしていた。狼狽、屈辱、敗北感、そして怒りと憎悪。これまでどれほど苦労してきただろう。緑と赤のランプの位置を確認してまちがうことのないよう心にも身体にもたたきこみ、正常な視神経をもつ者に負けぬよう、さとられぬよう必死につとめてきた。実際、彼の才能が他者にまさるものであることは、現実の彼の地位がしめすとおりではないか。それなのに。それなのに……！

「それとも見えないのか、ハーゼ」

「そうです、大佐、ぼくには見えません。たしかにぼくは赤緑色盲です、それも強度の。それを認めます。ですから、これ以上、あなたのへたな演劇《しばい》につきあわせるのはやめてください」

激情が音声化して、学年首席の口からほとばしった。両手が強風をうけた枝のように無秩序にゆれ、両眼が熱をおびた。湿地の水たまりに反射する熱帯の陽光に似て、それはむしろ不快な熱っぽさだった。

「それが卿《けい》の本質か。表面はおとなしいが、それだけ感情が内にこもることだろうな」

ラインハルトはことさら一七歳の少年らしい一面性で断定してみせたが、校長シュテーガー中将は人生経験豊富な年長者としてそれを否定しようとはしなかった。教育者として罪を犯した生徒を庇護《ひご》する気配もしめさなかった。

「ハーゼ、私は残念だ。残念でならない。きみほど優秀な生徒が、理由あってのこととはいえ同窓の学友を手にかけるとは、じつに残念だ。私自身の無力も痛感せざるをえない……」

空転するモーターは金髪の少年に制止された。

「モーリッツ・フォン・ハーゼは犯人ではありませんよ、校長閣下」

あいかわらず霜のおりた声をラインハルトは発した。

「私がハーゼに罪を認めるのは、色盲を隠して幼年学校にはいったという一点だけです。犯人はほかにいます」

断言するラインハルトの顔を、校長は不審そうに見やった。ラインハルトの視線をうけて、赤毛の少年が歩みでた。

キルヒアイスの手に、あつくハンカチでつつんだ棒状の物体がのっていた。布地をひらくと、人間の身体から吹きだす赤絵具を刃にこびりつかせたペーパーナイフがあらわれた。

「兇器のナイフです。これがさきほど、エーリッヒ・フォン・ヴァルブルクという生徒の部屋で発見されました」

室内に沈黙が爆発した。その無音の鳴動を、ラインハルトの音楽的な声が切りさいた。

「彼はいまほかの憲兵によって拘留されています。正式ではないにしろ、すでに自供もえました。ライファイゼン、ベルツ両人を殺害したむね、告白しております」

「ばかな！」

校長は両眼と口から同時にすさまじい怒声を放った。

「そんなはずはない。あれは犯人ではない。だいいち、そのナイフはハーゼのデスクの抽斗《ひきだし》にあったはずだ！」

「そのとおりです、閣下」

おだやかにラインハルトは認めた。

「ですが、なぜそのことをご存じなのですか？」

「ハーゼは学年首席です。ふたりめの被害者、ヨハン・ゴッドホルプ・フォン・ベルツは学年次席でした。このふたりが消えれば、学年第三席の者が首席に浮上する結果になります」

淡々として金髪の少年は説明した。

「学年第三席は、エーリッヒ・フォン・ヴァルブルク。このさい彼自身の姓は問題ではありません。重要なのは母方の祖父の姓です。シュテーガー。ゲアハルト・フォン・シュテーガーというのが、祖父の姓名です」

校長は顔面を石化させていた。やがて発した声は、石のこすれあう音に似ていた。

「ミューゼル大佐、きみは冗談がへただと私はきみの在校当時から思っていたが、その後、どうも成長がみられないようだな。むしろ退歩しているほどだ」

「訂正していただきます。できの悪い冗談ではなく、できの悪い事実だ、とね。なんにしても、いますこし話をつづけさせていただきましょう、まだ結末《おち》がついていませんから」

校長は不同意の表情をつくったが、口にはださなかったので、ラインハルトは積極的な賛同をまたずに話をつづけた。

「もともと最初のカール・フォン・ライフアイゼンの死、あれは不幸な事故だったのです。彼は、自分たち生徒の食料事情がいちじるしく悪いのは、厨房《ちゅうぼう》の関係者が食料を横流ししているのではないかと考えた。そこで実状をさぐろうと食料倉庫に侵入したのです。正義感ばかりではなくて、不正の証拠をにぎれば、士官学校へすすむとき評価が高くなる、そういう打算もあったことでしょうね」

「………」

「そしてライフアイゼンは思わぬ奇禍にあった。あなたは校長として夜の巡回中に、それを発見し、困惑せざるをえなかった。校長の管理責任が当然のこと問われるからです。だが、そこで、犯罪者としての資質が芽をふいた……」

ラインハルトは端麗な唇をとざした。同室の三人は沈黙をまもっていた。キルヒアイスはおちつきと誇りをこめて彼を見まもり、ハーゼは驚愕に窒息したままただ立ちつくし、校長は精神の不毛な荒地にすわりこんでいた。

「あなたは小麦粉の袋を空にして、袋をすてた。倉庫の扉を外からロックした。これで事故は殺人になったわけだ。あなたが最初からハーゼを犯人にしたてるつもりだったかどうかはわからない。あとで考えたのかもしれない。彼が色盲であることをあきらかにすれば、彼は当然、学校から追われる。だが、それでも孫の上にはベルツがいる。孫を首席にするには、ベルツも同時に排除しなくてはならない。あなたは孫かわいさに目がくらんだ。ベルツを殺し、ハーゼを犯人にしたて、孫を首席におしあげようとした」

校長の顔に赤みがさした。もっとも指摘されたくないことを旧生徒に容赦なく指摘されたのだ。

「あなたにとって誤算だったのは、憲兵隊がよこしたのは捜査の経験もない青二才だったということだ。ハーゼが犯人だということを私たちに教えるため、ずいぶん苦心なさったでしょうね。わざわざサッカー・グラウンドまで彼をよこしたり、ことさら黄色いタオルや緑のタイルを小道具に使ったり。卒業後まで恩師の手をわずらわせて、恐縮だと思っております」

ラインハルトは言葉をきり、冷笑よりは憐憫《れんびん》によりちかい声を流しだした。

「悪あがきはおやめなさい。キルヒアイスは在校当時、何度も射撃大会で金メダルをとった技《う》倆《で》ですよ。相撃ちにもなりはしません」

校長は肩をおとした。キルヒアイスが歩みよって、背後にまわされていた校長の腕を静かにつかみ、引きだした。一丁の軍用ブラスターは、校長の手から、彼より背の高い赤毛の少年の手にうつった。ラインハルトがふたたび口をひらくと、声の質と温度が一変していた。飛びだしたのは灼熱した針であった。

「あなたは卑怯者だ。理不尽な法をしいる強者にたいしてこそ闘争をいどむべきなのに、弱い立場の生徒を害することで、孫かわいさのエゴイズムを満足させようとしたのだ。殺された生徒にも祖父がいるだろうに」

若者の弾劾は容赦なかった。

「あなたにくらべれば、自由惑星同盟《フリー・プラネッツ》と称する叛徒どものもとへ逃げだす亡命者のほうが、はるかにいさぎよい。彼らはすくなくとも、なにかを手にいれるためにはなにかを、たとえば故国を失わなくてはならないことをわきまえているからな」

なぜ強者に挑戦せず、力を弱きにむけるのか、なによりもそれが軽蔑の対象となるラインハルトなのである。

「きさまなどに理解できるものか」

にわかに噴きあがった老士官の声は、粘着質の悪意にみちていた。両眼に、憎悪と絶望の熱《ねつ》泥《でい》があふれて、泡をはじけさせている。

「姉が陛下の寵愛をうけ、そのおかげで楽々と一六、七歳で大佐になれるような奴に、わしの苦労がわかるものか。上官の理不尽にたえてようやくここまできたわしの気持ちがわかるものか。わしは娘の夫に夢を託したが、彼も戦死した。わしは彼の夢をもあわせて孫のためにじゃま者をとりのぞいてやったのだ。どこが悪いのだ」

この種の侮辱と曲解をこうむって、平静をたもちうるラインハルトではないはずであった。だが、蒼氷色《アイス・ブルー》の瞳に充満した怒気が、やや不完全燃焼の状態にあるのを、キルヒアイスは看取した。

キルヒアイス自身も、意外な心理作用を自身の裡《うち》に見いだして、ややとまどっていた。彼はふと思ったのだ。ラインハルトを憎悪する資格を有する者がいるとすれば、それは現在の社会体制において特権をむさぼり弱者をしいたげている門閥《もんばつ》貴族どもではない。現在の社会体制の枠内で、ささやかな地位の向上と待遇の改善をのぞむような人々こそが、ラインハルトを敵視するかもしれないのだ。ようやく銀の皿の前にすわることができたら、ラインハルトが皿じたいをたたきわってしまったとあっては、彼らはそれまでの社会の不条理より、ラインハルトを憎むことしかできないのではないか。

それはいささか、やりきれなさをおぼえさせる考えだった。ラインハルトは遠く高みをめざして飛翔しようとしているが、地をはいずりまわり、似かよった境遇の者と共食いをすることでしか幸福を追求しえない者もいるのだ。

「あなたの気持ちとやらいうものは、まず、ベルツの遺族に理解してもらう必要があるでしょうね。私などのとやかくいうことではありません」

相互理解をあえて、ひややかに拒絶してみせると、ラインハルトは赤毛の友に合図した。キルヒアイスのあけた扉から憲兵たちがはいってきた。

「夢の小さな者を軽蔑なさいますか、ラインハルトさま」

金髪の若者は友人を振りむいた。ふたりは二重の嵐が去った幼年学校の校庭を歩いていた。遠く、あいかわらずサッカーに興じる生徒たちの声が流れてくる。

校長は憲兵本部へつれさられた。色盲を隠して入学したハーゼも同様に。これはキルヒアイスには重苦しく、ラインハルトにとっても不快な結果であったが、どうせ校長がハーゼの色盲について言及するにちがいなく、かくしおおせようもないことであった。不条理を合法的にただす力を、ラインハルトはいまだもたない。ハーゼの処分がなるべくかるいものであるよう請願書を出すていどのことしかできないのだ。

いずれにしてもこうして幼年学校は校長と優等生二名、準優等生一名をいちどきに失った。この事件が公表されることは、むろんありえない。ラインハルトにとって、かがやかしい武勲ではなく、ひそやかすぎる功績である。だが、とにかく、この功績を理由として、ラインハルトは早い時期に、意にそまぬ職場から解放されるであろう。やはり彼は広大な宇宙で雄敵を相手に戦略と戦術の力量をきそいあいたいのだった。

「夢の大小はともかく、弱い奴は、いや、弱さに甘んじる奴は、おれは軽蔑する。自分の正当な権利を主張しない者は、他人の正当な権利が侵害されるとき共犯の役割をはたす。そんな奴らを好きになれるわけがない……」

それはキルヒアイスがひかえめにもとめていた回答とは、ややことなっていた。だが、もとめていた以上のものを彼はつぎの一瞬にあたえられたのである。

「お前もそう思うだろう、キルヒアイス？　お前はいつもおなじように感じてくれるよな」

「はい、ラインハルトさま」

そうだった。自分はこの金髪の天使と、夢を共有しているのだ。つねにラインハルトとともにありたいという彼の夢のささやかさを、笑いとばされるのではないかという彼の杞憂《きゆう》は、愚かなものだった。影が本体と別離するなどありえないことなのに。

ふいに風が横あいからおそいかかって、二色の髪を乱した。ふたりはひとしく髪をおさえ、ひとしく空をみあげ、おなじ感慨をもって顔をみあわせ、ほんとうに何日ぶりかで笑顔をかわした。

強い、しかしこころよい風は初夏の尖兵《せんぺい》だったのだ。なまぬるい季節を過去におきさって、彼らはすぐにゆたかな光と生気の躍る日々を迎えることになるはずであった。

本作品中では「色盲（赤緑色盲）」という語が用いられていますが、これは差別を助長する意図の元に使用されたものではなく、作中に登場する「銀河帝国」の現王朝において身分・障害による差別が蔓延することを示すものです。そのような国家体制の打倒を目標とする主人公の視点に基づいて書かれた作品であることをご理解下さい。

編集部

汚名

頭上に巨大なガス状惑星がかかって、瑪瑙《めのう》色の目でジークフリード・キルヒアイスを見おろしている……。

それはむろん相対的な位置感覚のなせる業《わざ》であって、正確には、キルヒアイスがいるのはガス状惑星ゾーストの静止衛星軌道上を周回する人工衛星クロイツナハⅢ《ドライ》であった。帝国暦四八六年、宇宙暦《SE》七九五年の一一月、燃えあがる炎のような赤い髪をした一九歳の帝国軍中佐は、それほど自発的にのぞんだわけでもない休暇の数日をすごすため、クロイツナハⅢをおとずれたのである。

人工の大地と人工の空気をもつこの空中楼閣を訪問するのは、キルヒアイスにとって最初のことではない。辺境宙域を往来する商人や軍人にとって、歓楽のさまざまな機能——酒場、ホテル、カジノ、売春宿、ドッグレース場、各種スポーツ施設などをそなえたクロイツナハⅢは、欲望と憂《う》さのはらしどころとして不可欠であったが、キルヒアイスはそれほど楽しい場所と思ったこともなかった。

楽しむべきはずの場所で楽しめないのは貧乏性というやつかな——赤毛の若者は苦笑まじりに考えた。さしあたり、彼の視界に強大な敵軍の姿はなく、決裁を必要とする書類もない。そして彼の忠誠心と、それ以上に強く深い感情の対象であるラインハルト・フォン・ミューゼルもいないのだった。

年が明けて帝国暦四八七年になれば、ラインハルトは上級大将に昇進し、それにともなって自由惑星同盟領《フリー・プラネッツ》にたいする大規模な侵攻作戦を指揮することになっていた。キルヒアイスも大佐となり、副官として彼を補佐する。情報収集や補給体制の整備など、戦略レベルでの準備はすでに相当ていどすすんでいた。気がかりなのは、メルカッツ、ファーレンハイトら、はじめて彼の指揮下に属する提督たちが私心を捨てて協力してくれるか否か、その一点にあった。

それをのぞけば、帝都オーディンへの帰途、数日のささやかな休暇を楽しむていどの余裕が生まれていた。本来、キルヒアイスはラインハルトとともにクロイツナハⅢに立ちよる予定だったのだが、ラインハルトには所用ができて三日ほど遅れることになったのだ。

「おれは伯爵家をつぐことになった。ラインハルト・フォン・ローエングラム伯爵閣下というわけさ。だから、もとのローエングラム家の墓もうでなんかをしておかなくちゃならない」

ローエングラム家は、帝国の他の貴族がそうであるように、建国者ルドルフ大帝によって、その権力の獲得と維持に貢献したと認められ、爵位とそれにともなうさまざまの特権をさずけられたのである。

「功績というのは、すなわち、民衆の蜂起を弾圧し、無抵抗の女子供を迫害し、思想犯を殺したということさ。歴史上の前科者だ……。だが、ローエングラムという名のひびきはいいな。ミューゼルよりずっといい」

二〇代にわたってつづいた旧家も、一五年ほど前に直系が絶え、一族の者が養子となったがそれも若くして病没し、事実上廃絶していた。その家名を、成年を迎えるラインハルトの相続によって復活させようというのだ。

だが、ラインハルトは皇帝の寵妃の弟であるにすぎず、旧来の門閥《もんばつ》貴族たちから見れば、権力秩序の諧調を乱すなりあがり者である。あらたな位階をえれば、それにふさわしい功績を要求されるであろう。そして功績をあげればあげたで嫉視反感の対象となる。

「けっきょく、門閥貴族どもの敵意を消すには、奴ら自身を消してしまうしかないのさ」

ラインハルトは蒼氷色《アイス・ブルー》の瞳をひややかに光らせて言った。それは事実の報告ではなく、決意の表明であった。現在のゴールデンバウム王家からあたえられる名誉や特権は、ラインハルトにとっては、遠大な目的を達成するための小道具のひとつでしかなかった。

「たまには、おれ抜きで休暇を楽しんでこい。どうせ二、三日のことだ。あまりお前に世話をさせると、姉上にしかられる」

そう言われると、キルヒアイスは「お言葉に甘えて」と応じるしかなかった……。

こうして赤毛の若者はひとりでホテルをチェック・インした。

「ジークフリード・キルヒアイス、帝国軍中佐。休暇中。滞在予定五日間」

フロントで予約番号を確認してそう記帳すると、支配人はその記述とキルヒアイスの容姿をつくづくと見くらべた。

「失礼ながら、中佐にしてはお若くていらっしゃいますな」

貴族の子弟であれば、家門によって年齢不相応の地位に上がることはめずらしくない。だが、キルヒアイスの姓には貴族の証名たるVON《フォン》の三文字が脱落している。奇異の念をもたれることは、べつにこれが最初ではなかった。

まもなく大佐になるのだ、と言ってやったら、どういう反応が返ってくるだろうか、と思ったが、むろん実行したりはせず、キルヒアイスはさりげなく一言を返したきりである。

「よくそう言われます」

電子鍵《エレクトロ・キー》をうけとって、一九〇センチの長身をひるがえしかけたキルヒアイスは、異様な物体を視界のうちに認めて動作を停止した。それは彼に劣らぬ長身と、五割がた広い身体の幅をもつ二〇代なかばの男だった。

キルヒアイスの視線は磁性をおびたように、その男に吸いよせられた。

恐怖にまで高まりはしないものの、危険の予兆を感じさせるものがそこにあった。それは温室のなかに流れこんできた寒気のように周囲との異質さを触感させるものである。男はできそこないのからくり人形のように不自然なうごきで、ひとりの老紳士にむけて両足をうごかしていた。その紳士は、キルヒアイスから五、六歩離れた場所でチェック・インをすませかけていたのだ。

周囲の人々にとって、事態の急変はおどろくべきものだった。男が刃の厚い超硬度鋼のナイフを服からとりだし、老紳士めがけて闘牛のように突きかかると、赤毛の若者が横あいから飛びだし、老紳士を突きとばしつつ、長い脚をはねあげて男の手からナイフを蹴とばしたのだ。ナイフが床に落ちてにぶいひびきをあげ、数カ所で女性の悲鳴が放たれるなか、加害者と救援者は一瞬にらみあった。

相手が見つめているのはキルヒアイスではなく、潜在意識の迷宮から見えない糸によってさそいだされた、極彩色の巨大な牛人《ミノタウロス》であることはあきらかだった。

兇暴な光が男の両眼にみち、それが全身にひろがっていくのをキルヒアイスはリトマス試験紙でも見るように確認した。一見細身に思われるキルヒアイスは、外見よりはるかに膂力《りょりょく》があるが、たんなる力だけではこの巨漢に対抗するのはむずかしそうだった。

キルヒアイスの長身が鞭のようにしなった。男の腕が風圧を生じながら彼の服をかすめ、空気をうちくだいた。体重ののったみごとな一撃だったが、間一髪でかわされ、たくましい巨体はバランスを失ってよろめいた。にもかかわらず、男の闘気はおとろえず、不自然な体勢から第二撃をつきだしてくる。それを二の腕でうけて引っぱずすと、キルヒアイスは強靭な手首をひらめかせた。

強烈な一打が男の腹の上部に埋まった。男の巨体はほんの数ミリだがたしかに宙に浮きあがり、大きく息をはきだすと、ぎくしゃくと床にのめりこんでいった。

予想していたとはいえ、悪い予想が的中するのはこころよいものではない。常人なら胃壁が破れ、胃液と血をはいて昏倒するであろうほどの一撃をあたえたのに、五、六秒後、男は、表情をうごかすこともなく起きあがったのだ。

苦痛を感じない状態にある男は、人間が鈍重な冷血動物に退行したかのような形相で、ちかくに置かれていた強化ガラスのテーブルをつかみ、目よりも高くさしあげた。

テーブルはうなりを生じて飛び、一瞬前までキルヒアイスの頭部があった空間をまっぷたつに引き裂いて、赤い砂岩でつくられたロビーの装飾柱に激突した。

男の怪力が、見物人たちのあいだに恐怖と感嘆のざわめきを発しさせた。だが、それを知覚することが可能だったとしても、男は、勝ち誇るだけの時間をあたえられなかった。キルヒアイスの動作は、迅速をきわめた。長身を床にむかって投げだし、一回転して男の足もとに達すると、思いきり強く、横なぐりに男の脚をみずからの脚ではらったのだ。

男の巨体は一瞬、宙に浮き、腹にひびく音をたてて床に落下した。頭を床に打ちつけ、大きく息をはきだすと、そのままうごかなくなる。

キルヒアイスが立ちあがり、乱れた赤い髪を片手でかきあげるといささか軽薄な拍手の輪が彼をつつんだ。

老紳士がキルヒアイスの前に歩みよった。自分が救った相手を、赤毛の若者が熟視したのは最初だった。漂白されたような頭髪、肉の落ちた頬、やや猫背ぎみの姿勢などが彼の印象に残った。

「どうやら私はきみに生命を救われたようだ、お若いの。礼を言わねばなるまい」

老紳士は礼儀正しく頭をさげた。

「私はカイザーリング男爵だ。見ず知らずの私を、一身をかえりみず救ってくれて感謝する」

その固有名詞に、キルヒアイスは記憶があった。

ミヒャエル・フォン・カイザーリング退役少将。カイザーリング男爵家一九代目の当主で、三年ほど前に軍をしりぞいたはずである。いまだ将官としての退役年齢に達してはおらず、その退役は強制されたものであった。

たしか六〇歳をこしたばかりのはずであるが、カイザーリングは実際の年齢よりはるかに長い歳月の歩みを、その精神と肉体にかしてきたように見える。失意の道の険《けわ》しさをキルヒアイスは思いやらずにいられない。

「ごていねいなお言葉、いたみいります。自分は帝国軍中佐ジークフリード・キルヒアイスと申します」

「ほう、中佐にしてはお若い」

老退役軍人の声には悪意はなく、それだけにかえってキルヒアイスは表情の選択にこまった。

世評を知る者は、なかなか無心ではいられないのである。

五世紀になんなんとするゴールデンバウム朝銀河帝国軍の歴史は、勝利と同数の敗北、名誉と同量の不名誉を、その両腕にかかえこんでいる。けっして黄金の文字で記されることはないかずかずの記録のなかには、帝国暦三三一年のダゴン星域での敗北、三八七年のシャンダルーア星域での敗北、四〇八年のテレマン提督麾下《きか》の兵士叛乱事件、四一九年のジークマイスター提督の亡命事件、同年のフォルセティ星域での敗北、四四二年のミヒャールゼン提督の暗殺事件などが列挙されるが、四八三年のアルレスハイム星域での敗北も、それらに伍するものであった。カイザーリング中将麾下の帝国軍は、同盟軍の行動を巧妙に探知し、時機をはかって効果的な奇襲をかけようとしていた。ところが、その時機がこないうちに、指揮官の命令を無視して帝国軍は乱射をはじめ、同盟軍の逆襲をあびてしまった。

いざ戦いとなったとき、帝国軍はぶざまにも、なだれをうって潰走《かいそう》し、同盟軍の苛烈な追撃戦の一方的な被害者となったのである。奇襲をかけるべく潜伏していた艦隊が、敵中でみずからの位置をあきらかにしたのだから、その帰結は当然のものであった。カイザーリング艦隊の死傷率は六割のラインをこえた。

一方的な失敗による一方的な敗北。〝敗者に敗因あって勝者に勝因なき〟この戦いは、帝国軍の自尊心を傷つけることはなはだしかった。敗軍をようやくまとめて帰ったカイザーリングを、軍事裁判の被告席が待ちうけていた。

カイザーリングの無能、ことに狂乱化した部下を鎮静しえなかった指導力の欠如が、糾弾《きゅうだん》の対象となった。常識外の乱射と、無秩序きわまる潰走との責任が指揮官に帰するものとすれば、カイザーリングがとがめられるのは当然であった。皇帝フリードリヒ四世の重病が快癒《かいゆ》し、恩赦がおこなわれたからこそ、カイザーリングは少将へ降等のうえ退役、という処分ですんだのだが、被告席でかたくなな沈黙をまもりとおした指揮官の名誉は永久に傷ついたのである。

世評に言われるほど無能で品性の低い人だとは、キルヒアイスには思えなかった。だが、公人と私人とはかならずしも等質の人格を具《そな》えているわけではない。非戦闘員を虐殺した残忍な指揮官が家庭ではやさしい父親であったとか、高潔な教育者が街で娼婦を買っていたとかいった例は無数にある。カイザーリングは公人としての能力において非難されているのだから、私人としての好感によってその非難を減殺《げんさい》せしめることはできないのだった。

形式的な二、三のやりとりのあと、キルヒアイスは、ようやく駆けつけた警官たちによって事情を聴取されることになった。歩みさる彼の背に、アルコールの匂いをからみつかせた声が投げつけられた。

「赤毛ののっぽの兄さん、強いねえ、あんたに一〇〇マルク賭けとけばよかった」

残念でしたね、と言ってやろうか、と一瞬だがキルヒアイスが思ったのは、歓楽地の解放的な空気が、意外な作用力の強さをしめしたのかもしれなかった。

警官の詰所に着いてしばらく待たされたあと、下っぱたちは退散し、初老の上司が鄭重《ていちょう》に彼にあいさつした。

「キルヒアイス中佐でいらっしゃいますな。どうもご苦労をおかけしました。私はここの治安責任者で、ホフマン警視と申します」

警視と中佐とのどちらがより高い地位にあるのか、正確なことはキルヒアイスは知らない。官僚国家においては、叙勲や俸給において厳密な序列が存在するのだが、いずれにしても自分の三倍ほど人生をつとめあげてきたであろう年長者に頭をさげられるのは、キルヒアイスにはいささか気が重かった。すすめられるままに、趣味や個性と完全に無縁な規格品のソファーに腰をおろす。

「私どもの手がいたらないところを、中佐に救っていただき、感謝にたえません」

「いや、偶然いあわせただけのことですから」

「では偶然に感謝しましょう。ところで例の男ですが、唾液から薬物反応がでました」

「薬物反応……?」

「さよう、薬物反応です」

おもおもしくホフマン警視はうなずいてみせた。

「この一五年ほど、軍隊内や辺境で暴威をふるっているサイオキシンという麻薬です。あの男はその薬で踊らされて、理性の檻から飛びだし、老人に——カイザーリング男爵閣下に襲いかかったというわけです」

「……それで、なぜ私にそんなことをお話しになるのです？　捜査上の秘密でしょうに」

「いや、じつは……」

警視は残りすくない銀色の髪に、太い指をはわせた。血色のいい顔に、困惑の表情がとびはねている。

「軍人がからんだ犯罪ですと、警察もいろいろとやりづらいことがありましてな。あの男の身分証によると現役の兵長でして、それがあのていたらく。当然、麻薬中毒患者という作物がとれる畑はその周囲にあるわけで……」

「すると軍隊のなかに、麻薬をあつかう非合法組織が存在するとお思いなのですか」

ホフマン警視は、しさいありげなまばたきをくりかえしてみせた。

「さよう、組織です。ひとりの力でやれることではありません。麻薬を栽培する者、加工する者、売りつける者、それによる利益を分配する者。彼らの共通の利益は巨大なもので、いきおい結束は強く、口はかたくなるのです」

ふとい吐息。一連の彼の言動に、どことなく演技がかったものをキルヒアイスは感じた。

「とくに、軍隊内のルートを使われると、まことに摘発しにくくなるのです。警察としては、よほどのことがないと憲兵隊に協力を要請することすら遠慮している状態ですからな。軍人は言うのですよ、軍隊のことは軍人にまかせろ、と」

赤毛の若者はごくわずかに眉をひそめた。相手の思惑を理解したのだ。

「なるほど、麻薬組織の捜査に協力しろということですか」

「はは、じつはさようで……」

警視はいたずらっ子のような笑いかたをした。

「警視、ぼくは――私は休暇のためにここに来ているのです。めったにない機会でして、できれば社会的な責任は屋根裏にしまいこみ、休養に専念したく思っていたのですが」

「わかっております。本来こんなことをお願いするのは筋《すじ》がちがうことですし、なにかとご迷惑をおかけすることにもなる。私どもとしても不本意なのですが、このさい他人さまの迷惑は無視して本格的な摘発にのりだそうということになったのです」

「すると私には拒否する権利はないのですか」

「むろんありますとも。ですが、どうか保留していただきたい。こう非礼なお願いをするのも、今回、大きな好機が到来したからなのです。サイオキシンの大規模な密売組織の長がこのクロイツナハⅢに姿をあらわすのです」

赤毛の若者は、かるく首をかしげた。

「断言なさるところをみると、その人物の正体は判明しているのですか」

「皆目《かいもく》。ああ、苦笑なさるのはもっともですが、根拠はあります。じつは密告があったのです」

警視が身をのりだし、声を小さくするありさまに、なんとなく愛敬があった。

「私どもはすれておりますからな、この密告の蔭《かげ》になんらかの思惑がひそんでいるのではないか、とも考えました。たとえば、この密告を信じて警察力をこの衛星に集中させる。となれば当然、ほかの場所が手薄になり、犯罪者どもは悠々と自己の利益追求に専念できるのではないか、と……」

ホフマン警視は操作卓《コンソール》に片手をのばし、太い指に、意外に軽妙なワルツを踊らせた。コンピューターの合成音が、机上のマイクから流れでた。それはごく短いもので、サイオキシン密造密売組織のボスがクロイツナハⅢにちかく滞在する、信じてくれ、とそれだけを告げていた。

「けっきょく、信じることになさったのですね」

「というより、正直なところ、信じる以外に道がありませんでな」

深刻なことを率直に、警視は言ってのけた。

「ご存じのように、サイオキシンは天然の産物ではなく、工場で化学合成される麻薬です。麻薬として神経中枢にあたえる快楽の効果はたいへんなものですが、毒性も強烈でして、とくに催奇性と催幻覚性とがいちじるしく強い……百聞は一見にしかず、これを見ていただけますか、中佐」

キルヒアイスがしめされたのは立体映像ではなく、昔ながらの平面写真だった。それが警視の配慮によるものだということを、一瞬でキルヒアイスは理解した。二つの小さな頭と六本の手指を持った死産児の写真は、四年にわたる戦場生活で一度たりとも臆病者とのそしりをうけたことのないキルヒアイスにとっても、充分に衝撃的なものだった。

「この赤ん坊の両親が、ともに中毒患者でした。父親のほうが軍隊で悪習に染まって、家庭にそれをもちこんだわけです。その後、母親は自殺し、父親は精神病院送りになりました」

「…………」

「まあ、人間の愚行というものは、あるていどは大目に見るしかないのです。人間というパンは、道徳という小麦粉と欲望という水とをねりあわせてつくられるものでしてな。小麦粉が多すぎればかさかさするし、水が多すぎれば簡単にくずれてかたちをとどめない。で、この小さな衛星は、かさかさのパンに水を補給するための存在です。情事も賭博も酒も喧嘩も、まあご自由に、ということなのですが、麻薬となれば、寛大でいつづけることもできません。細いワラでもないよりはまし、というわけでしてな」

警視が淡々と人間観察の哲学を語るあいだに、キルヒアイスはようやく身体のなかから嘔吐感を追いだすことができた。嘔吐感が去ったあとの空白は、怒りと嫌悪感によってみたされた。それは容易に去りそうになく、赤毛の若者は、多少なりとも存在した休養への未練を一掃して、初老の警視を見すえた。

「わかりました。私にできることがあれば、お手伝いさせていただきます」

これは老練な相手の思うつぼにはまったということかもしれなかったが、それでもかまわなかった。権力の中枢から無能で腐敗した門閥貴族を追放することに意義があるのと同様、他人の精神と肉体を数世代にわたって傷つけることで利益をむさぼるような輩《やから》を社会から排除することにも意義があるはずだった。

「おお、協力してくださるか、たよりにさせてもらいますぞ」

手をもんで喜んだ警視は、キルヒアイスに熱いチョコレートをいれてくれた。

「じつはわしはこの件がかたづいたら、来年のうちには退職するつもりです。故郷の惑星《ほし》に息子夫婦と孫が三人おりますからな、そこにやっかいになって、昼は孫の相手をし、夜は怪談集を読んで、死んだ家内のところへ行くまで時間をつぶすつもりですよ」

ホフマン警視は、キルヒアイスが知らない小説家の名前をあげ、その著になる『悪夢の辺境航路』なる短編集は世紀の傑作である、と主張した。キルヒアイスは微笑しながら聞いていた。カップからたちのぼるチョコレートの香気が、ふと、子供のころを思い出させた。彼と彼の友にチョコレートをいれてくれた、あたたかい白い手のことを……。

ホフマン警視の協力要請をうけいれて、いったんホテルの自室にもどったキルヒアイスは、正装に着かえ、二ダースをこえるクロイツナハⅢのレストランのうちでもっとも高級な『ラインゴルド』におもむいた。格式ばった店は彼の好みではなかった。カイザーリング退役少将からのメッセージがとどけられており、生命の恩人を夕食に招待したいむねが記されていたのだ。

ジャーマンポテトとフリカッセで気軽なひとりの夕食を、と考えていたキルヒアイスとしては、めんどうな気分が強かったが、カイザーリングの評判を気にして招待をことわったと思われるのも、いささかうとましい。それに、ホフマン警視の要請を考慮すれば、情報収集の機会をのがすべきではないだろう。けっきょく、彼は招待をうけることにしたのだった。

恒星光の加減であろうか、レストランから見るガス状惑星は奇妙に平板にみえた。サイケデリックな色調の油絵具を無秩序に塗りたくった巨大なパレットが宙空に浮かんで、人々を威圧している。

「よく来てくれた、中佐」

キャンドルの光を顔の上に波うたせながら、退役少将は若い客を迎えた。

「わざわざのお招き、おそれいります」

「じつは来てくれないのではないかと思っていたのだ。私は、その……評判の悪い男なのでな」

羞恥と自嘲のかげりが、キャンドルの光にのってカイザーリングの顔をよぎった。招待をことわらなかった自分自身の選択を、キルヒアイスは内心で喜んだ。すでに充分、傷ついている人をこれ以上傷つける必要があるとは思われなかった。

四一九年物のシュベルム産の白ワイン、グリーンペッパーのきいた塩漬豚肉《グーツヘレンブルスト》、ワインとネズの実の香辛料がこうばしい鹿肉ロースト……多少のかた苦しさにたいしては寛大な気分になれる食事が一段落すると、キルヒアイスは、可能なかぎりさりげなく、老退役軍人を襲った男に心あたりがないかを訊ねた。

「まるで覚えのないことだ。警察でもそう言ったのだがね、麻薬中毒患者の幻覚に、いちいち正当な原因があると思うほうがまちがいだろう」

はこばれてきたコーヒーの湯気が熱い。

「私が一〇年ぶりにここにきた理由は、旧友たちと再会するためだ。彼らは明日ここに着くことになっているがね」

微妙な変化が声にあらわれていた。

「私たちは四〇年前にはじめてここで出会ったのだよ。私たちとは、私と、友人のバーゼル夫妻のことだ。そのとき私と、クリストフ・フォン・バーゼルは士官学校をでたばかりだった……」

カイザーリングは過去にむかって遠い視線を放ち、ふと気づいたように服の内ポケットから小さなガラス質の直方体をとりだした。ひとつの面を押すと、片手でつつみこめるていどの大きさに立体映像があらわれた。

それは六〇歳をこした年齢の女性だった。老婦人と呼ぶべきであろう。だが端整で品のよい顔だちは、人生の盛りをとうにすぎているにもかかわらず、美しいといってよかった。三〇年前の豊穣な美しさ、四〇年前のみずみずしさにかがやく美しさを、人々は容易に想像することがてきるであろう。キルヒアイスにとっても、美しい老婦人というものは、はじめて目《ま》のあたりにする存在だった。傲慢さと栄養過多でふくれあがった老婦人、狭量な精神そのままにやせこけて目から猜疑《さいぎ》の光を放つ老婦人、そんなものなら宮廷の周囲にいくらでもいた。だが、人は美しく老いることも可能なのだ。

「美しいかたですね」

キルヒアイスの口調には実《じつ》があったので、老退役軍人は満足したらしい。立体映像を消し、投影器をポケットにしまうと、はじめてコーヒーに手を伸ばした。

「そう、若いころも美しかったが、六〇になっても美しい」

老退役軍人は小さく吐息した。

「お若いの、若さと老いとのあいだには歴然たる差があるのだよ。若さとはなにかを手にいれようとすることで、老いとはなにかを失うまいとすることだ。それだけで総括できるものでないことはむろんだが、この逆ではないこともまたたしかなのだ。そして彼女は――ヨハンナというのだが、彼女にふさわしく美しく老いた。私などにはとてもできぬことだ」

「すると閣下は、なにか失うものをお持ちでいらっしゃいますか」

キルヒアイスは興味の色をおさえて訊ねた。

「いや、私は失うものすらすでになくなっている」

ふたりのあいだに、コーヒーの香気がたゆたっていた。

「察しがつくだろう？　私は彼女に求婚した。出会いから一年後だ。自分を人生の同伴者として考えてくれないか、と、勇を鼓《こ》して頼んだのだが……」

「ふられたのですか」

かなり非礼にあたる表現のように思ったが、ほかに言いようもなかったので、そう訊ねてみる。

「いや、ちがう」

老退役軍人はおだやかな表情をくずさない。

「ちがうな。ふられたのではない。最初から無視されておったのだよ、男性としては」

赤毛の若者はどう反応すべきかわからず沈黙していた。

「あなたはいい人だ、と言われたとき、私は敗北をさとった。いい人間であることなど、女は男にもとめぬものだ。いい人間とは、底の知れた、未知の魅力を感じさせない男にたいして憐れみをむけたときの表現なのだよ」

「そうでしょうか」

その断定は、いささかキルヒアイスを落ちつかせなかった。

「そう思うべきだろうな。いずれにしても私は彼女を怨《うら》む気にはなれなかった。私を傷つけまいと配慮してくれてのことだから。それに、彼女の存在じたいが私の喜びだったのだから」

キルヒアイスは老人の心情をなかば以上は理解することができた。彼もまた心の神殿にひとりの女性を住まわせていたからである。

ただ、それが全面的な共感へ踏みこむ一歩手前にとどまったのは、老人の今日《こんにち》が自分の未来そのままである、などとはさすがに考えたくなかったからだ。

「その後は結婚はなさらなかったのですか」

「うむ……こんな考えが正しいのかどうかわからんが、人間の情熱には一定量の限度があって、私はヨハンナの件でそれを費いはたしてしまったような気がする。どんなに善《よ》い女性と結婚しても、それは私にとって義務の遂行にしかならんだろう。それでは相手にとっても失礼だ」

……けっきょく、この懇談は、これほど明哲な人がなぜアルレスハイムで無惨な失敗をしたか、その疑問を深めたにとどまった。


糸杉の林をつつむ朝霧のヴェールが、のぼりゆく陽をあびて真珠色から薔薇《ばら》色へ、さらに黄金色へと変化し、湿度の低いさわやかな冷気が、開かれた窓から音もなく駆けこんでくる……。

夢のなかに展開する情景にキルヒアイスは記憶があった。帝国首都オーディンの市街からはなれたフロイデン山地だ。そこには皇帝の山荘があり、彼は何度かラインハルトとともにおとずれたことがあった。

「ジーク……起きなさい、ジーク」

鼓膜にしみこむようなやさしい声が、夢の迷路にひびいている。キルヒアイスは自分を呼ぶ人を知っていた。彼を〝ジーク〟と呼ぶのは、この世にただひとりしかいない。ラインハルトの姉アンネローゼ、彼の心の神殿に住む女性だ。彼女に呼ばれたからには、どれほど眠くとも、目をさまして駆けつけなくてはならない……。

フロイデン山地の、澄明な風景が消え、機能的だが味気ないホテルの一室にとってかわった。毛布ごと、ベッドから床に転げ落ちている自分を発見した。さわやかとはいえない気分だった。頭の隅にわずかな疼痛《とうつう》がある。

奇妙な息苦しさをともなった睡魔が、経験したことのない不快な感触の触手をまつわりつかせてきた。毒性のガスか、という疑念がひらめいたが、痛覚に類するものが気管や皮膚を刺激することはなかった。もっとありふれたものが彼を死の門へいざなっていた。キルヒアイスは呼吸をとめ、重い瞼《まぶた》を意志の力でかろうじて開きながら、非常用の酸素マスクをベッドの下にもとめて手を伸ばした。

所有者の意になかなかしたがわない指をけんめいにうごかして、酸素マスクを装着したとき、キルヒアイスの肺は爆発寸前だった。これで酸素マスクにまでしかけがほどこしてあれば、彼の人生は二〇年にみたずして最終楽章に突入していたはずだが、そうはならなかった。

アンネローゼが自分を助けてくれたのだ、と、肺に新鮮な酸素をみたしながら、赤毛の若者は思った。より科学的に言えば、レム睡眠状態にあった彼の潜在意識と、生存への基本的な欲求と、危険にたいする鋭敏な警戒心との結合が、アンネローゼという人格を借りて彼の肉体的な覚醒をうながしたのであろう。しかしキルヒアイスとしては、アンネローゼによって救われたと思いたかったし、そのことで誰が迷惑をうけるわけでもなかった。

部下たちの輪のなかでなにやら指示していたホフマン警視がもどってきた。

「エアコンダクトのなかから、大量の残留二酸化炭素が発見されました」

二重のあごを警視はなでまわした。

「思うに、ドライアイスを放りこんで気化させ、中佐の寝室に送りこんで窒息させようとしたのですな。しかも朝になればなんの痕跡も残りはしない。じつに、巧妙なことです」

「同感ですね」

皮肉でもなくキルヒアイスはつぶやいた。

「中佐、昨夜カイザーリング閣下とお話しになったそうですな。なにか不審に思われる点はありませんでしたか」

「彼が犯人だと思うのですか？」

「ひとつの可能性としてです」

「彼は中毒患者に生命をねらわれましたよ」

「擬態ということもありますぞ」

ホフマンの発言に理があることは認めながら、キルヒアイスが釈然としないでいると、警視

は肉づきのよいあごをなでまわしながら、

「偏見や予断であるという可能性は、たしかにあります。ですが、とにかく吾々《われわれ》は、どこか手がかりをさがして、そこから事実の岸にはいあがらねばならんのです。吾々がうごけば、なんらかのリアクションがあるはずで、実際、すでにあなたは生命をねらわれている。吾々にたいする挑戦とみなさなくてはなりません」

吾々、という複数一人称を警視が連発するのに気づいて、キルヒアイスは苦笑した。

「私は囮《おとり》としてけっこう役にたったようですね」

「……や、これはなかなか手きびしい」

ホフマンは恐縮してみせた。

「返す言葉がありませんな。にしても、中佐、私がカイザーリング閣下を容疑者とみなすについては、理由がないわけではないのです。軍隊に麻薬が流布するのは、死への恐怖を忘れるためですが、いまひとつ、指揮官にとって有益なことがあります。つまり、習慣性のある薬物は、目に見えない鎖となって中毒患者をしばります。指揮官が麻薬をもちい、部下が中毒にかかっているとすれば、部下は上官の命令に絶対服従せざるをえんでしょう」

警視は丸っこい肩を小さくすくめてみせた。

「背後から撃たれる心配なしに、指揮官は、苛酷な命令をくだすことができるわけです。麻薬を使う誘惑にかられる者もいるでしょう」

おぞましい話だ、と、キルヒアイスは思ったが、たしかにありえないことではなかった。口のなかに、にがい唾がたまっている。

「私も五年ばかり一兵士として戦場にいたことがあります。正直なところ、顔を見たこともない敵兵より、サディスティックな上官のほうがよほど憎かったですな。私はずうずうしいところがありましたからなんとか兵役期間をつとめあげて除隊できましたが、気の弱い同輩のなかには、上官にいじめぬかれて自殺した者もいます。記録上は戦死となっていますがね」

キルヒアイスは内心とまどっていた。警視がここまで率直に軍隊批判するのは、彼を信頼しているからか、それとも甘くみているからなのだろうか。

「考えてみれば、もともと兵士の忠誠心なんてものは、いわば精神的な麻薬ですからな。それがきいているあいだは、陶酔の温かい海にたゆたっていられる。いったん効力を失えば、ぼろぼろになった自分を見いだすだけだ」

警視はキルヒアイスの顔を見て、そこに無言の忠告を看《み》てとったらしい。せきばらいして、意見の開陳を中止した。

「中佐には異論がおありのようですな。じつは言いすぎたと私も思っとります。あつかましいお願いですが、忘れていただければありがたい」

「ご心配なく、私は忘れっぽい人間です」

多少のにがさをこめてキルヒアイスは言い、ふと気づいて訊ねた。バーゼルという退役中将の夫妻が、今日ここへ着いただろうか、と。

「バーゼル退役中将ご夫妻でしたら、たしか一昨日、すでに着いておいでですぞ」

「……たしかですか、警視？」

「たしかです。軍の高官ともなれば、退役とはいっても治安責任者として気を使いますからな。それがなにか？」

あいまいな返事で場を濁しておいて、キルヒアイスはいったん警視のもとを離れた。レストランに行くと、テーブルについていたカイザーリングに手まねきされた。あまり食欲がなかったので、キルヒアイスはウェイターにたのんで黒ビールに卵と蜂蜜をいれてもらい、それを朝食がわりのエネルギー源にした。なにかしら腹に入れておかないと、一日の行動にさしつかえる。

バーゼル夫妻は二日前すでにこの衛星に到着していた、と、ホフマン警視は言った。だが眼前のカイザーリングは、彼らが今日ここへ到着するものと思っている。ホテルの部屋に閉じこもり、食事もルームサービスにすれば、カイザーリングの目につかずにすむ。だが、なんのために彼らは、一〇年ぶりに再会する旧友をだまさねばならないのか。

クリストフ・フォン・バーゼルは、失意の友人より一〇歳ほども若く見えた。英気と活力が両眼にも皮膚にも動作にも色こくあらわれていて、軍人としても企業人としても有能かつ行動的であることは、うたがいようがなかった。退役後は実際、ある星間輸送会社の経営陣にくわわっているという。

「卿《けい》がジークフリード・キルヒアイスか。大佐？　そうか、中佐だな。あのラインハルト・フォン・ミューゼル提督の腹心だと聞いているが……」

こころよいほどきびきびした口調なので、ラインハルトの名をだしたときの冷笑のひびきを、キルヒアイスでさえあやうく看過《かんか》するところだった。彼を旧友に紹介したカイザーリングは気づかなかったようである。バーゼル夫人ヨハンナが宇宙船酔いでホテル到着早々自室に引っこんだと聞き、失望しているようすが一目瞭然だった。

「昨日は、わが旧友の危難を救ってくれたそうで、僭越ながら私からも礼を言わせてもらう」

バーゼルの声には、優越感としか解釈しえないひびきがあった。

「昨夜は、私自身が殺されかけました」

反発を押し隠してキルヒアイスが応じると、バーゼルはかるく目を細めた。

「ほう、すると昨日の件は突発的なものではなく、一連の糸によってつながっているとでも中佐は言うのかな」

「そう考えたほうがしぜんではないか、と……」

「なかなか興味のある話だ。わが旧友が不逞なくわだての犠牲となるとあっては黙視しかねる。くわしく知りたいものだ」

「それ以上のことは、申しあげるのをいささかはばかります。治安責任者から口外を禁じられておりますし、かるがるしく推論もいたしかねます」

「するとごく一部しかしゃべれないと……」

「ええ、ほんとうに、ほんの一部です」

発言の効果を測りながらキルヒアイスはさりげなく強調してみせた。

「ところで、閣下は、今日の何時の宇宙船《ふね》でお着きになりましたか」

「一〇時半だったと思うが、それがどうかしたかね」

「いえ、なんでもありません」

この返事は故意のものだった。バーゼルが得心《とくしん》しないことを計算にいれて意味ありげにふるまってみせたのである。どうも、しだいに人が悪くなっていくように思えるのだった。


考えこんでいたキルヒアイスの傍でカウンターにすわっていた男が、不意にコーヒーカップをとりおとした。手だけでなく全身が痙攣《けいれん》し、口角に泡がたまる。うつろな眼光で宙を見すえた男は、立ちあがろうとして、音高く椅子を蹴たおした。非難と気味悪さの視線が集中するなかで、男は代金もはらわず、よろめきながら歩みさろうとする。キルヒアイスは銀貨を一枚カウンターに放りだすと、男のあとを追った。男はよろめき、すくなからぬ数の他人にぶつかり、その一〇倍以上の人数に忌避されながら、人気《ひとけ》のないほうに歩いていく。

キルヒアイスは、男がひとつのドアに姿を消すのを確認すると、数秒をおいてそのドアをくぐった。

一瞬、失調感が彼をとらえた。身体が浮きあがり、三半規管が抗議の声をあげる。

そこは「フライング・ボール」のゲーム室だった。天井の高さは三〇メートル、床面の広さ六〇メートル四方ほどもある。一〇人以上の選手が軽重力のもとで自在にうごきまわれるだけの空間体積が確保されていた。

ようやく低重力下での均衡をたもつことに成功したとき、五つの人影が彼の視野を占拠した。すべての人影が屈強な男であり、片手には超硬度鋼でつくられたファイティング・ナイフのきらめきが、顔には余裕と悪意にみちた表情があった。

キルヒアイスは苦笑した。やはり彼を誘いだすための罠だったのだ。危険を承知でブラスターをフロントにあずけてみせ、虎穴《こけつ》にはいってみたのである。ほかに採《と》るべき道がなかったかと考えてみたが、さしあたり解決すべき課題が目前にあった。五人という人数は予想外に多かったが、闘って生きのび、できれば彼らの口から人形使いの名を聞きだしたいところである。

男たちはかわるがわる高々と跳躍しながらキルヒアイスにせまった。べつに酔狂でとびはねているわけではなく、相手の注意力を拡散させるためである。キルヒアイスはすこしずつ後退しながら、この部屋の周囲の壁が、見物客のため強化ガラスでできていること、いまはシャッターがおりて隔離されていることを確認した。一瞬、否、半瞬で、戦術的判断がくだされた。

キルヒアイスは低重力を利して思いきり飛んだ。行動はともかく、その方角は男たちの意表をついた。赤毛の若者は壁面のレバーにとびついたのだ。

レバーを思いきり下げると同時に、壁面を蹴って宙で一回転する。肉迫した男のナイフは空を切り、キルヒアイスほど可動性に富んでいない男は、回避しそこねて壁面にぶつかった。その眼前でシャッターがあがってゆく。

植物室にたむろしていた数十人の男女が、透明な強化ガラスごしに異様な光景を見ることになった。

「なんだ、これは。あたらしいゲームか？」

人々は顔を見あわせた。彼らの視線のさきで、五対一の不公平な闘いがつづいていた。人々はガラスの壁面に顔と手を押しつけ、ボールの投げあいが見られない流血と暴力のゲームを見つめた。酔った声が宣言した。

「よし、赤毛に五〇〇帝国マルク賭けるぞ」

「だが、奴はひとりだけだ」

「よほど強いんだろう。五対一のハンディがつくくらいだからな。おれは奴を買う。お前は五人組に五〇〇賭けろ」

勝手に決めるな、と不平そうに応じた見物人が、不意に大声をあげた。〝赤毛〟の背後にまわりこんだ男のひとりが、ナイフを勢いよく突きだしたのだ。

だが、キルヒアイスは、相手の腕を腋の下にはさみこんでいた。同時にべつの男が反対方向から躍りかかる。キルヒアイスは、くるりと長身をひるがえし突きだされるナイフと自分の身体とのあいだに、人間の壁をつくった。味方のナイフでまともに左肩甲骨の内側をつらぬかれた男が、はげしく身体を痙攣させる。

死体は血と悲鳴の尾をひきながら、脚をもがれた蜘蛛《くも》のような姿勢で宙をただよっていき、見物席の強化有機ガラスにぶつかってバウンドした。あらたな流血のビーズ玉が、低重力の空間につらなり、その一端はガラスを打ってさらに飛散する。

「ほんものよ！」

女性の悲鳴があがり、見物人たちは騒然となった。警察を呼べ、という叫びにまじって、昂奮した声がどなる。

「なるほど、たしかにほんものだ。よし、賭け金を一〇〇〇にあげるぞ。そのくらいの価値はある。がんばれ、赤毛、お前におれの人生を託したぞ」

勝手きわまる声援は、ガラスにさえぎられて、赤毛の戦士の耳にはとどかなかった。

もはや刺客たちは見物人たちの目をはばかろうとしなかった。人数はひとりへったが、攻撃の苛烈さは二割増しになっていた。だが、キルヒアイスの手にも、死者からもぎとったナイフがある。包囲されるのをさけて後退した彼に、跳躍した敵のナイフが上方から伸びる。零コンマ数秒の差でその刃を引っぱらい、返す一撃を咽喉もとにたたきこんだ。

これでふたり。そう思ったとき、ふたたび失調感が襲った。

重力が平常時にもどったのだ。

キルヒアイスは五〇センチほどの距離を垂直移動しただけで、柔軟な関節の効用とあいまって、けがひとつしなかった。

部屋の天井ちかくにまで上昇していた男たちは悲惨だった。狼狽と恐怖の叫びを高みに残して石のように落下し、セラミックの床にたたきつけられる。骨のくだける音が見物人たちの悲鳴と叫喚にかき消されるなか、武装した半ダースほどの警官たちが荒々しく人波をかきわけながら駆けつけた。キルヒアイスの運がよかったのではなく、彼が負傷しないタイミングをはかって重力スイッチを制動させた者がいたのだ。その男、ホフマン警視が心配そうに彼を見やった。

「けがはありませんか、中佐」

「なんとかね」

さりげなく答えたいところだったが、呼吸の乱れを抑制するのは困難だった。

「おかげで助かりました。機敏なご処置を感謝します」

「管制室から連絡がはいりまして、フライング・ボール場のモニターが作動しない、と言うのです。私がいくら鈍感でも、悪い予感に駆られるのは当然ですよ」

満足げなホフマンである。

「それにしても、五対一の急場を切りぬけられたとは、おみごとですな、中佐」

「来ていただくのが三分遅れたら、ほめ言葉が聞けなくなるところでしたよ」

警官にはこびだされる刺客たちの姿に、ふたりは視線を送った。

「ひとりは脚を折っただけで生命には別条ないようですから、なにか聞きだせることでしょう」

「やとわれただけかもしれませんよ」

「バーゼル退役中将に、ですかな」

キルヒアイスの視線をうけて、ホフマン警視はてれくさそうに笑った。

「あなたのおっしゃったことが気になりましたのでね、すこし調べてみたのです。ひとつふたつ、興味あることが判明しました」

「どんなことです？」

「ひとつは、中佐もご存じのことです。バーゼル夫妻が予定より早く、このクロイツナハⅢに到着し、投宿したことです」

警視はとがめる目つきをしたが、それほど深刻なものではなかった。

「こんなことはすぐわかることです。教えていただければよかったのですが、まあそれはよろしい。もっと関心をもつべきことがあります。むろん私は教えてさしあげますぞ」

キルヒアイスは教えてもらった。そして、聞く前のほほえましい気分を身内から一掃させてしまうことになったのだ。

キルヒアイスはあらためてカイザーリングの部屋をおとずれた。老退役軍人は彼を迎え入れながら、不審とかるい警戒の色を浮かべた。つまりはそうさせるものが、キルヒアイスの態度にはあったのだ。コーヒーのルームサービスをとろうとする年長者の好意を謝絶し、赤毛の若者は低い声でただした。

「アルレスハイム会戦のとき、閣下、あなたは艦隊司令官で、バーゼル中将は後方主任参謀として補給部門の責任者だったのですね」

無言の数瞬のあと、カイザーリングはうなずいた。

当時はカイザーリング中将であり、バーゼルは少将としてその下につく身だったのだ。そしてバーゼルはサイオキシン麻薬を保持していた容疑で参考人として憲兵隊に呼ばれ、カイザーリングの証言によって放免されている。帝国軍が惨敗したのは、その一カ月後だった。

「あのとき帝国軍が潰乱《かいらん》したのは、気化したサイオキシン麻薬が流れだし、将兵が急性の中毒状態におちいったからですね」

老退役軍人は口を閉ざし、表情にブラインドをおろしていた。その態度こそが、あやまりようのない返答だった。

「そのことを閣下は軍事裁判で主張なさらなかった。主張なさっていれば、罪を問われるのはバーゼル中将だったはずです。閣下は沈黙によって、かつての恋敵《こいがたき》をおまもりになった。そうですね？」

詰問口調になってはいけないと思いつつも、声に激しさがこもりがちになる。あまりにも一方的な犠牲というべきだった。カイザーリングが軍を追われたのにたいし、バーゼルはその後、中将に昇進し、立場は逆転したのだ。

「なぜです？　なぜ、そうしてまでバーゼル中将をかばわなくてはならなかったのですか？」

カイザーリングはゆっくりと両手の指をくんだ。

「それほどむずかしい疑問ではない。彼女が――ヨハンナがえらんだ男が、犯罪者であってはならんのだ。ヨハンナは彼女にふさわしい男をえらんだ。彼女にふさわしい、高潔で実《じつ》のある男を……」

キルヒアイスは、とっさに反論の言葉を見つけることができなかった。これは信仰と言うべきか。それとも幻想だろうか。理をもって非難することが可能だろうか。

「ですが、閣下の名誉はどうなるのです」

「私の名誉など、とるにたりんよ。だいいち、味方の混乱と潰走をくいとめることができなかったのは事実なのだ。軍事法廷は不当に私をおとしめたのではない」

「では言いかたを変えましょう。不当なのはあなたが罪をえたことではなく、バーゼル中将が罪をまぬがれたことです。その不当さをただすために、証言なさるおつもりはありませんか」

「いや、私にはできんよ、中佐。もし私が彼を摘発することに協力したら、醜い嫉妬のために四〇年間の歳月を忘れたと言われるだろう」

ためらいはあったが、キルヒアイスは言わざるをえなかった。

「お言葉ですが、閣下、あなたはかつて無能な卑怯者といういわれなき汚名を甘受なさったではありませんか。恋人のためにその汚名をうけることはできても、麻薬に犯された人々のためにはできないと言われるのですか」

老退役軍人の眉がくもった。沈黙はやや長くつづいた。

「私はこの前、言い忘れたようだ。若さとは社会的な正義をもとめるにためらわぬことだ、ということをな。三年前、私はすでにその若さを失っていた。私は彼女を不幸にしたくない、その一心だったのだが……」

声は重く、だがやわらかさを欠いてはいなかった。

「だが、誠意や愛情が、それをつくされる者にとっては負担でしかない場合もあるのだな。人生は初級の数学ではない、方程式ですべてが解決するわけではない。これだけの愛情をそそげばこれだけの結果が返ってくる、とわかっているなら、人生はなんと単純で明快なものだろう」

ミヒャエル・フォン・カイザーリングは、自分自身を鞭うつ表情をした。キルヒアイスは息を殺した。

「中佐、きみは正しい。私より正しい。私が三年前、事実を語っていれば、すくなくともそれ以後のサイオキシン中毒患者の発生は防ぐことができただろう。私は自分の感傷のために、多くの兵士を犠牲にしてしまった。彼らにも愛する者がおり、手にいれたいものやまもりたいものがあったというのに……」

頭をかかえて老退役軍人はつぶやいた。

「私は度しがたいナルシストだった。誰ひとり私によって幸福にならなかった……」

一時間後、キルヒアイスは立体映像の老婦人ヨハンナ・フォン・バーゼルにはじめて対面した。彼女は夫とことなる部屋をとっていた。予約より早く到着したため、べつべつのシングルの部屋しかあいていなかったのだ。そうまでして早く到着せねばならなかったのが、バーゼルらの行動の奇妙さを強調する傍証のひとつであったかもしれない。ただ、部屋じたいは、充分な広さと感じのよい調度と、古風な暖炉をそなえており、居心地よさそうに見えた。

立体映像にくらべれば、実物はややややつれて見えたが、気品のある美貌はキルヒアイスの想像を裏ぎらなかった。

「ミヒャエルの代理でいらしたそうですね、ご苦労さま」

「はい、なぜかそういうことになったようです」

事実とはいえ奇妙な返事だ、と、キルヒアイスは思った。カイザーリングが積年の願望を放棄して自室にこもってしまったのを、心弱さのゆえとそしる気にはなれなかった。キルヒアイスが事情を説明しようとすると、老婦人はやわらかくそれをとどめた。

「たぶん、あなたのおっしゃりたいのは、夫《クリストフ》の罪状について彼《ミヒャエル》がいま暴露する、その事情を了解してほしいということでしょう?」

キルヒアイスは、思わず背すじをいちだんと伸ばしてしまった。

「なぜそれをご存じです?」

「だって、この衛星に麻薬密売組織の長がくると警察に告げたのはわたしですから」

キルヒアイスがおどろいたのは、老婦人の告白におどろかない自分自身にたいしてだった。理由もなく、その可能性を心のなかで検証してきたのである。

「クリストフにもわたしは匿名で知らせました。あなたの悪事を知っている者がいる、いまのうちに手を引けば、あえて司直には知らせない、と。でも逆効果でした」

「バーゼル中将は、そのメッセージを、カイザーリング少将からの脅迫と思ったのですね。だから患者を刺客として放った。その成果を確認するためにも、予定より早くクロイツナハⅢに来なくてはならなかった……」

「ええ、お若い人、あなたの推測なさったとおりです」

ヨハンナの平静さが、キルヒアイスの若さにはやや度のはずれたもののように思われた。

「カイザーリング閣下にたいする危険を予測なさるのは無理だったでしょう。ですが、失礼ながら夫人を愛していらしたかたです。ですぎたことと承知で申しあげますが、なんとかご配慮いただけなかったでしょうか」

静かすぎる声が答えた。

「お若い人、わたしが誰に愛されたかということは問題ではありません。わたしが誰を愛したかということが重要なのですよ」

返答に窮することが、この二、三日で何度もあったが、これもその一例になりそうだった。

「ミヒャエルがクリストフより善良で誠実な人であることは、わたしにもよくわかっていました。でもね、お若い人、人間としての評価の高さと、愛情の深さとのあいだにはなんの関係もないのですよ」

キルヒアイスの胸の奥を、一瞬、するどい痛みが駆けぬけた。老婦人が言ったことは真実で、しかもあまたの真実のなかでも冬の領域に属するものだった。

「……そう、一年ほど前にわたしは自分の夫が、どんな時代、どんな政治体制のもとでも許されぬ所業をしていることを知りました。ミヒャエルの心情《きもち》につけこんで軍事裁判の被告たることをまぬがれたことも。わたしは、四〇年前のようにこの場所で、三人が顔をあわせようと提案しました。夫がミヒャエルに罪をわびてくれればと思ったのです。そのために小細工もしました。でも、夫が予定より二日早くここへ到着するよう決めたとき、わたしの甘い思惑ははずれたのです……」

バーゼル退役中将は重厚なまでに沈着な態度で、赤毛の若い中佐を迎えた。たとえ虚勢であるにせよ、悪徳にみちたこの男には相応の器量と貫禄があることをキルヒアイスは認めないわけにはいかなかった。

「五人でひとりを倒すこともできないとは、私もろくでもない配下ばかりもったものだ。残念だが、失敗を認めなくてはなるまいな。適当な金額で折りあいをつけんかね、中佐」

厚顔な申し出に、若者は憮然とした。

「あなたが戦争の渦中で不当にえたものを、さらに巻きあげる気はありません」

「背ばかり高い赤毛の坊や、戦争というやつはもともと利益になるのだよ」

むしろ悠然として説くのである。

「考えてもみるがいい。利益をえる奴がいるからこそ、戦争がおきるのだ。誰ひとり得をする者がいないなら、そんな社会上のシステムが存続するわけはないのだ。そして、それが存続するからには、有効な利用の途《みち》を考えるのは当然ではないか」

「あなたと戦争にかんする哲学を論じる気はない」

奔騰《ほんとう》しようとする感情の手綱を、けんめいに引きながらキルヒアイスは応じた。ともすれば手が用意のブラスターに伸びかける。

「現状を認識すること、肯定すること、悪用することはそれぞれべつのものであるはずだ。あなた個人の利益のために兵士たちが心身を犯されねばならない理由がどこにあります」

「豚は人間に食われるために存在するのであって、人間を食うために生きてはいない。それが大げさに言えば宇宙の摂理というものだよ、中佐」

「兵士たちは豚か……！」

「怒ったかね。だが、中佐、卿《けい》とて兵士たちを戦場で死なせて今日の地位をえたのではないのか。卿は枠組をまもり、私はいささか踏みはずした。たんにそれだけの差だ」

「…………」

「告発するなら、すればいい。だが、なんの物証もないではないか。私の申し出をうけたほうが賢明というものだぞ」

「物証のかわりに、カイザーリング退役少将の証言がある」

「ふられ男の恨み言《ごと》か、ばかばかしい」

「それと、ヨハンナ夫人の証言も。これすらも無視なさるおつもりか」

バーゼルは、はじめて眉根を寄せた。キルヒアイスがヨハンナの発言を簡潔に要約すると、眉の寄りぐあいが激しさをました。舌打ちの音がするどくたった。

「なるほど、そうか。ヨハンナは四〇年前にミヒャエルをふった心の負い目を、そんなかたちでぬぐいさろうとしたのだな。頭をさげるのは彼女ではない、私だからな。いい気なものだ」

「あなたはそんな考えしかできないのか！」

「だから現在《いま》まで生きてこられた」

ひややかにバーゼルは言いはなち、薄い笑いを赤毛の弾劾者にむけた。

「キルヒアイス中佐、卿は賞賛すべき気質の持ち主であるようだが、すこしは工夫をこらさんと長生きできんぞ」

「よけいなお世話だ」

怒りと若さが、キルヒアイスの口調を乱暴で妥協のないものにした。怒りは自覚してのものだったが、若さは自覚外のことだった。本来、激情にたいする自制心に富んでいた彼だが、限界がちかづきつつあった。

「よけいなお世話か。だが、私に言わせれば三年前のカイザーリングのやったことこそそれだった。頼みもせぬのに罪をひきうけ、私に無言の恩を押しつけたのだ。奴は昔からそういう……」

バーゼルは口を閉ざした。ドアが開いて、キルヒアイスの背後に官憲の人垣がつくられたからである。

「話はおすみですかな、中佐」

いちおう訊ねはしたが、返答を待たず、ホフマン警視は昂奮ぎみの顔をバーゼルにむけた。

「バーゼル退役中将閣下、あなたの配下の者が殺人未遂現行犯で逮捕されたことはご存じですな。先刻ようやく自供がえられました。閣下を殺人教唆の容疑で検束させていただきます」

とりあえず、とつけくわえたのが、警視としては最大級のいやがらせであったろう。バーゼルは険しい視線で闖入者《ちんにゅうしゃ》の群をひとなでした。

「警視ごときが、でしゃばるな。私は帝国軍退役中将だ。民間人と同列にあつかってすむと思うか」

警視は挑戦的に胸をそらした。

「お言葉ですが、閣下、純粋の刑事犯罪、なかんずく殺人、麻薬事犯、誘拐等の重犯罪にかんしては身分秩序を顧慮する必要なし、と、内務省の規定に明記してあります」

「小役人が、たかだか一官庁の規定を盾《たて》に、もと将官たる者を検束しようというのか」

「ご不満なら、軍事裁判にことをゆだねてもよいのです。カイザーリング閣下も証人になってくださることですし、お荷物をあらためれば、確実な証拠もでてくるでしょう」

バーゼルは片頬をゆがめた。

「……なるほど、どうやら私の負けのようだ。いさぎよく認めよう。最後に妻にひとこと言っておきたいので許可してほしい」

バーゼルは隣室に通じるTV電話《ヴィジホン》の音声スイッチだけを入れると、奇妙な表情をひらめかせて、容易ならぬ言葉を発した。

「ヨハンナ、私だ。お前の部屋のライティングデスクに、私の書類いれが置いてあるな。その中身を、すぐに燃やせ」

キルヒアイスは目をみはり、ホフマン警部は飛びあがった。軍隊内麻薬組織の頭目は、唇を半月形にしてすさまじい嘲笑を浮かべた。

「聞いただろう？　私は中身と言っただけだ。それが証拠品であることをどうやって証明する？」

キルヒアイスは身をひるがえした。ホフマンの指揮する警官隊は、逆方向に走ってバーゼルに殺到した。無言のうちに彼らは役割を分担したのだ。

隣室にかけこんだキルヒアイスは、古風な暖炉の前へ書類の束をもって歩みよろうとする老婦人の姿を認めた。

「その資料をください、夫人。それがあればクリストフ・フォン・バーゼル中将を告発できます。麻薬事犯として、軍隊内における秘密犯罪組織の主犯として、アルレスハイム敗戦の真の責任者として、カイザーリング少将に汚名をはらす機会をあげてください」

老婦人はひっそりと笑った。

「お若い人、わたしはクリストフを罪人とすることに協力することはできません。彼に頼まれたことを実行します」

「バーゼル夫人《フラウ・バーゼル》……」

「わたしはこれを焼いてしまいます。とめたければ、私をお撃ちなさい」

「夫人……！」

「理非善悪は、わたしには関係ないことです。クリストフがみずから罪を認めぬというのなら、わたしも夫の罪を認めることはできません。わたしにはその資格がないのです。わたしは彼に似つかわしい、つまらない女です……」

老婦人を撃たねばならないことが、キルヒアイスにはわかっていた。彼女が資料を焼こうとするかぎり、カイザーリングのためにも、ホフマン警視のためにも、他の多くの人々のためにも、そして彼自身のためにも、老婦人を撃たなくてはならない。よくわかっていた。だが同時にもうひとつのことがわかっていたのだ。武器をもたない老婦人に銃口をむけることはできても、引金《トリガー》をひくことはけっしてできないであろうと。

ラインハルトなら引金を引くだろう。たとえためらっても、それを表面にあらわすことなく、なすべきことをなすだろう。それが自分がラインハルトにおよばない理由であることを彼は知っていた。

無力感にさいなまれながら、キルヒアイスは銃をかまえたまま立ちつくしていた。

ヨハンナ・フォン・バーゼル夫人は、手にした書類の束を暖炉の火にちかづけた。その動作はたいそう緩慢だった。あるいは彼女は撃たれることをのぞんでいたのだろうか……。

閃光がキルヒアイスの傍を走った。

赤毛の若者は、戦場における勇敢さと大胆さにおいて人後に落ちなかった。だが、このとき彼は自身の知覚を制御することができなかった。視界から色彩が消失し、老婦人は胸から暗色の液体を流して床に倒れこんだ。焼失をまぬがれた書類の束の、最後の一枚が床に舞いおちたとき、はじめてキルヒアイスは人体が床にぶつかる音を聴いた。

キルヒアイスは視線をめぐらした。ブラスターをかまえて、ミヒャエル・フォン・カイザーリングが立ちつくしており、開いたドアから警官たちが乱入しつつあった。ブラスターが床に落ちた。カイザーリングは罪人のようにうなだれて老婦人の傍にひざまずいた。

「ヨハンナ、ヨハンナ……」

老人は、死にいたるまで彼を拒否しつづけた女性の名を呼びつづけていた。キルヒアイスは黙然と頭を振り、みごとな赤毛をその動作によって波だたせた。自分が声をかけてはならないことを彼は知っていた。

書類の束を、赤ん坊でも抱くようにかかえたホフマン警視がささやいた。

「これがあればバーゼル中将を告発できます。中佐にはいろいろとお骨おりいただきました」

「私はなにもしませんでしたよ」

赤い髪をかきあげながらキルヒアイスはささやき返した。

「カイザーリング閣下がご自分でご自分の汚名を雪《すす》がれたのです」

膨大な量の感情を四捨五入して、キルヒアイスはそう表現した。いずれ一連の事件が公《おおやけ》になれば、帝国の公式記録はそう書きとめるだろう。不名誉な敗戦の責任者とされた人物が、じつは古風だが格調ある騎士であった、と。公式記録というものはそれでよい。その文字は、血と涙によって薄められるべきではない。しかし、ひとりひとりの人間には、ことなる記憶がきざまれてよいはずだった。

キルヒアイスにとって、重要なのはアンネローゼの愛をもとめることではない。彼がアンネローゼを愛したということ。ミヒャエル・ジギスムント・フォン・カイザーリングが後悔しなかったように、ヨハンナ・フォン・バーゼルが後悔しなかったように、彼ジークフリード・キルヒアイスもけっして後悔しない……。

その思いがキルヒアイス自身の記録であり、この一両日をたしかに生きたという証明《あかし》であった。

到着した宇宙船から、さまざまな容姿と服装の人々が流れでてくる。だが、豪奢《ごうしゃ》な黄金色の頭を見つけることは、キルヒアイスにとって困難ではなかった。ラインハルトにとっても、ひときわ高い位置にある赤い頭を発見するのは容易だったであろう。

「キルヒアイス！」

そう呼びかける生気と音楽性にとんだ声が、こよなくなつかしいものに若い中佐には感じられる。

足どりをはずませて歩みよった金髪の若者は、心もち伸びあがるようにして、赤毛の友の肩に腕をまわした。

「どうだ、おれがいないあいだ、羽を伸ばせたか。小うるさい相棒などいないほうがよかろう？」

「いえ……」

赤毛の若者はきまじめにかぶりを振った。

「私の羽は、ラインハルトさまのおそばにいてこそ伸ばせるのです。そのことがよくわかりました」

ラインハルトは蒼氷色《アイス・ブルー》の瞳で友人を見つめ、誰ひとりまねようのない笑顔で、しなやかな指先に赤い髪をからませた。

「では、おれもお前のそばで羽を伸ばそう。まず再会を祝してワインを一杯。そのあと、よければなにがあったか聞かせてくれ」

巨大なガス状惑星は、ふたりの若者を見おろしながら、一瞬ごとにことなる色の帯を巻きつけていた。

『銀河英雄伝説』のつくりかた
田中芳樹ロングインタビュー

構成／らいとすたっふ

◆『黎明篇』の話

――田中芳樹作品の代表作とも言える『銀河英雄伝説』ですが、この本がはじめて世に出たのは、いつでしたっけ。

えーと、一九八二年ですから、もうずいぶん前になりますね。うーん、若かったなあ。あの頃は三〇歳になるのがとても大事なことに思えていました（笑）。

――『銀英伝』については、前身となる『銀河のチェスゲーム』という作品が存在したそうですね。

もっと本来の意味の〝スペースオペラ〟に近い作品だったんです。架空の歴史を背景にして、架空のキャラクターたちが活躍する――言ってみれば、歴史小説ではなく時代小説ですね。その内容を編集さんに話したら、その前史みたいなところのほうが面白いよ、と言われて。うーん、そうか、たしかに力を入れて書いたもんな、と思いまして。

――では、その頃には、ヤンもいなければ、ラインハルトもいなかったわけですね。

名前だけはありました。その何百年か前の戦争で活躍した、歴史上の人物としての名前ですが。もとの話には、不老不死の主人公が、何世紀か前の大戦に実は関わっていたんだけど、知らんぷりしている――というような設定もあったりしたんですよ。

――その時点では、二人は「歴史上の人物」にすぎなかったわけですね。そもそもその設定からきたものだから、未来の視点から過去を振り返るというかたちが残って、このような書きかたができたのかもしれませんね。

――では、『銀英伝』を書くことになって、ヤンとラインハルトのどちらが先に「実在の人物」として、生まれたのでしょう。

キャラクターとしては、ほぼ同時にできたんです。僕の癖として、こういう歴史物のキャラクターというのは、一対《いっつい》という感じで出てくるものですから。ただ、順序としてはラインハルトのほうが早いですね。ラインハルトができて、そのライバルを考えるとき、「これはもう、ラインハルトにないものを持っていて……」という感じでできていった気がします。

――具体的なモデルは存在するのでしょうか。

ラインハルトのほうには、非常に華々《はなばな》しいモデルが複数います。ナポレオンとか、アレクサンダー大王とか、スウェーデンのカール一二世とか。そういうところから都合の良いところをまぁいろいろ取り合わせて、ということになります。ヤンのほうは、もう少しモデルは地味になりますけど。

――ほかに、意識して決めたことはありますか。

歴史上でライバルと目《もく》される関係を見ますと、たとえばナポレオンとウェリントンだと同じ年に生まれています。ただ実際のところ、一方が徹底的な天才タイプだとすると、もう一方は経験とか、思慮の深さというのかな、ひらめきとは別のものを持っていてほしい。後天的獲得型の資質というのかな。そうなるとどうしてもラインハルトよりは年上に設定しなければならない、というようなところはあったと思います。たとえば、武田信玄と上杉謙信は九歳違いですよね、それでラインハルトとヤンは九歳違いにしたんです。

――名前についてはいかがでしょう。ラインハルトに限らず、帝国側の人間はドイツ語風の名前で統一されていますが、どんな意図があったんですか。

これは、どちらかというと取捨選択の「捨」というほうが先に来ているんですよ。要するに、アングロ・サクソン風の名前って、ちょっとつまんないんですよ（笑）。

――ジョンとか、ジムとか。

そうそう。「トム、宇宙を手に入れようぜ」ではね。おまえはジェリーか？――って聞きたくなる（笑）。それで、もう少しなんというのかな、日本人にとっては距離を置いた名前にしたいなっていう気持ちがありました。それでその頃、たしかファッション関係の人が話をしていたんですよ。「女性に受けようと思ったら、フランス系かイタリア系の名前でないと駄目だ。ドイツ系やロシア系の名前では、絶対に女性に受けない」と断言していて、「そうか、受けないのか、じゃあやってやろう」と（笑）。

――なるほど（苦笑）。では、ヤンという名前はどこからきたんでしょう。

うーん、そこらへんになると本当に微妙なクリエイションの過程で、かなり本人にも思いもよらない化学反応のようなものがありまして……一方をドイツ語系の名前で統一するとなると、もう一方はやはり他民族、他人種、複合文化系の名前になるだろう、と。では、これは徹底的にドイツ語的でないほうが良い。それで、いっそ東洋系も悪くないかと思ったんです。どのみち混血は進んでいるでしょうしね。ですから、ヤンがどうしてこういう名前になったのかについては、「これは自然と出てきた」としかお答えできないんですよ。

——どこから採《と》ってきた、とか、誰をモデルにしたとかいう話ではないんですね。

そうそう、そうなんです。ユリアンとかの場合だと、これは東欧系の名前をというのが最初にあったんです。とにかく日本人には耳慣れないけれど響きがよいということで。それで、昔の国際年鑑から拾い上げてきました。

——では自然発生的なものと、意図的に探したものの二種類があるんですね。

でも、話がある程度進んでくると、けっこうピンポイントで見つけてくるんですよ。ただ、そのピンポイントについては、最初にどうしてそこに目を付けたかとかは、なかなかいわく言いがたいものを感じます。

——帝国軍と同盟軍の書き分けについては、どのような感じで書かれていたのでしょう。

まず、一方のチームは徹底的にかっこよくしてやろう、と思ったんです。絵になるようなキャラという感じで。だから、もう一方は絵にならなくてもいいや、と思ったのも確かなんですけどね（笑）。

——たしかに、キルヒアイスはかっこいいですね。ミッターマイヤーやロイエンタールもかっこいい。
そう。ビッテンフェルトも、あれはあれでかっこいいと思ってくれる人たちがいてくれると思うし。それで、同盟側は絵にならなくても、とは言いましたけど、なるかならないかはさておき、ヤンの周辺の人物配置ということは考えました。ビュコック提督なんかを出したのは、今にして思うとナポレオン戦争のときのブリッヘルとグナイゼナウのコンビのようなものを考えたのかもしれません。総指揮はビュコックが執って、ヤンは参謀というかたちが最初にあったのかなあ。

――なるほど（笑）。

だから、同盟側にいきますと、自分で思っていた以上に「ヤン艦隊」というものが突出してきたんです。もちろん、それのなかで、それなりにかっこいい役割を担う人もいるわけですけど。

――女性にもてる男は、帝国にも同盟にもいますね。

『銀英伝』というのは、女たらしのタイプをいろいろ書いた小説だと言われたことがあります（笑）。これは本当のことなのかもしれませんね。ロイエンタールとポプランとシェーンコップは、それぞれ違うんだよ、という感じですか。

――それでも、同盟側のキャラクターには等身大というか、人間味を感じる印象が強いです。

ええ。これは当時、半分冗談で言っていたんですけど、昼間は同盟側の話を書いて、夜は帝国側の話を書くという。

――なるほど。コーヒー、紅茶を飲みつつ同盟の話を書いて、ワインを傾けつつ帝国の話を書くわけですか。

それだったらかっこいいんですが、実際にはこたつに入って、おばあちゃんが作ってくれた綿入れ半纏《はんてん》を羽織って書いていました（笑）。ただ、たしかに帝国側のほうは徹底してスクウェアな、会話体なんかも、もうむしろ舞台劇を書くような感じで設定していったということはあります。同盟側になると、これがテレビドラマになるわけです。たまにラブコメもあるよ、という感じで（笑）。

――話をラインハルトとヤンに戻しますが、二人のキャラクターを簡単に説明していただけますか。

ラインハルトというのは、ある意味で単純なキャラクターです。戦術的洗練度は置いておいて、生きかたとしてはラインハルトは単純です。目標を掲げてそこに全力疾走していって、当たるをさいわい跳ねとばしていくという、まあ、ビッテンフェルトと似ているんですよ（笑）。

――なるほど（笑）。対してヤンはどうなんでしょう。

うーん、建設的に屈折するとヤンになるんです。

――なかなか難しい表現ですね（笑）。それが、幾度も政権を奪う機会があったヤンが、自分の決めた行動規範をはずさなかったという理由ですか。

頭で考えたことと気質のかかわりあいというのは、なかなか微妙なところがありますね。きつく言えば、ヤンには、その覚悟ができていなかったんです。自分の思う軍人の基準から逸脱する覚悟というのかな。だから、ヤンは帝国の側に生まれて、ラインハルトの下で自分の分を守っていたりすれば、幸せだったのかもしれませんね。ま、帝国軍でヤンが出世できるかは置いておいて。

――勤勉な人が多いですものね、帝国は。

軍人になりたくなかったんだったら、いっそのこと軍人の枠を飛び出してもいいじゃないか、とシェーンコップなんかは思うわけですよ。ただ、それがヤンにはできない。

――それが、さきほどの「覚悟ができていない」ということなのでしょうか。

作者の僕もどちらかというと「いっそ、やったらんかい！」のほうなんで。「なにやってんだか」と思いつつも、「でも、こいつはこういうやつなんだよな」ってね。だから自分でつくったキャラとは言っても、そのへんでもうすでに作者の思いどおりにはならないわけです。

◆『野望篇』の話

――では、メイン・キャラクター以外についてもお話ししていただきましょう。

はい。

――まずは帝国サイドについてですが。

『アルスラーン戦記』などもそうなんですけど、僕が群像劇のような話を考えるときには、最初にそれぞれの機能で考えるんです。要するに「艦隊司令官がいるよなあ。一〇人くらい必要だよなあ」と。それでポストが決まってから、各役割にふさわしい俳優を選んでいく。配役表があって「じゃあ、この役はこの俳優ね」という感じですね。そして、そのうえでいろいろと性格や境遇の変化をつけていくわけです。

――なるほど。

野球をたとえにしますと、仮にショートが空《あ》いていたとします。で、ショートというとふつう一番理想的なのは小柄で俊敏な選手なんですけど、これをちょっと変えて、大柄のパワーヒッターをあえてもってきてみる。すると、意外に身のこなしが柔らかくてグラブさばきもいい、という風になるのか、予想したとおりに大事なところでトンネルをしてしまうのか。その差で、キャラクターとしての膨らみが出てくるんじゃないか、というところです。小柄で俊敏な選手を配したら配したで、上手の手から水が漏れることもあるでしょう。だけど、これがある程度かたまってくると、今度は作者が「ちょっと変えようか」などと思っても、これがもう変わらない。キャラが勝手に動いていってしまうんです。『銀河英雄伝説』で、どのキャラが、どのあたりからそうなっていったかを個別に説明するのは難しいですけど。

――ではキャラクターの設定はどうなさっているんでしょうか。たとえば、ロイエンタールなどは複雑な過去を持っていたりしますが、そういった細部については、最初から全部考えていたのではないわけですか。

最初、〝有能で、あくまでクール〟ということぐらいは考えていました。『黎明篇』では、それだけで充分なわけです。それが、前にお話ししましたように、生きかたとして単純な（笑）

ラインハルトが全力疾走していくので、誰か屈折したキャラが欲しくなってきたんです。ほんとうにラインハルトというのは、ある意味で単純なキャラクターですね。じつはビッテンフェルトと似ているんですよ（笑）。

——ビッテンフェルトがラインハルトを慕ったのも、そのあたりに理由があるのかもしれませんね。屈折したキャラに話を戻しますと、ラインハルトの生きかたが、ロイエンタールとか、オーベルシュタインを引き出した、ということですか。

いや、オーベルシュタインは案外屈折していないんですよ。あれは屈折していると言うよりは悟ってるんでしょう。「これにはこうしなければいけない、だからこうする」という感じ。まるで方程式をたててから、これしかないという答えを出しているようなところがあるんです。方程式もあって答えも出ているのだから、ほかの方法を採る必要はないわけです。だから存外あの人は屈折してはいない。

——すべての行動には、彼なりの理由付けがあると。

そうですね。だから、彼の行動はすべて彼にとって必然なんでしょう。

——その彼の方程式は、他者に理解できないわけではないですよね。

そう。だから、ビッテンフェルトなんかはえらく腹が立つ。「おまえの言うことなんか、わかりたくねえ」となるわけです（笑）。

——じゃあ、ビッテンフェルトは、オーベルシュタインの言うことを「わかりたくない」だけなわけですか。

わかったらこいつと同じことをするしかなくなっちゃうじゃないか、という感じですかね。ただ、ここが微妙なところなんですが、ビッテンフェルトは、そういった自分自身の行動原理を理解しているのかどうか（笑）。

——一瞬、彼がとても不憫に思えてきました。

ビッテンフェルトにしてみれば、ただ「あいつは気にくわない」だけなんじゃないかなあ、と僕は思いますけどね。

——最初に屈折していると言われたロイエンタールも、彼一人でいては目立たないけど、誰が見てもまっすぐなミッターマイヤーが横にいるから、屈折具合がきわだつわけですよね。

ミッターマイヤーは、あらゆる意味で正道を歩むキャラクターなんです。それに対して、正道は見えているんだけど、わざわざ横に行くキャラクターというのがいるんです。

——そういったキャラクター造形の手法というものは、『銀英伝』以後は変わってきているのでしょうか。

基本的な造形法というのは、あまり変わっていないでしょうね。こういうことを言うと我ながらしらけるんだけど、『銀英伝』でずいぶんいろんなことを勉強させてもらいました。考えついたことはとにかく全部やってみるという感じでした。それで、読者の反応なんかを見て、思いがけない反応などをいただくと「はあ、こういうものなんだな」と。

——意外な反応もありましたか。

そうですね。オーベルシュタインの犬を出したときは、あれほど受けるとは思いませんでしたよ（笑）。

——そうですか。

うん。人名辞典風に言うと、【オーベルシュタイン／オーベルシュタインの犬の飼い主】という感じですね。

——まさか、それはないと思いますが（笑）。

でも、あのときは本当にこちらが面食らうくらい受けましたね。そこにきっぱりと法則性を見いだせたら、商売になるんでしょうけど、そこまで歴然とわかるわけではないんでね。非常に小さなエピソードというのが、実際の歴史のなかでも意外に印象に残っているのと同様、ほんのちょっとしたキャラクターのこだわりとか、あるいはいわば鎧《よろい》のひび割れみたいな部分が、非常に読者の共感を得るんだな、というようなところは、勉強になりました。こういう大それたことはうかつに言うものではないですけど、読者の期待をいい方向に裏切る、このいい方向というのがまたくせ者なんですが、まさかこいつにこういう話があったとは思わなかったというあたりの意外性で、キャラクターの立体的な面が出てくるかな、というようなのを感じることがありましたね。

——オーベルシュタインと犬のシーンは、微妙なバランスで反響があったのはよくわかりますね。ま、それを考えてしまうと、意外性のない人も逆にいるわけですが。誰とは言いませんけど（笑）。

ビッテンフェルトとかね（笑）。

——あとは、ラインハルトですか。

頭の良さと生きかたの単純さというのは、両立するんですよ。頭がいいから複雑な生きかたを選ぶかというと、そうでもないんです。

——ほめ言葉なんでしょうか（笑）。

僕が技法的に学んだことのひとつは、キャラクターをほめれば良いというわけではないということです。むしろ、けなすと読者がかばってくれる（笑）。他社の作品になりますけど、『創竜伝』で言えば、竜堂始は古くさくて、家父長意識が強くて、と書くと、「そこがいいのよ、なに言ってるの」という反応があるわけです。だから長所をいくら並べて書いても、それだけだと道徳の教科書にしかならないんですよ。思慮深くて、優しくて、性格円満で、友達を大切にして、と書いても「ふ〜ん、それで？」となってしまう。あまり、そういった解説をするよりは、具体的な描写を、ちょっとでもいいから書いてあげたほうが良いでしょう。自分が果たしてそれができているかどうかはおいておくとして、キャラクター描写のけっこうポイントになるのは、どうやって短所を魅力的に描くかだろうというのが、今のところの自分なりの結論のひとつですね。

——では、ラインハルトの単純さというのも、魅力のひとつというわけですね。

ですからね、姉ちゃんを連れていった相手が皇帝だったから、帝国をぶっつぶそうという話になったんで、街の小金持ちだったらどうなったかな、と作者は意地悪なことを考えるわけですね。

――なんか、ひどくスケールの小さい『銀河英雄伝説』になりますねえ。

彼のことだから「帝国一の商人になって見返してやる」とか思うかもしれない。あと、街の絵描きに取られたら、『銀河画家伝説』になっていたかもしれないわけです。

――良かったですね、相手が皇帝で（笑）。

作者がいろいろつっこむ余地があって、あの人の人生は楽しいです。

――それで帝国サイドには、惜しまれながらも、若くして亡くなってしまった人もいますねぇ。赤毛の人とか。

うーん。彼を死なせて以来、どっと読者の方から手紙を頂くようになりました。「誰それは殺さないでください」という内容なんです。良識ある人々は、まさか、あそこで彼をぶっ殺すとは思わなかったみたいですね。ですから「この田中芳樹というやつは、黙っておくと何をするかわからんぞ」と、読者の皆さんに危機感を植え付けたというのが、彼の功業と申しましょうか（笑）。

――なるほど。

あれでつくづく、キャラは惜しまれて散るのが華《はな》だなあ、と感じました。

――その人物らしい死に様《ざま》を、いかに演出するかというのも難しそうですね。

僕は以前、『岳飛伝』という作品を編訳させてもらったのですが、岳飛の幼なじみが岳飛の部下になってずっと一緒に戦っていくんです。そして物語が進むにつれて、次々に死んでいく。

大切なのはそのあたりのつらさをきちんと描いていくということですね。

――でもなかには、きちんと死なせられなかった人もいるわけですよね。

ええ。ビッテンフェルトもそうですね。殺そうとしたことがあったというか、戦いのたびにやろうと思ったんだけど、なぜか生き延びちゃうんだよねえ。

――それは、武運というより悪運ですねえ。

現実の歴史にもありますよね。何度戦いに敗れても死なない人がいるかと思えば、初めての敗戦で死んでしまう人もいるのでね。このあたりが他人の目からしてみると面白いところなんですけど。

――彼の戦いぶりを見ていると、いつ死んでもおかしくない気はするんですが。

だから、ビッテンフェルトはもう、大久保彦左衛門になるしかないでしょうね。若いのを集めて「わしらの若い頃はなあ……」って。

――なぜか、ビッテンフェルトの話題がつきませんね。

彼は作者にとって理想的な短所の持ち主だ、ということになるのかな（笑）。

◆『雌伏篇』の話

――では、次は同盟側の人物像についてお聞きしようと思うのですが。

わかりました。でも、同盟にふれる前に、帝国側に関することでひとつ話しておいてもいいですか。登場する細かい固有名詞をどうやって考えたかについてなんですが。

――それは、ぜひお聞きしたいですね。

一九九九年の冬に、僕は作家の赤城毅さんとドイツに行きました。その翌年の夏に参加した日本SF大会でそのことを話しまして、「ブレーメルハーフェンの船舶博物館に行って、ルックナー伯爵の遺品を見てきた」と言ったんですが、その場のみなさんが、きょとんとしていらしたんです。僕の作品世界とどういう関連があるんだろう、ということだったんでしょう。なんとも申しわけない話なのですけど、あとになって説明不足に気付いたんです。実はこれがけっこう『銀英伝』と関連がありまして（笑）。

――そうなんですか。

ええ。ルックナー伯爵という人は、第一次世界大戦のときの、ドイツの海の英雄なんですね。偽装帆船を率いて連合軍側の補給路をぶち切ってまわって、しかも非戦闘員を一人も殺さなかった。全員船に乗せて無事に中立国に送り届けたという人で、戦後になってローマ法王から人道の騎士という称号を受けたんです。空のレッドバロンと並ぶ、ドイツのいわば最後の騎士的なヒーローですね。実はこの人がのっていた船の名前が「ゼーアドラー」といいます。どこかにそういう名前のクラブがありましたね（笑）。

――なるほど。

また、その「ゼーアドラー」号の機関長の名前はキルヒアイス大尉と言います（笑）。それと先日、知り合いの知り合いを介してですけど、ドイツのおばあさんからご質問のお便りをいただきました。そのおばあさんは、何度も日本に来ている親日派だということなんですが、どういう間違いか『銀河英雄伝説』をお知りになって、この小説のなかに自分の住んでいる街の名前が出ているということで、驚き、かつ喜んでくださったんです。その街の名前は「イゼルローン」と申しまして（笑）。

――それはたしかに驚きますね（笑）。

そのおばあさんは、なぜ自分の住んでいる街の名前をそういう風に使ったのだろう、と不思議に思われたということなんですが、これは本当にもう偶然でして、帝国側の要塞の名前を考えているとき、響きが良くて印象に残る名前はないかなあと、ドイツの詳しい地図をにらみながらずっと考えておりました。最初の設定で、帝国側の固有名詞はドイツ風にすると決めていましたから。それで、たしかライン川に近いところだったと記憶しているのですが、イゼルローンという地名を見つけたときに「あ、これだ」と思ったわけです。どうして「これだ」と思ったのか、と聞かれると、非常に玄妙なものがあって、ちょっと答えようがないのですが、とにかく口の中で「イゼルローン、イゼルローン」と何度かつぶやいてみまして「よし、決まった」と。ひとつには、幸いにもその地図にはドイツ語の綴りのほうもちゃんと載っていましたので、作品にそのまま使うことができたということもあります。そのドイツ人のおばあさんに、返事を――もちろん、私は日本語で書いて、知り合いのかたがドイツ語に翻訳してくださったんですけど――差し上げたんですが、良かったなあ「イゼルローンとは呪われた土地で」なんて書かなくて（笑）と、胸をなで下ろしました。

――良かったですね。ドイツのおばあさんを敵に回さなくてすんで。

はい。それでは、同盟の話に入りましょうか。

——あらためてよろしくお願いいたします。同盟にはどこか家族的な雰囲気がありますよね。ヤン・ファミリーとでも言いましょうか、語弊はありますでしょうが、ヤンを中心に「和気あいあいと戦争をしている」感じが彼らの魅力になっている気がします。その裏側というか、同盟全体には、トリューニヒトを頂点とした中央集権政府のいびつさ・醜さもあるのですが。

ヤン・ファミリーという言いかたは、僕は作品中で使っていました？

——作品中では、そのような呼びかたは出てきていないと思います。

そうですよね。僕自身は意識して、そういう家族的な雰囲気を醸し出そうとしたわけではないのです。読者のみなさんがそのような雰囲気を感じ取ってくださっているなら、それは結果としてそうなったということですね。ヤン・ファミリーと言われますと、家業として戦争をやってます、というイメージですねえ（笑）。

——マフィアみたいですね。

もともとヤンとユリアンの関係というのは、ミステリーや冒険小説ではよくある「名探偵と少年助手」というパターンから派生したものです。そんなとき、だいたいにおいて名探偵は推理能力以外は生活能力もなければ社会常識もない。凶悪な殺人犯がいてくれないかぎり、実はなんらレーゾンデートル——存在意義がないというのが、キャラクターとしていわば王道なんです。そういった意味で、ヤンにも強大な敵軍がいてくれないと（笑）。まぁキャラクター造形のポイントとして、だいたい突出した能力がひとつあれば他の何かが欠ける、それがまあ愛嬌というか、かわいげということになるのでしょうけど。このあたりは表現が難しいところなんですけどね。困ったことに、才能もなければ人望もモラルもないという人物もいますけど、そういう人をエンターテインメントの主人公にすえても、誰も買ってはくれません(笑)。僕自身が子供の頃からエンターテインメント小説をずいぶんと読んできて、その過程でごく自然に吸収した王道のやりかたをアウトプットしているはずなんです。ただ、作家にはそれぞれの作風がありますから、僕の場合は王道を歩んだつもりでいて、道の端っこを歩いていることもあるかもしれないなあ、とも思いますけど。

——「名探偵と少年助手」のなかでも、ユリアンはかなりしっかりした性格ですよね。ユリアンは、実はヤンに対して「この人には僕がついていてあげなきゃ」と思っているだけなのかもしれません(笑)。さらにフレデリカも「この人には私がついていてあげなきゃ」と思っている(笑)。

——ヤンの周囲の人は、誰もがそう思っていた可能性が高いのでは……。

そういうことはあるでしょうね。

——だから家族的な雰囲気ができあがったのかもしれませんね。でも、それを不思議な「魅力」とまとめて良いものかどうか(笑)。

ユリアンやフレデリカのそういった「自分がついていてあげなきゃ」という感情は、実は一方的といえば一方的なんですが、それによって自分自身の『ヤン艦隊』におけるレーゾンデートルみたいなのを自覚していくという点では、必ずしも一方的ではないのかもしれません。

——他人に存在意義を与えるのがヤンの「魅力」とも言えるわけですね。

これを実際に作中で書いたかどうか、記憶が定かではないのですが「要するにヤンという者は、周囲の人に向けて〝君がいてくれないと困るんだよ〟と常に呼びかけている」ような人なんですね。少なくとも、周囲にいる人は自分がそう呼びかけられたと思っている。

——そのあたりは、ラインハルトとはタイプが全然違う。

そう、それはもう違います。そのあたり、実際に文章にしたかどうかはともかく、意識してキャラクターづくりをしていました。いま「実際に文章にして」と言いましたが、もし書いていたとしたらちょっと野暮《やぼ》だったかもしれませんね。まぁこうして話していること自体が野暮と言われれば野暮なんですけどね（笑）。

——いや、たいへん興味深いです。でもそれだと、ラインハルトとヤンのどちらを上司にしたいかみたいな話があっても、いっけん仕えるのは楽そうなヤンのほうが、実は大変なのかもしれませんね。

あ、それはいい指摘ですね。私もそう思いますよ。

——ラインハルトは期待に応《こた》えられなかった場合、はっきり言ってくれそうですけど、ヤンなら言ってくれない。ヤンの部下は常に、自分は期待に応えているかを問いかけつづけなければいけないんでしょうね。

そうやって自分自身のレーゾンデートルというものを、ちゃんと把握していないとヤンの傍にはいられないということでしょう。

——ヤンとラインハルトの違いも大きいのでしょうが、同盟側と帝国側の雰囲気はあきらかに違いますよね。

そうですね。

——メルカッツなどは、途中で帝国から同盟へ陣営をうつしたわけですが、余分な苦労をしたかもしれませんね。巨人からトレードに出されて、地方に住むようになった野球選手のような苦労というか、戸惑いを（笑）。

それは非常によい表現ですね（笑）。

——でも、さきほどのヤンの気質からすれば、自分のポジションや役割に自覚的な人間は働きやすいかもしれませんね。

役割といえば、これは以前にもインタビューでお話ししたことなんですが、要するにキャラクターが群像として組織化・集団化されたときには、どうしても必要な役割が出てくるわけです。ですから、職能という点からキャラクターをつくっていくという、いわば逆算方式のような場合もあります。同盟ですと、ムライの場合がそうですね。基本的なキャラクター設計をきめてから、場面場面での反応やセリフを積み重ねていって、トータルなイメージを読者のかたに形成していただく。ただ積み重ねるものは、作品世界のなかではある程度の一貫性をもっていないといけません。読者への説得力がなくなりますから。

——『黎明篇』には、ヤンが幕僚を選ぶシーンがあります。そこには、ファイターであるパトリチェフには将兵の叱咤激励を、ムライには常識論を提示してくれることを期待する、とありましたけど、作者としての思考も、それと似た道筋だったということですか。

そうですね。さきほどの野球の例で言えば、チームのコーチングスタッフを設定するときに通じるものがあったかもしれませんね。

——なるほど。彼にはこういう部分を期待して、ということですものね。

そうです、そうです。ですからヤンの場合、いろいろと奇策を用いるわけですが、その「奇」というのが何に対しての「奇」かと考えた場合、やはり常識や既成観念に対するものなわけです。常識ではこういう道筋に行く、というのがあるからこそ、それをうち破ることもできるわけですから。ですから、乗り越えるにせよ、うち破るにせよ、その基準となる常識を提示できるキャラクターが必要だったわけですね。

——基準がなければ対比できませんからね。

そういうことです。ですから、また野球のたとえになりますが、セオリーとして「監督、ここはバントですよ」と言ってくれるスタッフがいないと、「そうか、セオリーではバントか。では裏をかいてヒッティングだ」などとはならないわけですからね。

——作品世界での常識を提示しないと、奇策も使えないわけですね。

ええ。それがムライの存在意義になるんです。

◆『策謀篇』の話

――それでは、すこし話の方向性を変えまして、『銀英伝』における政治や社会組織に関して、おたずねしたいと思います。「ファミリー的」と言っていた同盟には、もうひとつの側面、トリューニヒトを中心とした政治家たちの権力闘争の場といった面がありますよね。

はい。

――徳間文庫版の解説で、小野不由美さんが『銀河英雄伝説』における政治的対立の図式を考えた場合、独裁主義であるラインハルトに対するものとして存在するのは、ヤンではなく、共和政治制の首班であるトリューニヒトだ」ということを書かれていました。

ええ、ええ。あのときは、やはり小野不由美さんという人はシャープなかただと思いました。作者本人が、「そうだったのかあ」と目から鱗が落ちる思いでしたから（笑）。

――しかし、同盟も最初はアーレ・ハイネセンの遺志を継いだ者を中心として、清廉な共和政治をおこなっていたわけですよね。

そうですね。でもそれは、ある程度型どおりの変化です。理想や理念を実現するためのシステムとして国家をつくったはずなのに、それの維持自体が目的化していく。しかも維持を目的としていくなかで、さらにスケールダウンしていき、ついには「国家」ではなく「政権」の維持が目的となってしまうわけですね。

——どこかの国の話のようですね。

周囲を見渡せば、いくらでも目につく話ではあるのですが（笑）。

——『銀英伝』の展開で面白いのは、同盟が今のお話どおり、どんどんスケールダウンしていくのにあわせるようにして、帝国はだんだん開明的な政治を採り入れていくことですが。

そのあたりは、あくまでもフィクションとしての流れなんですけどね。〝こういうものは必ずこうなっていくんだ〟と言ってしまうと、それは「小説」というよりも組織論についての「書物」になってしまいますからね。

——そうですね。そこで、同盟と帝国のほかにもうひとつ、独自の社会形態を持ったフェザーンがありますよね。この設定はどういう理由でつくられたのですか。

ようするに初代の担当さんとの話で、《銀河三国志》をやりましょう、と。そうなると、帝国と同盟を魏と蜀だとすれば、フェザーンは呉になるわけです。

——なるほど。

一種の第三勢力としての存在ですね。僕としては、『銀英伝』のベースになった『銀河のチェスゲーム』を書いていたときに、主人公二人の対決という図式は決めていました。『項羽と劉邦』というと、ちょっとカッコつけすぎているのですけど……。ただそれでも、主人公たち以外の第三勢力を出しておいたほうがいいのはわかっていました。だけど、その勢力は全体の三分の一をしめるというより、もうちょっと全体の動きをコントロールするような、〝ジョーカー〟みたいな存在にしておこうと思ったのです。

――率先して主導権をにぎるのではなく、いつも重要な役割にあるような？

ええ。その場合、〝ジョーカー〟があまり強大な力を持っていても、ちょっとつまらない。ふたつの勢力のどちらか一方に完全に付いてしまえば、それで均衡は一気に崩れる、というあたりのバランスにしようと。ですから、『黎明篇』で書いた三カ国の勢力比というのは、ずいぶん考えたような気がしますね。こっちに一〇足すと大きくなりすぎるからなあ、とか（笑）。

――国会の政党分布図みたいですね。

そうかもしれない（笑）。ある勢力を取り込んだほうが有利なのは確かなんだけれども、取り込んだばかりに裏で何かされてはたまらないといった感じでしょうか。

――単独過半数をとれるだけの勢力はどこにもないですしね。

だから、ラインハルトのやったことっていうのは、強行採決もいいところでしょうねえ。

――重要なのは、やはりバランスということになりますか。

まあ、バランスというか、シンメトリィというか。

――すこし話を戻しまして、同盟の権力者たちに思いをはせますと、彼らにとってはヤンやヤンを中心とした勢力というのは、さぞや煙たかったでしょうね。

ただそれも、歴史上ではまま見られるものです。中央集権的な国家観からしますと、ヤンたちのような動きはまさに軍閥化もいいところでしょう。だから、あれは私兵集団ではないか、と。

――そうなりますよね。

時の権力者からすれば、そんな集団は潰してしまいたい。政府の一元的なコントロールのもとに置かなければいけない、となります。そういう価値観自体は厳《げん》としてあるわけです。

――たしかに。

ごくシンプルな感情論として、政府そのものに対する信頼が揺らいでいて、大統領や首相のために死ぬのは嫌だけれども、目の前にいるこの将軍のためなら命は惜しくないということはあるわけです。

――気持ちはとてもわかります。

たとえば民主主義国家のアメリカでさえ、第二次大戦のパットン軍団などで、同じような心理的な動きが兵士たちにあった。それをワシントンD.C.から見ると、パットンはクーデターでも起こすのではないか、と警戒する材料になってしまう。そういった中央と最前線との乖離は、常にあると思います。その場合に、最前線で人望のある将軍を呼び戻しては粛清《しゅくせい》するとなると、これはスターリンのやったことになるわけですが。

――いつの時代でも、そういうことはあるわけですね。

そうですね。『岳飛伝』などはまさにそうです。主人公・岳飛の部下たちは、馬鹿な皇帝や奸悪《かんあく》な宰相のために死ぬのは嫌だけれども、岳将軍のためなら命も惜しまない。それを中央政府である朝廷のほうから見ると、「朝廷に忠義を尽くさずに、一個人に忠誠を誓おうとする、あいつらはいったいなんだ」となって、この際、岳飛を殺して、あの軍団は解体してしまえ、ということになる。結局、岳飛は無実の罪を着せられて、殺されてしまうわけですが、歴史学の立場でも、岳飛を殺して軍団を解体したのは、国のために当然のことだという見方があるわけです。

――でも、岳飛を殺してしまったがために、宋は国土を回復できなくなったという見方も。

そうです。それともうひとつ。あいつは国の敵だ、と政府が見なしたら、無実の罪を着せて殺しても良いのか、という問題もありますね。

――同盟政府がヤンを査問にかけているシーンを思いだしますね。あの場合、同盟政府は、ヤンが私兵集団をつくっているのではないかと危惧していても、いざ帝国軍が攻めてきたら、ヤンに最前線に出て戦ってもらわないと、今度は自分たちの存在自体が危ういというジレンマに襲われる。

これは国家というものが存在するかぎりの、永遠のジレンマだと思います。

――相容《あいい》れようがないですものね。

ジレンマだとは思いますが、実は〝国家は永遠ならず〟なわけです。私は二〇年ほど前に、「東欧音楽の旅」というツアーに参加して、ソ連経由で東ドイツとチェコスロバキアに行きました。オペラを見たり、コンサートを聴《き》いたり、バッハの生家《せいか》を見学したりしたのですが、今日、ソ連も東ドイツもチェコスロバキアも、ぜんぶなくなってしまっています。要するに、存在意義《レーゾンデートル》を失った国家というものは、消えるしかないということですね。国家は永遠ではないんです。〝国家は永遠なり〟などというのは妄想、あるいは信仰にすぎないと思いますよ。

――でも、国家は失われましたが人々は残っています。

そうです、そうです。人間と国家をともに〝生き物である〟として見てみると、本質的な違いがよくわかると思います。人間は〝生きている〟ということが存在意義《レーゾンデートル》なんですが、国家というものはそうではないんですね。

――子供の頃には、まさかソ連がなくなるとは思っていませんでした。

お互いにね（笑）。ですから、この二〇年間というのは歴史学上、大きな勉強になる時期だったと思います。〝国家というものは、消えてしまうものなんだ〟ということを、みんなが目の前で見たわけですから。

――その観点でいきますと、『銀英伝』のなかで描かれている、ラインハルトがいてヤンがいる数年間の宇宙というのは、とてもダイナミズムに満ちた期間だったということになりますね。

そう見ていただけるとありがたいですね。

――作品導入部の「銀河系史概略」みたいに、巨視的な判断が後になってくだされるんでしょうね。

「その場にいた人でないと真実はわからない」というのは、あれは嘘ですねえ。

――そうですか。

はい。史実というのは、近くで見ていればよいという話でもないんです。近くで見ているがために、かえって全体像がつかめない。後の方向性はもちろん、目の前で起こっている出来事の意味さえつかめず、混乱していることしかわからないということは、充分に考えられます。

——なるほど。

むしろ何十年もたって、文献しか読んでいない人のほうがかえって全体像を把握できることがあります。

——まさに、作品中にたびたび登場する「後世の歴史家」の視点ですね。

たとえば、第二次大戦のとき、大部分の日本国民は戦艦大和の存在を知らなかったんですよ。あれは完全な軍事機密、情報管制下におかれていて、軍部でもごく一部の人、またその周辺の人以外は、日本で一番大きい戦艦といえば、長門と陸奥だと思っていたわけですから。当然、大和が沈んだことだって、当時の日本国民は知らなかった。

——ないものが沈むことはないですものね。

そういうことです。ただ九州、鹿児島の西海岸に住んでいる人が、空が晴れ渡った、暑い夏の日に海の彼方からものすごい落雷のような音が聞こえてきて「なんだろう」と思った、と。実はそれが大和が沈没したときの音だったんですが、それは戦後になって初めてわかった、という話があります。

——渦に巻き込まれた本人には、その渦の大きさがわからない。

ことさらに報道が管制された状況でなくても、わからないことはままありますね。渦のなかで、自分はぐるぐる回っている。相手も渦の反対側でぐるぐる回っている。外から見れば互いに回っているのだけれど、本人同士は自分たちは止まっていて、周りの世界がぐるぐる動いているように感じていたりする。

——なるほど。

ですから、歴史を再検証するのが楽しいんですね。

——ヤンというキャラクターは、さすがに歴史家志望だけあって、そういった歴史の皮肉や、当事者には事の本質が見えないことも多いという真実を理解していた感じがあります。

うーむ、ちょっとほめすぎかも（笑）。

——ヤンの影響でしょうけど、ユリアンの考えかたにもそういった面が芽生《めば》えていきますよね。「後世の歴史家はヤンという男がいたがために、戦いは長引いたと判断するかもしれない」と言ったシーンがあったと記憶しています。

それこそ、まさに『歴史の皮肉』ということになりますかね。

◆『風雲篇』の話

——話は大きく変わりますが、ユリアンについて、ヤンがキャゼルヌに「ユリアンは同年代の友人がいないのではないか」と心配している場面がありました。でもはたして、ヤンも同年代の友人が多かったのでしょうか。どうも、そうとは思えないのですけど。

ユリアンと同じ年頃は宇宙船で暮らしていたわけですし。

そのことには僕自身の人生、人生というのも大げさですが、それが反映しているのかもしれません。僕にも、小学校なり中学校なりで、それぞれの友達はもちろんいました。子供なりに仲良くもしていいたし、遊んでもいたんですけど、僕の場合はだんだん学校が上にいくに従って、相手とのつきあいかたが深くなるんです。

——と、言いますと。

うん、だから三〇歳を過ぎても、四〇歳を過ぎても新しい友達ができる。しかも、年をくってからの友達のほうが、ずっとつきあいも深いし、話も合うんです。田舎《いなか》にいますとね、大の男が東京の私立大学の文学部にいくなんていうのは、もうカス扱いですよ。もっと人生をまじめに考えろとか言われて（笑）。

——はぁ。

実際に僕は、予備校の講師に「男が文学部なんかに行ってどうするつもりだ」と言われたことがあります。あの頃の大学の文学部には、そういわれた連中が集まってくるわけです。

——そ、それは楽しそうですね（笑）。

だから、人数も少ないわけですよ。僕が通った大学の国文科で、当時は学生が全部で八〇人くらいいたのかな。そのなかで、男子学生は一二、三人なわけですよ。

——やっぱり、ずいぶんと少ないですね。

さらに言えば、僕は高校が男子校でしたので、入学式のとき、新入生の席に座って何気なく周りを見てみると、女子学生ばっかりなんで、なんだかうろたえちゃって（笑）。思わず立ち上がってあたりを見渡すと、一〇メートルくらい先で、ほかの男子学生が立ち上がって、同じように周りを見ているわけ。で、お互い今までの席をたって、隣同士に座って「どうも、どうも」とか言ってね（笑）。

――それは、いい話ですねえ。

要するに、孤立しているわけですよ。地方なんかにいて、本ばっかり読んで、大学は文学部に行こうなんて変人は（笑）。もうすっかり孤立しちゃって、それが当然だと思ってたら、「なんだ、ほかにも変わり者はいるじゃん」となって。しかも大学院に行くなんて、ある意味、さらに人生の選択肢を狭めるようなものですから。研究室で「お互いサラリーマンにはなれそうにないねぇ」とか言ってね（笑）。

――あえて何かを選んだ者同士の友情という感じでしょうか。

そう表現すると、ちょっと美化しすぎですけど（笑）。そうだな、たとえばアニメでもゲームでも、一番受けるのは「選ばれた戦士」でしょう。誰かが選んでくれるわけですね。選んでくれるその誰かというのは何者だ、という根元的な疑問が僕にはあるんです（笑）。

――そうですね。

誰からも選ばれなかったけど、自分たちでわざわざ物好きな道を選んできましたから、僕にとっては、小学校の頃の友達にはもちろん懐かしさはありますけども、四〇歳を過ぎてからできた友達のほうがずっと話も合いますし、価値観も似ていて、大切なわけです。

――なるほど。

ですから、ヤンはこういうところでは自分のことに気付いていないから、ＰＴＡ的感覚で

「ユリアンには同年代の友達がいない」と心配しているわけですけどね。

——なんだか偉そうですものね（笑）。ユリアンが軍人を志《こころざ》したときも「自分の人生なんだから、もう少し考えてみたら」とか言って。

おまえはどうなんだ、って言いたいけど（笑）。だから、このあたりのところは、わりと意図的に読者に突っ込む余地を残して描写をしたつもりなんです。ヤンの友人関係については、そういった感じで僕の人生が反映しているのかもしれませんね。

——なるほど。

ですから、スティーヴン・キングの作品を読んでいてわからないのが、どうしてこの人はこんなに子供時代の友達が懐かしいんだろう、ということですね。これは不思議でしょうがない。それ以後の人生で友達ができなかったのかい（笑）。

——話を『銀英伝』に戻しますと、ヤンやユリアンにしても、それぞれ本意、不本意は別として軍人の道を歩き始めたあとに知り合った友人のほうが、話は合うでしょうしね。

そうでしょう。ラインハルトとキルヒアイスの例というのは、絶対ないとは言い切れませんが、まず現実にはないと思っておいたほうが良いでしょう。

——たまたま家が隣で……。

歴史上、絶無ということはないんです。でも、ゼロに近いと言えるほど、少ない例でしょう。

——ロイエンタールとミッターマイヤーは戦場で知り合ったということでしたが。

あれはあれで歴史上の例はありますね。生まれも育ちも違う二人が、ひとつの戦場に放り込まれて、お互いに命を助け合うことで結びつくという。戦場の例としては珍しくないでしょう。不自然ではないと思いますが。実際の話、戦場での人間関係というのは、非常にシビアですから。たとえば無能な上官に付いていったら自分も含めて、部隊ごと全滅してしまうわけですよ。敗走ということになって、とにかく後方まで逃げるとしても、無能なやつと組んだら、自分自身も生き延びることができない。とにかくお互いに頼れるやつと見込んだ者同士でないと、生きて帰ることができないわけです。

——まさに極限状態ですね。

そうです。さらに言えば、こういった状況で足手まといのやつがいた場合、見捨てないと生きて帰ることができないけれど、本当に見捨てていけるのか、というところでキャラクターの描き分けができますね。

——なるほど。

ですから戦場でお互いを認め合って、という関係というのは不自然ではないと思います。

——子供の頃の友達という話の流れでいきますと、ヤンとボリス・コーネフというのは、果たしてどこまで仲が良かったんでしょうね。

歴史上の人物でいいますと、ナポレオンの軍隊にコルシカ出身の同郷者はいないと思いますですから、子供の頃の友人関係というのは、あまり関係ないんですよ。

——たまたま、親の仕事の都合で出会った以上のものではないということですね。

もちろん、プライベートな思い出話だと話は別ですけど。

——ラインハルトとキルヒアイスの「たまたま家が隣で、たまたま同年代で、たまたまお互いがとても有能で」という確率はどれくらいなんでしょうね（笑）。

あれは百億分の一の確率ですね（笑）。ですからね、ラインハルトにしてみても幼年学校の同級生なんていう人が幕僚にいるかというと、キルヒアイスを除けばいないわけです。

——出てきませんね。

だから、キルヒアイスとの関係は、幼なじみという関係のいわば理想のかたちとしてつくったわけですが、幼年学校でも同じような友人関係ができて、とはさすがにつくることができなかったわけです（笑）。確率論だけで小説を書いているわけではないですけどね。

——なるほど（笑）。

◆『飛翔篇』の話

——『飛翔篇』で、ついにヤンはフレデリカと結婚しました。

いやあ、結婚できましたねえ。めでたいことで（笑）。

——ヤンもフレデリカも、この手の話に関しては不器用でしたね。そういえば『黎明篇』から『野望篇』にかけてで、ヤンは三〇歳という年齢になることにひどくこだわっていたようです。

うーん、僕も若かったですからねえ、あの頃は三〇歳になるのがとても大事なことに思えたんです。

——やっぱりあれはやはり作者の……（笑）。

それを認めてしまうのも、すこしつまらない（笑）。そのあとになると、もう四〇歳になっても別にいいやぁ、という感じだったんですけど。

——私も経験ありますが、いろいろ感慨があるのはたしかですよね。

まあ、現在は少し違うのかもしれないけど、昔は三〇歳というと完全に大人という感じでしたね、二〇代まではアホなことをやっても許されるけれど、三〇歳になったらねえ、というような。今の世の中というのは、そのあたり、少しタガがはずれたという気はしますね。

——そうですね。

要するに、「これから先は若気の至りでは済まないぞ」という感覚や、ちょっとした区切りとかがなくなって、のっぺらぼうになっている感じがあります。気分が若いのは良いのですけど、三〇歳にもなると、社会の中堅の仲間入り、みたいな気が以前はしたでしょう。それが実際にどうなのかはさておくとして。

——たしかにそういった雰囲気はありましたね。執筆からそろそろ三〇年ですから、ずいぶん社会は変化しましたでしょう。

それでもいまだに読んでいただけるのですから、幸せな作品ですよね。

——幸せということで、新婚の二人に話を戻しますとね、二人はどちらがより幸せなのでしょう。とりあえずフレデリカは、いつかヤンと一緒になりたいな、と思っていたわけですよね。

えーとね、彼女は「霞《かすみ》がかかってる」っていうか（笑）。フレデリカから見ると、ヤンの欠点も長所に見えちゃうわけですよね。

——エル・ファシルでの刷り込みですかね（笑）。でもフレデリカは、ずいぶん苦労した人ですよね。

本人はおそらく苦労だとは思っていないでしょうけどね。

——子供の頃にさきほどのエル・ファシル脱出行を体験して、親父さんはクーデターに参画するし、これからもこんなご主人についていくんですから、苦労が絶えるはずもなく……。

それを苦労と思わないくらい、良くできた人なんですよ。きっと。でも、亭主に限っていえば自分の選択でどうにでもなったはずなんですけどね。もっと出来の良い亭主がいくらでもいただろうに（笑）。

——考えれば考えるほどありがたい人ですねえ。

もう菩薩様のような人です（笑）。

——やっぱりヤンは、周りの有能なスタッフに助けられていますね。しかもガチガチの実利タイプ以上に、生活的・家庭的な有能さを持った人たちに。

ですから、キャゼルヌみたいなキャラクターを出してきたのは、軍隊の組織を支えるためにはこういう人が不可欠だし、そういう人をおろそかにしてはいけない、と思ったからなんです。最初はそうだったんですけど、それが組織論やビジネス論にならず、家庭論になっちゃうのが僕の限界です（笑）。

——たしかにキャゼルヌは「有能だ」とは書いてありますが、どこがどう有能かは疑問が残りますね。

そうでしょう。

——キャゼルヌ夫人のオルタンスさんが家庭的に有能なのは、ものすごくよくわかるんですけど。

あのオルタンスさんもねえ、最初はキャゼルヌ夫人とだけ書いていたら、名前はなんというのかという問い合わせがずいぶんとあってね。

——そういえば、次女の名前などは「シャルロット・フィリスの妹」で終わりましたしね。「ウルトラの母」や「バカボンのパパ」といい勝負ですね（笑）。ま、オルタンスさんのほうは読者の要望に応えて名前を出しましたんで、こっちは出してやらない。という（笑）。

——いいんでしょうか（笑）。

あ、結婚とか恋愛について、ひとつ面白いネタがあります。ヤンとフレデリカや『銀英伝』のなかだけじゃなく、そのほかの作品も含めて、僕の書く男女のカップルというのは全部戦友関係なんですよ。

——せんゆう？

戦友。共通の敵に立ち向かうという。

——なるほど……言われてみればそうですね。

だから、僕は復讐物とかも書いたりするんですけど、『モンテ・クリスト伯』からはじまって、いろんな復讐物が世に出ていますよね。そのなかに良くある「敵の片割れの娘と恋仲になる」というのが、僕としては違和感を感じるところなんですね。

――なるほど。

だから、敵同士で愛し合うというのが、僕の作品ではおそらく一度もないはずです。

――……あ、ない。

（笑）ないでしょう。

――ないですね。少なくとも、今は思いつきません。

これって、自分で気がついて分析するのはあまりに馬鹿馬鹿しいから、気付いたままにしておいて分析はしていないんですけどね（笑）。

――（笑）。

これは、田中芳樹の作品世界を理解する上で重要なポイントかもしれない（笑）。

――なるほど（笑）。

だから、原作がある話でいくと、韓正忠と梁紅玉とかね。

――ふむふむ。

僕が「あー、いいカップルだなあ」と思うのは、あの二人のような関係なのかもしれません。

――敵同士の恋というと、『ロミオとジュリエット』からはじまって、とくに珍しい設定ではないんですけどね。

僕の作品には、きれいにないんです。

――ここで「ない」と断言してしまうと、過去の短篇作品を読んだ詳しい読者から「異議あり」と言われてしまうかもしれませんが。

ぱっと思いつく範囲ではないです。僕自身、初期の短篇などにあるかもしれないなあ、とも思いますけど。

――そうですね。

実はこのことに何年か前に自分で気が付いて、ちょっと「やばいかなあ」と思っているんですけどね（笑）。

――（笑）。

でも、まあいいじゃないか、誰にも迷惑を掛けているわけじゃなし、って。僕は身も蓋もないところがあるわけですね。憎んでいるけど愛しているというのがわからない。どっちかにしろよ、と言いたい（笑）。

――ほんとに身も蓋もないですね（笑）。

単細胞なんでしょうね。

――ま、そういうのは面倒くさいですしねえ。

そうそう。

――そうなると、ビッテンフェルトの恋人なんてのが出てこなくて幸いでしたね。猪突猛進の男と戦友関係を築けるのは、やはり猪突猛進の女性なのかもしれませんからねぇ

（笑）。

それは恐ろしい（笑）。でも、たぶんビッテンフェルトは自分自身の好み、というか、好みだと思いこんでいるのはおしとやかな女性ですよ（笑）。

――なるほどねえ。

でも、彼みたいなタイプは案外強いお姉さんがいたりするんだよね。

――あ、いそう。子供の頃、いつも泣かされてたり。

そうそう。「なにやってんの、まったく不甲斐ない」「あ、姉ちゃん」とか言ってうろたえたりね（笑）。

――ヤンは兄弟はいないですね。

いません、いません。

――ユリアンもいない。考えてみれば、兄弟がいるのって少ないですね。

少ないんですよ。ま、実際の話、明記していないだけで、いるかもしれないんですけどね。いちいち身上調書を書いているわけではないので、そこまで書かなかったというわけで。

――はっきりしているのは、キャゼルヌ家の姉妹とかがありますが。

そう、名前はないけど（笑）。でも、実はミュラーには兄弟がぜんぶで一四人とかあるかもしれない。

――あぁ（笑）。

そこのあたりは書いていないですから、わからないですね。

――でも、キャラクターを通じて育った環境を想像するというのは、読者の楽しみかもしれませんね。アイゼナッハなどは、さぞや静かな家に育ったとか。

逆かもしれない。あまりにうるさい家だったので、自分だけは黙っているようになったとか（笑）。

――なるほど。

でも、ビッテンフェルトってのも単なる脇役だったはずなのに、どうしてこんなに想像させるんだろう。

――存在、大きいですよね。こうしてみると、兄弟とか家族という視点で見るのも面白いですね。

歴史物を書いていると、家族のことまでは書けないし、書く必要もないんですけどね。ナポレオンのネー元帥の家族構成、知ってる？　という話になってしまう。

――そうですね。

ただ、これは読者からの指摘なんですけど、「田中さんの作品では男は、たいてい独身主義者か、マイホーム主義者のよき家庭人ですよね」と言われたことがあります。あ、そうかもしれない、と思って。

――なるほど（笑）。

マイホーム主義というか、愛妻家というか。

――愛妻家、ですか。

愛妻家ということにしておきましょうよ（笑）。

◆『怒濤篇』の話

——今まではキャラクターの話が多かったんですけど、『銀英伝』を構成する大きな要素となっている、軍事的な側面についてお聞かせください。まずは単刀直入に、田中さんは戦争自体に興味ってあったんでしょうか？

うーむ（笑）。

——男の子ってどうしても、陣取り合戦からはじまって、なんとなく戦争について興味を持つ時期がありませんか。

そう、それはあります。どう言ったらいいのでしょう。もちろん興味はありましたが歴史となってしまったような戦争のほうにより興味があるんです。ですから変な言いかたになりますけど、「その戦争を直接見た」という人がいるような戦争っていうのには、実はあまり興味がない。

——『銀英伝』を読んでいると「ハンニバルの作戦」とかが、さりげなく鏤《ちりば》められていますね。

僕が何かに興味を持つ場合には、あまり直接的なものよりも、ちょっと間に何かをおいたほうがいいみたいです。戦争なんかにしても、間に文献資料などがはさまっていて、それで全体像が把握できるような感じになっているほうがいいみたいです。だから、映画にしても西洋チヤンバラ（笑）は好きなんだけど、第二次世界大戦もの、それ以降のものってのはあまり興味がない。

——第二次大戦前、たとえば日露戦争とか。近代の戦争でここから先は興味が薄いというような区切りはありますか。

むしろ、もっと古いほうにいってしまいますね。

——それこそ、古代中国の戦いとかでしょうか。

それこそハンニバルとか。『銀英伝』の、あの星から星へという戦いのやりかたは、明らかにモンゴルの騎馬戦法からきていますし。

——と、言いますと。

中国のほうは置いておくとして、モンゴルが西のほうへ攻め込んでいったときのやりかたは、沙漠のオアシスからオアシスへ、という感じなんですね。つまり沙漠である空間というのは意味がないんです。あるオアシス都市を占拠して、次のオアシス都市へ行く。途中の空間っていうのは、双方にとって何の価値もなくてというような状況は、意外に宇宙空間を星から星へ、というのに似ているのではないか、と考えたんです。

——それは書かれる前から思われていたのですか。

そうなんです。書きはじめたときにはすでにありました。ですから、どこかでそれを思いついた瞬間というのがあったはずなんですけど、そのきっかけというのが、今となってはよくわからない。

――歴史上の戦争の記録とかは、子供の頃に学校の図書館で読みはじめたんですか？　古代の戦争の記録なんて、案外ないんですよね（笑）。

――ことに小学校、中学校ではあまりないでしょうね。

ええ。僕が子供の頃読んだのは偕成社の『目でみる世界の歴史』（全八巻）というので。あれがわりと物語風になっていて面白かった。ハンニバルなんかも、そこで知ったわけです。だから、戦争自体に興味があったというより、歴史に興味があって、その歴史のなかで一番目に見えて派手なのが戦争だった、ということでしょう。

――やっぱり、戦争そのものよりも、そこにいた人たちに興味があったのですか。

ですから、軍事理論に興味がありますかとときどき聞かれるけれど、実は理論自体には興味がない。実際の戦いで、その理論がどうやって生かされたかが大事。だから「理論→戦争→歴史」という矢印ではないですね。むしろ逆です。

――軍事論的なクラウゼヴィッツや孫子などからはいっていったわけではない？

それはなかったですね。

――攻める側がいて攻められる側があるという、あくまでもそういう人の動きも興味の対象だったのでしょうか。

しいて言えばそういう感じですね。まあ、一応『孫子』も読んだんだけど、実のところ、それ自体は面白いと思わなかった。言っていることひとつひとつはたいしたことなんです。だから言って面白いか、というと、それはまた別でね（笑）。クラウゼヴィッツなんかは、あとから言われて読んだんだけど「だから何なんだ」という気しかしなかったんで（笑）。理論があって、それに則《のっと》って戦争をするヤツがいたらお目に掛かりたいな、というくらいなもので。

——さきほどの沙漠の戦いのたとえに倣《なら》いますと、オアシス都市の攻防だと、どこで防衛線を張るか、つまり相手を引き込むのか、手前で迎え撃つのかが戦いのパターンになりますが、『銀英伝』には数多くのバリエーションが登場しますよね。

実際の戦闘では、ひとつの作戦で勝ったものは、失敗するまではそれを踏襲して続けるものなんです。リアリズムの面からすると、むしろそのほうが正しくて、このあいだはこうしたから、今度はこうしてみようとか、バリエーションがあるほうがかえってフィクション性が強まるんですね。小説としては二律背反になりますけど、ちょっと面白いですね。

——武器や兵器についての興味はいかがなんですか。

そっちのほうはあまりなかったですね。アニメ化のときでも、各戦艦の装備などについて、どうしましょうか、と聞かれたんですけど、「文章ではっきり書いてあるところさえ押さえていただけたら、あとはご自由に」という感じでした。兵器とか武器の話は、もっと詳しい人がいらっしゃるので。

——とはいえ、新兵器なども出てきましたよね、ゼッフル粒子とか。

ですからそういう風に出てくるものは、最初に考えていたものなんですよ。最初に考えていたものがなくなったら、あとはもういいや、という感じだし、むしろ兵器の威力よりは戦術・戦略でやっていこうという感じでしたね。

――ゼッフル粒子などは、宇宙戦艦の閉鎖空間のなかでチャンバラをやらせるにはどうしたら良いか、という考えから出てきたのかな、という気がしますけど。

そうです。そうです。結局そういうこと。他社の作品だけど『七都市物語』なんかもそうなんですけどね。無限に破壊力が大きくなって、ボタンひとつ押すだけだったらつまらないから、制約をつけて。

――『銀英伝』に書かれていた「戦略と戦術の差」というのは、すごく印象に残る言葉だったのですが、それはもともと書きたいと意識されていたのでしょうか。

それまでのスペース・オペラでは、このあたりが混同されていた感じで、そこにこだわった作品というのを知りませんでした。そこで戦略型の指揮官と戦術型の指揮官を書き分けていくことができたらなあと、そう思ったのですけど。

――では、「戦略と戦術」の書き分けというのは、『銀英伝』を書く上でひとつのポイントだったりしたわけですか。

ええ、ポイントではありました。ただ、これほどクローズアップされるとは思いませんでしたけど(笑)。

――本文中で、戦略と戦術を山登りにたとえた、わかりやすい表現がありましたね。

あれは要するに、素人《しろうと》としての僕が、イメージを摑むのに用いたモデルでして、自分としては納得したので読者のかたにも納得していただけるかな、というので書いたのですが。

――いろいろな戦略・戦術が入り乱れた会戦のエピソードが、『銀英伝』にありますが、そのうち、これは書きやすかった、このときはアイディアがすぐに浮かばなくて苦労したとかありますか？

うーん、はっきり言ってそこまでは覚えていないんですよね。実際の話、最初から全十巻になるとは思わずにぶち込んでいったから、それを考えると、後になるほどきつかったんだろうなあ、とは思うんですけど、その頃には戦闘描写の苦労っていうのは作品世界全体を収束させる苦労のなかに飲み込まれてしまっているので、独立して、ことさら苦労したという覚えはないですね。

——戦いには集団の陣取り合戦的なものと、一対一の白兵戦がありますが……。

マクロの戦略とミクロの個人戦闘とのあいだには無限の階段があって、それぞれに面白いですね。それはどちらもそれなりに興味があったので、シェーンコップとかでそんなシーンを書きましたけれど……ただ『銀英伝』の場合は、わりとそれまで書いていなかったところを書きたかったんです。次から次へ新兵器が出てきて、というのも趣味ではなかったですし（笑）、前線にいる個人と、その個人が見聞きできる範囲内での話ってのも、どうもつまらないし、というような感じだったんですよね。

——描かれた戦闘には、個から集団までかなり大きな振幅がありますね。

ええ。ただ、それは現実の戦争でも言えることで。湾岸戦争のとき、ボタンひとつを押して何百人、これは「消えた」という感覚なんでしょう。そのようなものと、生身をぶつけあって、相手の生命を絶ったという感覚というのは全然違うと思うのです。そのふたつのレベルの話を書き分けていけたらいいな、と思っていたので。

——艦隊を持てる人間が帝国側にはぞろぞろいましたけど、同盟側はヤンのほかにはあまり……。

う〜ん、本当はもうちょっとヤンのほかにもいたんでしょうけど、なんせ『黎明篇』の終わりでことごとく死んじゃった（笑）。あとになって「しまった〜」と思うことも。持ち駒つかっちゃったって。

——アッテンボローは有能なはずですけど、ヤンがいるから目立たないですよね。

アッテンボローの場合、きっちりと別働隊を指揮できる、別働隊の仕事がこなせる指揮官としてつくっていったわけです。あれもどんどん書いているうちに、妙な味が付いてきましたけど（笑）。まあ、実のところ、「こういう未来の戦闘では個人の力量というものは関係ない。経済力と技術力ですべて決まる」というご意見をいただいたこともあるのですが、そういうものを書いて、誰が読んでくれるの？　という話なのでね（笑）。

——読者としても、ビッテンフェルトが艦隊を率いて出撃していくと、「あ、また負けて帰ってくるんだろうなあ」と思ってしまうし、それが楽しい。

ええ。これは、エンターテインメントですからねえ。ただ、こいつが出ていったらこうなるだろうというのは、そのキャラクター一人に限ればそうなんですけど、相手がいることですからねえ。そこのところでの敵味方の組み合わせが、けっこう反映されるんじゃないかな、と。だから、相手側の性格によれば、ひょっとするとビッテンフェルトが慎重に見える戦いがあったとしても良かったんですが（笑）。

——ビッテンフェルトが慎重に見える相手ですか？（笑）

ま、そこまでの設定をしなかったんで。でも、そこのところで読者に「それはないでしょう」と言わせてしまったら、それはそのキャラクターをそういう具合につくって浸透させた作者の勝ちだな、とか、うぬぼれるわけですよ（笑）。

——なるほど（笑）。『怒濤篇』の同盟最後の戦いで、ビュコックが戦死します。これについて、何かコメントはありますか？

いやあ、ビュコックのおじいちゃんにはね、いい死にかたをしてもらおうと思って、いろいろ考えました。ビュコックが生き残っても、それなりの話というのはできるのですが、でも、ビュコック自身が多分、死にたかっただろうな、と思います。

——〝パン屋の二代目〟チュン・ウー・チェンが、ビュコックの横にいましたが。

あれはおじいちゃんが死ぬときには誰かを付けてやろうとは思っていたんですね。ただ、それが誰になるかというのはかなりあとまで決まらなかった。あれはもうある程度の流れというものなので。

——あの二人の最後というのは、本当に名シーンだと思います。

もっと若いやつだったら、ビュコックのおじいちゃんに怒られて泣く泣く出ていくとか、そういうシチュエーションになったかな、と思うんですけどね。

——ビュコックとラインハルトの最後のやりとりは印象深いです。

ありがとうございます。まあ、そういう場合、それまでつくってきたキャラクターにそぐわないセリフを言わせるとどうしても浮いてしまう。そこにフィクションなりの必然性というのが必要になってきます。このキャラクターならこういうセリフを言うだろうな、というのを読者に納得してもらわないといけないので。ここまできてしまうと、ある程度流れというものがあるので、今までにつくりあげてきたモノを壊さないようにと、書きかたとしては保守的に、コンサバティブな感じになっているかもしれないんです。そこのところが実に微妙なところでして、そこで読者が納得できるように納めるか、あるいは、さらに読者の神経をさかなでするような、いわば挑発的な書きかたをするか、というのは、またひとつの選択なんですけども。あまり後者のほうは僕は考えなかった。ここでそういうことをしても仕方がない（笑）。

◆『乱離篇』の話

——ここでは、何よりもヤン・ウェンリーのことを、いろいろお聞きしたいと思います。田中さんはヤンの人気について、当時どう思われていました？

うーん、あれも不思議でしたねえ（笑）。

——そうなんですか？

ええ。

——狙ったものではない？

狙ったものではないですね。狙ったというならラインハルトのほうなんですよ（笑）。要するにこれはもう、二人一組という感じでキャラクターづくりをやっていったから、まあ、対比的になるように。

——以前にもおっしゃっていましたよね。

そうそう。ラインハルトは名前から言っても顔が良くなければ、読者が何百人いるか知らないけど、納得すまいなあ、と。とはいえ、こっち《ヤン》はブオトコと書くのは可哀相だから……。

——（笑）。

それくらいのところでしたねえ（笑）。二人の年齢差が九歳っていうことは、はっきりとあったんですけど、それ以外は特に細工のしようもなくて。

——ヤンは、年上から可愛がられるタイプでもありましたね。

あー、うん。ビュコックのおじいちゃんあたりからね。しようがねえ若い衆だなあ、という感じではあるけど。

——年上といえば、メルカッツも、ヤンを好きだったんでしょうね（笑）。

そう言われると困るなあ。あの人の場合は忠誠の対象が違いますからねえ。ヤンを軍人としては高く評価していたし、人間としても決して嫌いではなかったと思いますけど。好きというのとも、また違ったでしょうねえ。そもそも好き嫌いで人を判断してはいけないという躾《しつけ》を受けてきた人だったのではないでしょうか（笑）。

——たしかに、そんな気がします。メルカッツはヤンという人物に対して、一番客観的な評価のできる人だったのかも知れませんね。

そういうことはあるでしょうね。

——読者のなかには、ヤンと田中さんをシンクロさせて見ている人が多いようですが。

ない、全然ない（笑）。書いた側としては、そういうつもりは本当にありません。自分を主人公にしてスペオペ書くほど図々しくはないつもりなんですが（笑）。

——（笑）。書きやすかったりはしませんでしたか？

ラインハルトに比べて、ヤンのほうが書きやすかったでしょう、と言われることは多いのですが、実はそうでもなくってね。ラインハルトのほうが、変な言いかたになりますけどつくりやすかったですよ。きっちりと様式美にはめ込めますのでね。

——なるほど。

ですから、ヤンのほうはそれを一歩ずつ外していった。これはまるきり正反対にしても、右へ動けば左、という感じになってってかえって面白くないので、ちょっとずらしていくという感じですね。ですから、ラインハルトがこう動けば、ヤンの行動はそれをずらして設定していけば良かったのですが、ヤンのほうから行動するときには、何を基準にして「外すか」がすごく難しいという、ちょっとねじれた問題が出てきました（笑）。

——そもそもラインハルトに対応するキャラクターに、東洋系を持ってきた意図はどの辺にあるのですか。スペオペで東洋系のキャラクター、ってあまりなかったですよね。

そう、不思議といえば不思議。ずっと以前、豊田有恒さんがインタビューか何かのあとがきで、日本人を主人公にしてスペオペってのは書きづらいっておっしゃっていたんですよ。僕は一ファンとしてそれを読んで「あ、そういうものなのかあ、へえ」と思っていたところが、あったのかもしれない。それで銀河帝国というのがあのような具合に特定のエスニックになるのならば、もう一方は混成軍になるだろうと考えているうちに、ヤンという名前が妙にはまっちゃったんですね。

――理屈ではないわけですね。

そうなんです。「ペトロ？　違うなあ」「カスティアーノ？　なんか違うなあ」とかね（笑）。

――ヤンの自由人という感じは、中国系でも中華人民共和国というより、香港や台湾という感じですね。

香港人、そうですね。あれがまあ、自由でアナーキーな人々の集合体で（笑）。

――書かれていた当時、香港や中国に行かれたことは？

『銀英伝』を書いていた頃には、行ったことはなかったです。僕が初めて海外に行ったのは『銀英伝』を終えてからですから。それまでは中国だろうが香港だろうが、どこにも行ってないんです。

――それは意外ですね。では大学で中国系のお友達がいたということは？

それもないです。その頃知っている中国人といえば王貞治くらい（笑）。陳舜臣先生の作品は読ませていただいておりましたが、直接の知り合いというのはいませんでした。

――では、具体的な人物として中国系が頭にあったわけではないんですね。

ではないですね。ふと、出てきた。

――『銀英伝』を書きはじめた頃は、ヤンのほうが年上でしたっけ？

いや、ほとんど同じ。だから三〇歳になっちゃったよぉ、というのが、ね（笑）。

――かなりこだわっていましたよね。でも、そのあたりで読者に誤解を生んだのではないですか？　これは絶対に作者がモデルに違いない、と（笑）。

うーん、まあ、あえて否定はしないけど、キャラクターをつくるときには、何かにこだわらせるのでねえ。絶体絶命のピンチでも好き嫌いにこだわる、というのは小道具としては実によいので。おかげで僕が珈琲などを飲んでいると、裏切り者と呼ばれたりする。許してくださいよぉ、という気分なんですけどね（笑）。

――（笑）。

むしろ、珈琲を飲むほうが多いんですけどね。

――「泥水」とか書いちゃってましたからねえ。

うーん、いや、「泥水だなあ」と思いつつ飲んではおります（笑）。

――ファンからのプレゼントでお酒も多かったんじゃあないですか。

ええ。ブランデー。「紅茶に入れてください」って。とてもありがたい、涙が出るようなご厚意なんだけど。

――その頃も、田中さんはあまりお酒を飲まれてはいなかった？

まあつきあい程度は。大学院に行っていた頃が、いま考えると一番飲んでいたんだけど、それでも人並みいくかどうか、というところですからね。

――ヤンって、けっこう酒好きでしたよね。でも、しょっちゅう飲んでいるような印象があるけど、多量には飲んでいないのかな、という気もしますね。一升瓶をあけるタイプではないでしょう。

ま、好きでもないけどいくらでも飲めるぜ、っていうのはシェーンコップでしょうか（笑）。

――でも、シェーンコップは一升瓶を抱えているのが似合いそうですよね。帝国軍は一升瓶という感じじゃないかな。

以前にもお話ししたような気がしますが、気分的には昼に同盟軍を書いて、夜に帝国軍を書くという感じかな。ビッテンフェルトは夕方だったりするんですけど（笑）。

――ラインハルトもけっこう飲んでますけど、酒強いんですかね。

まあ、強いと好きとはまた別だしね。あの人の場合は絵にして様《さま》になるというような感じで設定していった部分が多いので。

――そう考えると、あまり下戸《げこ》のイメージという人間はいませんね。帝国にせよ、同盟にせよ。

うん。そう考えてみると、お酒というのは大人と子供を画するわりと明確な小道具ですから、よく使ったのかもしれません。

――たしかに、酒・煙草・女性というのはみっともなくもなる要素を含んでいるものですけど、『銀英伝』ではそれぞれが自分の分をわきまえていて、みっともなくなっていないですね。

それにしても、シェーンコップってのは、あれほどやりたい放題のことをやらせていても嫌われない。だから僕が思ったのは、スケベだから嫌われるということはないんだな、と。女性に対してアンフェアなことをしなければいいのかな、と気がついたのがひとつの収穫としてありましたね。ただ、なにぶんにもマメでないと（笑）。

——なるほど（笑）。

単にスケベなだけでは仕方がないので、ちゃんと実力がないとダメみたい（笑）。シェーンコップにしても、ポプランにしても、本業というと変だけど、そちらの実績はきちんとあるわけですから。

——さきほど言いましたとおり、分がきちんと合っているというか、生きるべき生き方をみんなしているという感じでしょうか。

そういうことでしょうね。とりあえず『銀英伝』に関してもらったファンレターのなかで、わりと印象に残っているのは、今までは大人になるのがイヤだったんだけど、『銀英伝』を読んで、すてきな大人になりたいと思いました、というのがあって。それはすごく印象に残ってます。

——それは嬉しいファンレターですね。

ええ。

——ヤンの最期を書いた『乱離篇』には、反響も凄かったのではないですか？

ええ。でも、仕方がないよな、という感じ（笑）ですね。本当はもっと早く死んでいるはずだったんだから。

――え、そうなんですか。

そうなんです。もともと、本当にこの作品のもとになった『銀河のチェスゲーム』での設定では、昔々、銀河のあるところでこういうことがあったよ、というのを後世に伝える話でしたし。第一部、第二部に分けるとしたら、だいたい第一部、真ん中あたりでヤンは死んで、あとはユリアンに話が移るという予定だったんです。

――では、半分くらいで死んでいてもおかしくはなかったということですか。

ええ。おかしくなかったですね。それがまあ、死に損ねたモノだから（笑）。

――『銀河英雄伝説』というタイトルの〝英雄〟は、ヤンとラインハルトの二人というわけではなかったんですよね。

うん、それはないんですよ。英雄ってのは読んだ人が決めてくれればいいやって思ってましたし。

――英雄たちの話を書くということだけで。

はい。

――ヤンは生き延びることで、より英雄に近づいてしまったんですね。

うん、そうですね。まあ、あれほどもてるはずはなかったのに、もてたんだから、まあヨシとしてもらわないと（笑）。

――では、ヤンの死に場所というのは、どのあたりで見えてきたのでしょう。

第二部をはじめたときには、さてどうやって殺そうか、と、それだけ（笑）。だから『飛翔篇』あたりから、ちらちらとそれらしいことを匂わせたりもしたんです。いきなり伏線もなく死んだのでは、読者から袋だたきになるのはともかく、作家として工夫がなさすぎるから（笑）。

——ヤンの死が、戦闘中の死ではなく、あのようなかたちになるというのも、ずいぶん前からのアイディアだったのでしょうか。

うーん、そうですね。極端なことを言えば、書きはじめたときからそのあたりは考えていたんですよ。だって、戦死というガラじゃないなあというのもあったんで。たとえばネルソンみたいに、自分は死んだけれども大勝利を得て、というと、それもちょっとかっこよすぎる、とかね（笑）。

——フォークをあそこで使おう、というのは、フォークが入院させられたシーンを書いたときから決めていたわけですか。

実は、これは決めていたんです。だから殺さなかったんですよ。

——では、その段階で、すでにヤンは暗殺されることになっていたわけですね。

ええ、それはありました。ヤンは敵の手に掛かって華々しく散るよりは、味方に足を引っ張られてこける、という（笑）。

——本人は足元見てませんでしたしねえ。

ヤンっていうのは案外つまらないヤツに足を引っ張られてこけるだろうなあ、というのは、わりと以前からあったものでして（笑）。

——歴史的に見てもよくあることなのかもしれませんね。

案外、よくあることだとは思うのですけど。

——これは小説の書きかたの話にもなるのですが、ヤン・ウェンリーが何者かに暗殺されたといったときに、ヤンの仲間たちは、敵対する帝国、もしくは同盟内でヤンを快《こころよ》く思わない勢力のどちらかがやったと考えるでしょう。そこで彼らがどう思ったかによって、小説の今後が変わってきてしまう、それくらいのターニングポイントだったはずなのですが。

うーん、はっきり覚えていないのですよ。でも、そこのところまで話を持ってきたわけですから、ラインハルトというのは敵だけれども、こういう手段を弄するやつではないという作品中での人物評価というのを確立させておかねばならないな、というのは感じていました。

——それも、ヤンが死ぬというのを決めたくらいから、同時にやっていこうと思われたわけですか。

そうです。

——ラインハルトが仮に暗殺という手段を選んだとしたら、読者は「らしくない」と感じるわけでしょうし。

結局そういうことなのですよ。要するにそういう手段をとるのは、もうラインハルトのプライドが許さないというね。そういうことです。

――ただ、ラインハルトは、ときどき自分よりも格下の人間に対して無頓着ですよね。

ええ、ええ（笑）

――人間の「げす」な部分を、苦労人なんだけど意外に見ていないですよね。

そういうところはあります（笑）。だからラインハルトってのは、自分と同レベルの人間ってのにはよくわかるんだけど、下にはわからないし、ラインハルト自身もあまり下のことはわからない。

――このヤンの死に関して、ラインハルトが一番悔しかったのかもしれませんね。いわばヤンの「勝ち逃げ」で、なんというか、アカンべされているような（笑）。

そうなんです。あいつを倒すのは自分しかいないと思っていたのに、けたぐりかまされたような（笑）。「なんだ、あれは！」という感じなのかな（笑）。

――手紙とかたくさん来たんですか。

ええ、はいはい。来ました、来ました。でも、あの頃の手紙って、申し訳ないけどほとんど読めていなかったんですよ。それを読んで、いちいち頷いているヒマはなかったんですね、正直（笑）。巻が進むごとに、また誰かが死ぬし、とかね。

――あの頃でしたか、「皆殺しの田中」と呼ばれはじめたのは（笑）。

うーん、もうだから浸っているヒマはなかったですね。それどころじゃなかったという感じでね。

――かなり大変だったようですね。

それは大変でしたよ、なけなしの精神エネルギーを全部注ぎ込んだから。

――ヤン・ウェンリーが死ぬと言うことは、『銀英伝』を書き進めていくなかで、だいたいのエンディングは見えてきている時期だったと思うのですが、やはり一山越えたという印象は持っていらしたのでしたか。

いや、全然（きっぱり）。要するにね、六巻以降、第二部にはいると物語を収束させる方向に思考がいっているわけで、とにかく最後の最後にくるまで開放感ってのは全然ないんですよ。これを越えるともっとキツイ坂が待っている、という感じでしたからねえ。充実感はあったけど、疲れかたは半端じゃなかったです。

――本当にお疲れさまでした。

◆『回天篇』の話

――では、ロイエンタールについてお聞きしましょう。彼もまた読者人気の高いキャラクターですよね。

親としてはありがたく思っております（笑）。

――以前田中さんは「ヤンは建設的に屈折してる」とおっしゃいましたけど、屈折というイメージは、ロイエンタールにも強く符合します。彼は〝建設的〟ではなかったかもしれませんけど、前向きだった気がします。

前向き、ですかね。

——後ろ向きとは思えないですけど。

さぁて、そのへんはちょっと難しいところがある。実のところロイエンタールの性格に関しては、もう女性読者のかたがいろいろ分析してくださってて、僕の出る幕じゃあないような気もするんですが（笑）。

——そうおっしゃらずに（笑）。ラインハルトやミッターマイヤーと出会わなければ、違っていたように思えますよね。

うーん、そこのところでは、僕が言わないほうがいいのかもしれませんが……出会いがあったから救われたのか、あるいはもう無意識のうちに、誰かに救われることを求めていたから、たまたまラインハルトとかミッターマイヤーみたいな、変な言いかただけどキャラクターのレベルの高い相手に出会えたのかもしれない。ひょっとしたら、もっとくだらないのに引っかかってたという可能性もないではないんですよね。

——ミッターマイヤーみたいな性善説にのっとったような人物に出会えたのが幸運だったんでしょうか。

うーん……性善説とまでは考えてなかったですけど。まあどっちかというと「健全」なキャラですよね（笑）。

——文部科学省推薦、悪いことしたことないいんじゃないかっていうキャラですよね。

でもずいぶん死なせてますよ、敵味方（笑）。

——忘れていました。よく考えたら軍人ですからね（笑）。

そうですよ（笑）。でも、たとえばロイエンタールみたいなキャラがもっとくだらない相手に引っかかってどんどん堕ちていく、というような話ではないですからね、最初から（笑）。そういう話を書く気は、僕は全然なかったし。

——別の話になっちゃいますね。それでロイエンタールの最期なんですが、彼は満足して死んでいったんですよね。

ほぼ本望だったろうなとは思いますね。だから「なんで殺した？」っていう読者からの反応はほとんどなかったんですよ。まあ、僕としても、なるべくいい死にかたをさせてはやりたかったですし。結局『銀英伝』で何が一番苦労したというか、意識したのは、それぞれのキャラにとってのふさわしい死にかたを当てはめていくことだったんですよ。ですから逆に言うとそれが見つからなかったのでとうとう……ポプランなんかは生き延びてしまいました（笑）。

——ビッテンフェルトとか。

そう。ビッテンフェルトなんかは、ずっと平和な時代になってから口やかましいじいさんになって、「明日も若いもんに説教してやろう」と思って風呂から上がったら、石鹸《せっけん》踏んで転んで、頭打って……というような最期が案外ふさわしいかと思うんです。あれだけの戦場を生き残って、石鹸に殺された、というようなね（笑）。けどまあ、そのへんはもう、あえて書くのも野暮だしな、というところでしてね。

——なるほど（笑）。『銀英伝』における〝悪〟についてお聞きしたいと思っていたんですが、その前に、先ほどちょっと触れましたが、田中さんは「性善説／性悪説」という分けかたに関して、何かお考えかたなどおありになります？

うーん、性善説と性悪説については考えたこともあるけども、結局いろいろな現象に出会うごとに印象が変わってくるので、もう結論を出すのはやめました（笑）。

——それはいつぐらいのことですか？

いやぁ、もうずっと、なんかあるたびに考えたんですけど。『銀英伝』を書くころには「結論の出しようがないな」と思ってましたね。

——『銀英伝』において、〝悪〟の役割を果たした人間というと、同盟だとトリューニヒト、帝国だとオーベルシュタインが代表的だと思いますが、その差や個性を、どうしてつけていったかをお聞かせ願えますか。

そうですね……悪とは何か、という抽象的なところから入っていったんじゃなくて、先にキャラクターができましたのでねえ。ヤンのセリフで「人間ってのは悪を悪と知った上でやれるほど強くはないんで、自分の正しさを信じてるんだと思う」というのがあったと思うんですけど……うーん、たぶんあったんじゃないかと思うんですが。どうでしたっけ？（笑）

——でも、たとえばオーベルシュタインは、自分のやることが通常の価値判断からすると認められないとわかってやっている人ですよね。

そうです。

——わかっていても、心が痛まない。

ええ。そこらへんのところで「やな奴だ」と思う読者のかたもいれば、「いや実はそこがいい」とおっしゃる読者のかたもいて、受け取りかたもさまざまだと思います。だから、読者のかたにお任せというところがあるんですけど、その「世間から何と言われようと」というのは、実はかなり落とし穴のようなところがありますね。非常に冷静に自分自身を観察して、歴史のなかにおける自分自身の役割を自覚してる場合もあれば、まあ単なる自己陶酔という場合もありますから（笑）。

――なるほど。しかしオーベルシュタインは自己陶酔型ではないですよね。

ええ。歴史的な過程のなかで、こういう役割を果たさなきゃならない人っていうのはやっぱりいるみたいなんですよね。それは日本の明治時代だったら大久保利通であったりとか、あるいはロシア革命のときにKGBの前身のボス、秘密警察の創立者だったジェルジンスキーとか。そういう人が出てこないと、国家的な転換期ってのはどうしても乗り切れないのかもしれない。ただそのときに……どう言ったらいいのかな、彼らは自分の正義に殉じてるわけなんですけども、正義というものには相対性があるので、〝やられるほうにしてみりゃたまったもんじゃない〟という視点を、僕はいつも忘れたくないのですね。まあそこのとこで「国家にとっては必要悪なんだ」と言い切ってしまえるほど、僕は国家というものを信じてませんのでね（笑）。

――わかります。ただ、集団となった人間になんらかの秩序は必要になるでしょうし、その場合「国家」という単位がベストということになっていますよね。

結局、いったん国家というものが成立したのちの歴史を生きてる人間にとっては、国家がないとどうしようもないという限界を見てしまうけど、「国家というものがなくてはこまる」と思わせるところがすでに企《たくら》みかもしれないぞ、というような気持ちもあって（笑）、なかなか一筋縄ではいかないんです。まあ、国家という存在そのものが必要悪であるから、もうその枠内で可能なかぎり犠牲というか、そういうのを少なくしていくしかないんじゃないか、というあたりがたぶん一番現実的な方策なんだろうなとは思いますね。イヤな現実ですが。

——はい（笑）。さきほどの二人に話を戻しますが、自己陶酔なのか、ある種ストイシズムなのかの違いはありますが、「世間の評価などどうでもいい」というところは共通していますね。

うーん……そのあたりは個々のキャラクターに密接に関わってきますね。トリューニヒトの場合は、「世間がどう思おうと」というよりも、むしろもっと積極的に世間というものを利用しているのでしょう。

——そこが肥大してか、死ぬ直前にはほんとバケモノじみてきてましたよね。

どうもそういうところがありましたね。要するにトリューニヒトの場合、志《こころざし》としては全然高くない。志の高さという点では、好き嫌い、善悪の比はおいといて、オーベルシュタインのほうがずっと高いわけです。ですから志という点から観察すると、所詮《しょせん》は小悪党なんですが、むしろ小悪党のほうがだんだん妖怪じみてくるというような歴史の実例はいくらでもあるんですよね。むしろ大物ほど、歴史を動かすとは限らないところがあるわけでして。

——帝国側で小悪党っていうと、ラングがいましたけど。ラングに比べると、トリューニヒトは肝《きも》の据わっている感じがします。

そうですね。ラングの場合ですと、オーベルシュタインがいますから、無意識のうちにでも彼と自分を比較して、相対化するような視点を持たざるをえないわけですけど、トリューニヒトにはそういうのがいない。おなじ容量の水でも、コップのなかに置かれた場合と、テーブルの上にダーッと広がっていく場合では違ってくる、とそういうようなところでしょうかね。

——育ちも違いそうです。トリューニヒトはいいとこのボンボンなんでしょうね。

ああ、はいはい（笑）。

——一度たりとも怒られずに育った、みたいな。

ああ、なるほど。そこまでは設定してなかったですけどね。ええとまあ、現実の政治家を出してくるとちょっとなまぐさくなるけども、この間まで合衆国の大統領だったジョージ・ブッシュなんて人は、政治家としては四代目ですよね。政治的にも経済的にも、地方の有力なボスというのが四代積み重なってくると、ああいうキャラクターが出てくる——自分たちが何であまで嫌われてるか、どうしても理解できない、という一例なんですが。まあ、たぶんトリューニヒトのほうがブッシュよりずっと大学の成績は良かったと思いますけど（笑）。

——トリューニヒトは、ロイエンタールがきっちりと排除してくれたからよかったようなものの、生き残ってたらあのままさらに出世していったんでしょうか。

うーん（笑）。どのキャラが生きていたらどう変わったでしょうか、みたいなことは、よく読者からも聞かれるんですが、トリューニヒトが生きていたらっていうのはあんまり考えたくないです（笑）。

——一番いやな選択ですよね（笑）。でもたしか、コミック版を描いておられる道原かつみさんが好きなんですよね。

「前向きのおじさんが好きだ」と実際そう言われたことがあります（笑）。前向きという意味にもいろいろあるなぁと。

——ある意味、ピュアと言えばピュアかもしれない。

しかし彼は、自滅型のキャラではないですからね。すごく生命力がある。でも、これもまた歴史的に見て、トリューニヒトとタイプが同じとは言いませんけども、ジョセフ・フーシェみたいな、体制がどう変わろうとそのなかで生きぬいていくというような人物は、案外つまらないことで失脚したり、ほとんど何かの偶然みたいな感じで死んじゃうことがある。まあ僕としてはほんとはもっとつまんない殺し方をしようと思ってたんですが、ロイエンタールファンに言わせると、「トリューニヒトもロイエンタールの手にかかって本望だろう」とか「もったいない死にかただ」とか言われるんですけどもね（笑）。

——車にはねられて、とか？

それこそみんな「なぜだ？」と言ってる間に、新帝国の宰相ぐらいになって、その就任式に行く途中で階段こけて、とかね（笑）。ただまあ、歴史的にはいくらでも例のあることでも、現実だとみんな許容するけど、フィクションとしては許容できない、ということはいくらでもあるわけですよね。

——でも、トリューニヒトが怖いのは、自分が嫌われてると思ってもいなかったようなところですよね。無自覚な自信みたいなものがありましたでしょう。

というか、そのへんについては僕もちょっと考えたんですが……あの人の思考だと、自分が嫌われてるというよりもね、妬《ねた》まれてるとか、そねまれてるとか思ったんじゃないでしょうか。それでたとえ妬まれてても自分がいなきゃどうしようもあるまいという、その意味では道原さん的に言うと非常に前向きの自信に満ちていて（笑）。

——死ぬまで気がつかなかったっていう感じですよね。自分がさまざまな悪意を浴びて過ごしてきたっていうことは。あと、そう言えば悪女の活躍とかはなかったですね。

そ、う……でしたね、うーん。

——ルビンスキーの愛人とかも、けして悪党ではなかったですし。

そうですね。まあ、もともと女性キャラの登場が非常に少なかったですから。そうなると、わざわざ嫌な女性キャラを出す余地もないし。書いてもあんまり楽しくないですから（笑）。

◆『落日篇』の話

——さて、そろそろこのインタビューも終わりに近づきました。もう少し突っ込んだ話も聞かせていただきましょう。

おてやわらかに願います（笑）。

——各巻にはそれぞれナントカ篇というタイトルが付いていますが、これは、考えるのに苦労されました？

そんなに苦労はしなかったですね。終巻は最初の予定から変更したんですよ。はじめは『完結篇』にするつもりでした（笑）。でもまあ、第一巻が『黎明篇』だったから、『完結篇』ではあまりにも愛想がなさすぎるのでは、というご意見がありまして、そうなると、『落日篇』かなあ、と。

——それで、ついにエンディングを迎えたわけですが、ミッターマイヤーの役割が重要になりますよね。これはかなり意図的だったんですか。

まあ結局どっちかだったんですよ。最後のシーンはユリアンか、ミッターマイヤーで、と。要するに最後に決め手になったのは、産まれたばかりの子供があの家にいるということでしたね。だからむしろミッターマイヤーというよりは、子供のほうにひとまず未来を託して、というような感じです。とはいっても、その赤ん坊が素直に育つかどうかというのは、またべつの問題ですが。

——また、そういうことを（笑）。

さっきも申しましたように、ユリアンとカリンで終わるか、ミッターマイヤー親子で終わるか、というときに……、やっぱり決め手は赤ん坊、ということでしたね。ユリアンの場合ですと、もうはっきり生きかたが決まってますから。帝国の中で一歩でも開明的な方向へと努力をかさねる。だからそのうち帝国議会っていうのができて議長に就任するかもしれない。そこらへんまで見えてると、ま、ユリアンはこれでいい、と思ったんです。

——なるほど。それから、これは『銀英伝』全体についてのことですが、『銀英伝』の面白さのひとつに人物スケッチの巧みさがあると思うんですが、あれはどれくらい意図的に書かれていったのか、大変興味があるのでお教えください。

それは結局、自分の読書経験に帰結するんです。僕自身が、歴史上の人物の膨大な伝記なんかよりも、むしろ印象に残ってるのは、ちょっとしたエピソードだったりするので、自身の読書に対する感受性みたいなのが、よっぽど異常でないかぎりは（笑）、読者のかたにもたぶんそういうののほうが印象深いんではないかと、思ったわけなんです。えーと、このごろとみに記憶力が落ちてて人名が思い出せないのですが、ドイツの有名な哲学者の話がありましてね。その人は独身だったんで家政婦さんを雇ってたわけですが、どうも家のなかから小銭がなくなる。それであるとき、机の上に小銭をわざと出しっぱなしにして、家を出て、友人にいうわけです。「どうもあやしいと思うんで、小銭を出しっぱなしにしてきたんだ。帰ってみて確かめたら、家政婦が盗んでるかどうかわかるからね」すると友人が「で、いくら置いてきたんだ?」と言うとしばらく黙って「……数えてこなかった」と言ったというエピソードがあるんです。これは笑い話に属するのですが、その哲学者のひととなりというのが実によく出ているのです。疑ってはいるけど、面と向かって「お前がやったんだろう」とまでは言えない。で、考えたあげくに試してはみたんだけど、肝心のところが抜けてるというようなね。だからぼくは、キャラクターづくりのときに、ささやかなエピソードをいくつも出してくるというやり方を意図的におこないました。たとえば、辞書にあるような言葉で、「人格高潔で」だとか言っても、それはもう単に辞書の項目を羅列しただけにすぎないのでね。

——生き生きとしてこないですよね。

とくに登場人物をほめるときはそうなのです。人間の長所というのは、たとえば勇敢だとか誠実だとか高潔だとかいってくると、それは要するに道徳の教科書の項目を羅列したにすぎないので、そこからはあまりくっきりキャラクターが浮かんでこないんじゃないかなと。むしろ個性というのは欠点に顕れるのではないか。でも深刻な欠点というのは読者に受けない。端的にいうとエンターテインメントの場合は、弱いものいじめをするかどうかですね。弱いものいじめをする人物は主人公にはなれない。王道からいくとやっぱり、たとえ道徳的ファンタジーであろうと、弱きを助け強きをくじく、なんですよ（笑）。

——はい。

だからそのポイントさえ押さえておけば、あとはもう多少の欠点、わがままであるとか、横着であるとか、怠《なま》け者であるとかというのは、笑ってすまされるわけです。笑ってすまされる範囲の欠点というのが一番、キャラクターの魅力を際立たせることができるのではないかなと……これはもちろん結論ではありませんよ。全面的に正しいとは思ってませんけど、今のところはまあそれがいいかなと思ってはいます。

——それが成功した結果が『銀英伝』の人気なわけですね。

たしかに『銀英伝』の場合は、ささやかなエピソードを積んで、キャラクターを浮かび上がらせるための努力と工夫はしました。ただ、それがまあこんなに受けるというのは、意外さの連続でした。だから逆に言いますと、ぼくの子供の頃からの読書で培われたものは、そんなに異常でもなかったんだなという確認ができて、ほっとしています（笑）。

――あと、こういった登場人物が多い大河もので、やっぱり人物の出し入れ、登場と退場のタイミングがすごく難しいとは思うんですが？

うーん、それはそんなになかったですねぇ。わりとひょこっと出てきてくれて。退場うんぬんという点についていうと、どうだったかなぁ……キルヒアイスは途中退場することはもう最初から決まってましたしね。まあ、しいていうなら、もっと貴族たちの内乱に、時間をかけてもよかったかなという気はしますけど。内乱に時間をかけて、貴族勢力のほうが、マキャベリズムでもって、自由惑星同盟《フリー・プラネッツ》と手を結ぶようにしてたらどうかな、とか。そこらへんではもうちょっと戦略戦術的な展開で、違う話ができてたかもしれない。あとはまあ、それこそポプランとビッテンフェルトがまんまと生き残ったぐらいで（笑）。そんなに、なかなか退場してくれないとか、そういうことはなかったですね。……あとはルビンスキーにもうちょい見せ場をつくってやりたかったなぁとは思います。総体として、フェザーンをもうすこし生かせてればよかったですね。僕にもう少し経済学的な知識があって、そっちのほうでの話の展開ができれば、よかったんですけども。でもそうすると収拾がつかなくなったでしょうから（笑）、もう僕のできる範囲のことは全部やった、という気持ちではおります。

――やっぱりこれだけ人物が多くて、エピソードも多いと、すごく複雑じゃないですか。書かれたときには、表みたいなものはつくられたのですか。

表はつくらなかったですね。僕は実在の人物については全然名前も顔も覚えないんですが

（笑）、自分の頭で考えた人物については、ほとんど苦労ありません。……なんてエラそうなことを言ってて、あのキャラはどうなったんですか、と読者に聞かれて「そんなキャラいましたっけ？」「いましたよー！」という話はいくらでもあるんですけどもね（笑）。今でもそんなに表はつくらない。現実より空想の世界のほうが、僕の場合はよっぽど整然としてますんでね。

現実は混沌としたもんでして（笑）。どこに何があるかもよくわからないんですけども。自分の仕事場の電話番号も、ここ三年ぐらいはぜんぜん覚えてないし（笑）。

——これまで『銀英伝』は『三国志』と比較されることが多かったと思うのですが、『三国志』と並び称されるものではほかに『水滸伝』があります。田中さんはどちらがお好きというのはありますか。

どちらが、ということはありません。たしかに、指揮官のタイプをいろいろと書き分けているという点では、これは『三国志』なんですよ。『水滸伝』のほうは、無数のタイプの人間を書き分けているけれど、そのなかにはどう考えても指揮官には向かないヤツもいるのでね。そのところから見ると本来の人間の書き分けというところでは『水滸伝』のほうがはるかに幅が広いのですが、中国古典を処世術や組織論のマニュアルとしてしか読めない人たちにとっては意味がない。

——組織論のマニュアルとしても読めるだけあって、『三国志』のほうがすこし抹香臭《まっこう》いですよね。

いや『三国志』というのは、もともとはそうでもなかったんですよ。ただ『三国志演義』っ

ての は抹香臭いです。あれほど儒教倫理にこり固まった作品というのは、ほかに例がありません。ですから、あれを基準にして中国の古典を考えるというのは、大間違いなんですけど（笑）。『三国志』を講談の世界から物語の世界に変えたのは、最初は『三国志平話』だったんですが、そのときは張飛なんかは、それこそ大暴れしているわけですね。諸葛孔明の影はずっと小さいんですよ。キャラクターのなかのワン・オブ・ゼムでしかないんですけども、それを羅貫中という人が、まぁ実在したとしてですが、『三国志演義』で徹底的に孔明を持ち上げたのです。だから張飛の出番というのは、『三国志平話』よりはずっと減っているんです。

――そうなんですか。

減っています。だから、『三国志演義』というのは徹底的に儒教倫理、男性原理、公の論理に則って、ひたすら諸葛孔明を神格化した文書なんですよ。

――まあ、孔明を立てれば張飛は落ちますよね、必然的に（笑）。オーベルシュタインを立てればビッテンフェルトは落ちるでしょうしねえ。

オーベルシュタインが孔明ですか？（笑）

――でも日本ですと『三国志』は、「企業経営の教科書」のような読まれかたをされていますよね。経営者は『三国志』と司馬遼太郎作品を読め、みたいに言われて。

司馬さんご自身は、そのことをどう思われていたんでしょうねえ。僕は一読者として、ふと思うことがあります。でも、僕にもそういうことはあったんですよね。いまだに覚えているのが、『銀英伝』のノベルズの第三巻が出たときに「ビジネスマン必読の戦争ロマン」と広告に書かれて、僕は「これだけは違うぞ」と思ったことがある（笑）。

――でも、その広告を読んで買ったビジネスマンというのは、きっととまどったでしょうねえ（笑）。世の中には、役に立つという価値観でしか本を読めない人がいるみたいですから。

僕はこのごろ、どんどんその点に関しては憎まれ口を叩くようになりました。「若い世代がバーチャル・リアリティに浸《ひた》っちゃって、お話と現実との区別がつかないですね」と言われることがあるので、僕は本来講演なんかやらないんですけども、十何年かぶりにやった母校の講演で「そんなこと言ったって、いい年した政治家や財界人が、現実の歴史と司馬さんの小説との区別がついてないんだからしょうがないじゃあないですか」と、はっきり申しあげてしまいました（笑）。このごろどんどん無用な敵をあっちこっちで作ってるんじゃないかという気もしますけど。

――芸風を変えてゆこう、というわけですか（笑）。

そういうつもりはありません。自分もそれほど異常ではなかったとさっき申しましたけど、ぼくが『銀英伝』で学んだのは、要するに、自分と同じように本を読まなきゃ生きていけないというような人たち、そういう人たちというのは昔からずっと今まで一定数だと思うんですけど、そういう人たち相手に書いてればいいんだな、ということです。自分自身の姿勢を確かめる上でも、『銀英伝』という作品は、僕にとってはエポックメイキングだったのでしょうね。ですからその後、書く姿勢に関してはそんなに迷いはないのです。たとえば歴史小説を、それこそビジネスの教科書としてしか受け取れないような人に読んでいただく必要はまったくない、ということですね。

――では最後に、『銀河英雄伝説』が面白いと思った読者に、これは読んでみたらと薦めるような本を教えていただけませんか。

今、本が読まれていても、意外と基本的な読書がされてないような気はします。『アルスラーン戦記』について読者からお手紙いただいたことあるんですよ。それは、『アルスラーン』というのは要するに王子様として育てられてた子が、ほんとは王子様じゃなかったという話なんですが、それを見て、「私はそれをひっくり返した話を考えました」というお手紙だったんです。つまり、「森の中で庶民に育てられてる子が、実は王子様だったんです。こういうお話は今までになかったと思います」と書いてあって。そうか、この人はグリム童話とか読んでないんだな、と（笑）。そういう話は貴種流離譚といって、物語の源流そのものなんだけど、と思ってたら、『本当は恐ろしいグリム童話』みたいな本がベストセラーになった。だからやっぱり、『グリム童話』本体は読んでくださいね（笑）。

――（笑）あれはでも、けっこう物語のエッセンスは詰まってますよね。

ええ、たっぷり詰まってます。もっと基本的なことを言うと、どなたかがおっしゃってたんですが、要するに物語というのは二種類しかないんだと。宝探しと復讐譚、全部この二種類に帰結する、とね……まあこれは一種の警句ですから、頭から信じるのもちょっと危険ですけど。実際宝探しというのは、自分にとっての宝を探すということなので、それは時には美女であったり、あるいはなんらかの価値観であったり、歴史上だとコロンブスにとっての新大陸、とかいろいろあるわけですが。ですからまあ、やっぱり古典を読んでいただきたいですね。そうしますとね、古典を活用して新しい話がいろいろできるわけなんです。たとえば『宇宙戦艦ヤマト』というのは、構造がまったく『西遊記』ですから。古典を読んでいただいてれば、新しいものもちゃんと読解できますのでね。今、中学や高校でも、古典の時間がどんどん削られてるらしいんですよね。政治家が日本の歴史や伝統を重んじようなんて言ってるけど、あれは大嘘ですね。まあ古くさいと思うかもしれないけど、何百年、千年と生き残ってきた作品は、それだけのことがあるんじゃないかなと思うんです。僕自身も読んでない古典が山ほどあるので、ほんと偉そうなことを言うつもりはありませんが。あと、僕が読んで面白かった本で、『銀英伝』の読者の方たちだったらわりと面白く読んでもらえるんじゃないかなと思うのは、どちらも創元推理文庫ですけど、『ウロボロス』と《ゴーメンガースト》三部作。あれはまあ、年に一度は読み返してます。

《ゴーメンガースト》は『銀英伝』と背景が似てるんですよ。すごく古くさい秩序を変えようとするやつがでてきて、それにかなり多彩なキャラクターが絡まる……伝統と革新の相克みたいなとこが出てきます。それと、『ウロボロス』は要するにファンタジー・チャンバラですから。あれも敵味方のキャラが、なかなか面白い。

——長い時間、おつきあいいただきありがとうございました。また、お疲れさまでした。ほんとに疲れました（笑）。

（このロングインタビューは、徳間デュアル文庫版『銀河英雄伝説』正伝偶数巻の各巻末に連続掲載された「銀英伝のつくりかた／田中芳樹インタビュー」を再構成したものです）

創元ＳＦ文庫版完結に寄せて

田中芳樹

拙作『銀河英雄伝説』の創元ＳＦ文庫版がこのたび完結を迎える。あたかも東京創元社文庫創刊五十周年にかさなり、偶然にすぎないとはいえ、旧《ふる》くからの同文庫の愛読者としては嬉しい暗合である。『暗黒星雲のかなたに』とか『10月はたそがれの国』とか『宇宙船ビーグル号の冒険』とか、めくるめく名作名タイトル群の末席に拙作がつらなるとは、身にあまる光栄といわずして何であろう。この作品を書いていて、ほんとによかった。

何しろ昔に書いたもので、現在読みかえしてみれば、赤面の至りとまではいかぬものの「ああ、いまだったらもっと別の書きかたができたな」と感じる箇処は無数にある。だからといって、現在書きなおしたらよくなるかというと、そうともかぎらない。その当時だったから書けた、ということもたしかにあるので、いまさら手を加えようとは思わないのだ。昔の作品をいまなお愛していただけるということに、ただもう恐縮と感謝あるのみである。

御礼を申しあげれば際限がなくなるが、今回の文庫版にかぎらせていただき、表紙イラストの星野之宣さん、各巻に懇切な解説文を寄せてくださった方たち、東京創元社のみなさん、そして何よりも、今回あらたに読んでくださった人たち、あらためて読みかえしてくださった人たち……ありがとうございます。『銀河英雄伝説』はほんとうに幸せな作品です。

二〇〇九年五月末日

初　出

ダゴン星域会戦記　ＳＦアドベンチャー一九八四年九月号
白銀の谷　ＳＦアドベンチャー一九八五年六月号
黄金の翼　『夜への旅立ち』（徳間ノベルズ）一九九五年
朝の夢、夜の歌　ＳＦアドベンチャー一九八六年七月号
汚　名　ＳＦアドベンチャー一九八四年七月号

※本文庫は二〇〇二年刊の徳間デュアル文庫を定本とした。なお、「銀河英雄伝説のつくりかた」は『銀河英雄伝説』正伝各偶数巻に連続掲載された「銀英伝のつくり方／田中芳樹インタビュー」を再構成したものである。

著者紹介　1952年，熊本県生まれ。学習院大学大学院修了。78年「緑の草原に……」で幻影城新人賞受賞。88年《銀河英雄伝説》で第19回星雲賞を受賞。《創竜伝》《アルスラーン戦記》《薬師寺涼子の怪奇事件簿》シリーズの他，『マヴァール年代記』『ラインの虜囚』『月蝕島の魔物』など著作多数。

検印
廃止

銀河英雄伝説外伝 5
黄金の翼

2009年6月30日　初版
2023年2月3日　14版

著者　田《た》中《なか》芳《よし》樹《き》

発行所　(株)東京創元社
代表者　渋谷健太郎

162-0814/東京都新宿区新小川町1-5
電話　03・3268・8231-営業部
　　　03・3268・8204-編集部
URL　http://www.tsogen.co.jp
振替　00160―9―1565
DTP　フォレスト
暁印刷・本間製本

乱丁・落丁本は，ご面倒ですが小社までご送付ください。送料小社負担にてお取替えいたします。

ISBN 978-4-488-72515-0　C0193

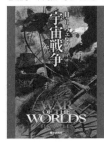